KJB

Marie-Aude Murail stammt aus einer Schriftstellerfamilie aus Le Havre, Frankreich, und studierte Philosophie an der Sorbonne. Sie zählt zu den beliebtesten zeitgenössischen Kinder- und Jugendbuchautorinnen Frankreichs und wurde mit zahlreichen Preisen geehrt. Für ihren Roman ›Simpel‹ erhielt sie den Deutschen Jugendliteraturpreis. Ihre Jugendbücher erscheinen auf Deutsch exklusiv bei Fischer.
Folgende Titel sind von ihr bereits lieferbar: ›Von wegen, Elfen gibt es nicht!‹, ›Simpel‹, ›Drei für immer‹, ›Über kurz oder lang‹, ›So oder so ist das Leben‹, ›Das ganz und gar unbedeutende Leben der Charity Tiddler‹, ›Vielleicht sogar wir alle‹, ›Blutsverdacht‹, ›Der Babysitter-Profi‹, ›Ein Ort wie dieser‹ sowie das Kinderbuch ›Tristan gründet eine Bande‹.

Tobias Scheffel, 1964 in Frankfurt am Main geboren, studierte Romanistik, Geschichte und Geographie an den Universitäten Tübingen, Tours (Frankreich) und Freiburg. Seit 1992 arbeitet er als literarischer Übersetzer aus dem Französischen und lebt in Freiburg im Breisgau. 2011 wurde er für sein Gesamtwerk mit dem Sonderpreis des Deutschen Jugendliteraturpreises ausgezeichnet.

Weitere Informationen zum Kinder- und Jugendbuchprogramm der S. Fischer Verlage, auch zu E-Book-Ausgaben, gibt es bei *www.fischerverlage.de*

Marie-Aude Murail

3000 Arten Ich liebe dich zu sagen

Aus dem Französischen
von Tobias Scheffel

Erschienen bei FISCHER KJB

Die französische Originalausgabe erschien 2013 unter dem Titel
›Trois mille façons de dire je t'aime‹
bei l'école des loisirs, Paris
© 2013, l'école des loisirs, Paris

Für die deutschsprachige Ausgabe:
© S. Fischer Verlag GmbH, Frankfurt am Main 2015
Umschlaggestaltung: Geviert – Büro für
Kommunikationsdesign, München
Lektorat: Julia Hanauer
Satz: Pinkuin Satz und Datentechnik, Berlin
Druck und Bindung: CPI books GmbH, Leck
Printed in Germany
ISBN 978-3-596-85653-4

Für Françoise und Yves Gaignard

»Mister Ashley hat mir zwölf verschiedene Arten gezeigt, wie man zu der Porzellanvase in meinem Salon ›Ich liebe Sie‹ sagen kann.
Seien Sie vorsichtig. Er ist ein großer Schauspieler.«
                                        Charity Tiddler

1

*Ihr seid ein Liebender:
borgt Amors Flügel euch*

Wir waren drei Schüler der siebten Klasse und kamen aus so unterschiedlichen Welten, dass nichts darauf hindeutete, wir könnten uns eines Tages *Ich liebe dich* sagen.

Chloés Eltern waren Monsieur und Madame Lacouture, er Direktor der Charles-Péguy-Schule, sie Deutschlehrerin.

Bastien war der Sohn der Vions, die einen kleinen Lebensmittelladen führten. Da die Kunden ihn nur »den Sohn vom Laden« nannten, dauerte es eine Weile, bis Bastien verstanden hatte, wozu Eltern da sind. In seinem Falle lautete die Antwort: zu nichts.

Neville hätte Steevy geheißen, wenn die Nachbarin von gegenüber den Namen nicht für ihren eigenen Sohn genommen hätte. Magali Fersenne, alleinerziehende Mutter, griff daher auf Neville zurück, einen Vornamen, den sie während der Schwangerschaft in einer Fernsehserie der BBC gehört hatte. Ihr war nicht aufgefallen, dass der britische Held ein schweigsamer und leidender Typ war. Schon in der Wiege beschloss Neville, es ihm nachzumachen.

Wir hießen also Chloé Lacouture, Bastien Vion und Neville Fersenne. In jenem Jahr hatten wir als Französischlehrerin die berüchtigte Madame Plantié, die von ihren Schülern für verrückt und von den Eltern für höchst kompetent gehalten wurde. Die energische, fröhliche Frau hatte eine seltsame Allergie: Sie konnte keine Romane mit Happy End ertragen, sie war der Ansicht, die seien für Idioten und Amerikaner. Während wir – mit zwölf oder dreizehn Jahren, Pickeln, Regelschmerzen und nervigen Eltern – in die Winterdepression verfielen, begann Madame Plantié aufzublühen, als sie uns *Der Tod des Olivier Bécaille* von Emile Zola vorlas. Es war die abscheuliche Geschichte eines armen Kerls, der lebendig begraben wurde und versuchte, den Deckel seines Sarges anzuheben.

Und eines schönen Tages (»schön« für Madame Plantié, also mit tiefen, schweren Wolken) verkündete uns unsere Lehrerin, die nächste Lerneinheit habe das Thema »Theater«. Wir befürchteten das Schlimmste, denn mit leuchtenden Augen fügte sie hinzu, Ziel des Theaters sei es, uns die Tragik der menschlichen Existenz zu vermitteln. Sie hatte sich bemüht, Karten zu bekommen, um mit uns im Theater unserer Stadt *Der König stirbt* anzusehen. Es war die abscheuliche Geschichte eines armen Kerls, dem angekündigt wird: »Du stirbst in anderthalb Stunden«, und der nach einem Todeskampf von anderthalb Stunden auf der Bühne stirbt. Zu unserem Glück war die Aufführung ausverkauft gewesen, und Madame Plantié musste sich mit *Don Juan* begnügen. Ich glaube, sie tröstete sich mit dem Gedanken, dass *Don Juan* die einzige Komödie von Molière ist, die schlecht ausgeht.

Keiner von uns dreien war je im Theater gewesen.

Bei den Lacoutures spielte sich alles zu Hause ab. Papa, Mama, Chloé und ihre kleine Schwester Clélia sahen sich DVDs aus der Mediathek an, saßen dabei in einer Reihe auf dem Sofa im Wohnzimmer und hatten die Fernbedienung in Griffweite, um alle Szenen zu überspringen, die Albträume machen könnten.

Bei den Vions kannte man nur eine Form der Beschäftigung: »Gibt's was Lustiges im Fernsehen?«

Bis zu einer Offenbarung in seinem fünften Lebensjahr hatte Bastien sogar geglaubt, »Waslustiges« sei ein einziges Wort.

Die Mutter von Neville wiederum ging weder ins Theater noch ins Kino, beides hätte von ihr zwei vollständig unmögliche Dinge verlangt: den Mund zu halten und anderen zuzuhören.

Unsere kleine Stadt hatte das Glück, dass sie über ein Theater mit einem klassischen Zuschauerraum verfügte, mit gemalten Amor-Figuren an der Decke, roten Samtsesseln und vergoldeten Rängen. Madame Plantié hatte gute Plätze in der Mitte des Rangs bekommen, gegenüber der Bühne, und da sie sich das Gedränge der Schulvorstellungen am Vormittag ersparen wollte, gingen wir abends ins Theater und mischten uns unter das Erwachsenenpublikum. Bastien, der immer den Clown spielte, musste sich neben unsere Lehrerin setzen. Vom Parkett stieg ein dumpfer Lärm aus Lachen, Begrüßungen, Schritten und schlagenden Türen empor, der zusammen mit den Lichtern erlosch. Aus den Kulissen drang das Geräusch von neun raschen Stockschlägen, gefolgt von drei langsameren, poch, poch, poch, dann hob sich surrend der purpurrote, mit goldenen Fransen verzierte Vorhang.

Als wir uns sechs Jahre später über den Abend unterhielten, erklärten wir alle drei, er sei entscheidend für unser weiteres Leben gewesen, und als der Vorhang am Ende fiel, hätten wir gewusst, dass wir Schauspieler sein würden.

Um die Wahrheit zu sagen, hatten wir uns während der Vorstellung ab und zu gelangweilt.

Die Magie entfaltete ihre Wirkung mit Verzögerung. Als Chloé ihrer kleinen Schwester den Zuschauerraum, das Bühnenbild und die Kostüme beschrieb, die sie verzaubert hatten. Als Bastien, um seine Alten zum Lachen zu bringen, die Grimassen des Schauspielers nachmachte, der Sganarell gespielt hatte. Als Neville in der nächsten Nacht von sich als großem Herrn und bösem Mann träumte, der den Frauen das Herz bricht.

Dieser blutrot-goldene Theatermoment, der aus dem Nichts aufgetaucht war, schlug in uns ein wie ein Granatsplitter in den Kopf eines Frontsoldaten! Aber damals wussten wir davon nichts, weil wir nicht miteinander redeten.
Neville fand Chloé süß, aber er verwechselte sie manchmal mit ihrer Freundin Clémentine, und vor Bastien nahm er sich in Acht. Bastien wiederum nannte Neville innerlich »den Psychopathen«, und da Chloé ihm auf einen seiner etwas plumpen Scherze »Du bist nicht witzig« geantwortet hatte, näherte er sich ihr nicht mehr. Und Chloé blieb unter Mädchen. In der Rangliste der schönsten Jungen in der Klasse, die sie mit Clémentine aufgestellt hatte, hatte sie Neville allerdings auf Platz eins gesetzt.

Im Jahr darauf trennten sich unsere Wege, Bastien kam in die 8a, Chloé in die 8b, Neville in die 8c, und es hätte sehr gut nie zu der Geschichte kommen können, die ihr hier lest. Aber Madame Plantié, die nicht mehr unsere Französischlehrerin war, beschloss, für die Ganztagsschüler eine Theater-AG zu organisieren. Ihre ehemaligen Schüler, die sie immer noch »die Verrückte« nannten, wenn sie über sie sprachen, drängelten sich am Tag der Anmeldung. Sie nahm uns alle drei mit Worten an, die zeigten, dass sie uns gut kannte: »Durch das Theater wirst du ein bisschen aus dir rausgehen, Chloé. Bastien, wenn du kommst, um hier

Chaos zu veranstalten, behalte ich dich nicht. Ach, Neville? Dich interessiert tatsächlich mal etwas ...«
Madame Plantié hatte nicht die geringste Vorstellung davon, was man in einer Theater-AG tun könnte. Sie machte nicht den Eindruck, als könne sie sich vorstellen, dass Schauspielerei etwas ist, was man lernen kann. Beim ersten Treffen waren fünfzehn Teilnehmer anwesend, eine ausreichend große Anzahl, um eine gute Truppe zu bilden. Als Madame Plantié ankündigte, dass wir am Ende des Schuljahres ein Stück aufführen würden, wurden wir wie durch Zauberei alle drei auf die Bühne des Theaters mit dem prunkvollen Zuschauerraum im Moment des Schlussapplauses versetzt. Zuvor aber waren ein paar Formalitäten zu erledigen, zum Beispiel musste ein Stück gefunden werden, das wir spielen würden. Dieses musste für alle Schüler eine Rolle bieten und natürlich ein unglückliches Ende haben. Warum entschied sich Madame Plantié für *Romeo und Julia*? Vielleicht weil das berühmteste Liebespaar der Theatergeschichte sich in der Schule begegnet wäre, wenn die beiden zu unserer Zeit gelebt hätten; *Fünfzehn, o Romeo, das ist das Alter Julias!* Aber unsere Lehrerin hatte nicht damit gerechnet, welche Wirkung Shakespeare auf Schüler hatte. Wenn man sich bei den Montagues zum Abendessen einlädt, sagt man nicht: »Wir erwarten Sie gegen zwanzig Uhr«, sondern: *Heft' Federn dir an deine Fersen, und komm, geschwind wie ein Gedanke, zur Stund', in der Gott Phöbus im See sein*

silbriges Gesicht betrachtet. Das macht es ein bisschen kompliziert.

Da ihre Schauspieler mit den Rollen durcheinanderkamen, hatte Madame Plantié die Idee, dass alle Capulets ein rotes T-Shirt tragen sollten, und ihre Feinde, die Montagues, ein blaues T-Shirt. Weil die Lehrerin bei den Proben ständig rief: »Die Blauen hierher! Jetzt die Roten, los!«, hatte man zunehmend den Eindruck, man sei beim Fußballtraining. Übrigens hatte die aufopferungsvolle Madame Plantié zwei professionelle Nervensägen in ihre AG aufgenommen, das Duo Kamil und Erdogan, was Anlass zu Wortwechseln der folgenden Art gab:

»Madame, der Kamil, der beleidigt mich krass!«

»Ey, Capulette, halt's Maul!«

»Wo hast du gesehn, dass ich Capulet bin, du Wixer? Bin ich Montague!«

»Bist du krank, oder was? Du bist 'n Roter!«

»Madame, Madame, wer sin' die Roten?«

Außerdem sah sich Madame Plantié mit dem Ego der Schauspieler konfrontiert, von dem jeder weiß, dass es übermäßig groß ist.

»Für die Rolle der Julia dachte ich an Chloé«, sagte sie unschuldig.

»Warum nicht ich?«, protestierte Ludivine lauthals.

Es war heikel, ihr zu antworten: Weil du hässlich bist.

»Ich bestehe nicht drauf, Julia zu spielen«, sagte Chloé sofort in jenem schnippischen Ton, den man bei den

Lacoutures annahm, wenn man eigentlich die Giftspritze oder das Fleischermesser zücken wollte.

Madame Plantié seufzte, als sie so wenig Unterstützung fand. Chloé hatte ein feingeschnittenes, vornehmes Gesicht wie Audrey Tautou oder Marion Cotillard und war für die Rolle der Julia wie geboren. Aber Ludivine hatte eine große Klappe und würde alle anderen Rollen ablehnen und die Stimmung vergiften.

»Magst du die Mutter von Julia spielen, Chloé?«, fragte Madame Plantié, der dieses Durcheinander sehr leid tat.

»Das ist mir egal«, erwiderte Chloé, die sich tapfer ihrem Schicksal ergab.

Als Madame Plantié die Rolle von Romeo vergab, war sie weniger sicher als beim ersten Mal und sagte: »Ich hatte … hm … an Neville gedacht.«

»Sehr gut«, pflichteten Kamil und Erdogan ihr bei, die sich Statistenrollen ohne Text erhofften.

Neville WAR Romeo. Wie konnte man ihn einordnen? Irgendwo zwischen George Clooney und Colin Firth. Im Alter von dreizehn.

Bastien hatte keine Verwendung gefunden. Es blieb nur noch eine Rolle, die keiner wollte, und zwar die der Amme von Julia.

»Ist schon okay, Madame! Ich spiel die Amme«, sagte Bastien. »Mit einer Perücke von meiner Mutter und Pampelmusen in einem BH.«

»Booah! Schande!« Kamil brach in Lachen aus.

»Also wirklich, es reicht jetzt!«, wies ihn Madame Plantié zurecht. »Wenn wir hier Theater spielen, bemühst du dich, normal zu reden.«
»Ey, aber Ihr Shakespeare da, der redet voll normal, oder was!«, bemerkte Erdogan ironisch.
Es wurde ernst, als unsere Lehrerin jedem von uns eine Fotokopie seiner Rolle gab. Der Einzige, der nicht vor Entsetzen aufschrie, war Bastien, der sich auf der Stelle schwor, kein einziges Wort zu lernen. Er wusste, es würde ausreichen, irgendwas zu sagen und dabei seine Pampelmusen hin und her zu schütteln, und alle würden sich vor Lachen biegen.
»Aber Madame«, brüllte Kamil, »das krieg ich NIE in meinen Kopf, der platzt sonst!«
Madame Plantié versprach ihm, dass er nichts auswendig lernen müsse, da seine Aufgabe darin bestehe, die Handlung zwischen zwei gespielten Szenen für die Zuschauer zusammenzufassen.
»Dann liest du deinen Zettel vor.«
»Aber Madame«, erwiderte er genauso empört. »ICH KANN NICHT LESEN!«
Bei Ludivine brodelte es innerlich, seit Kamil und Erdogan sie darauf hingewiesen hatten, Julia sei echt heiß und würde schon mit fünfzehn mit jedem ins Bett gehen.
»Madame, ich werd Julia nicht spielen können. Sie ist ein frühreifes Flittchen!«
Madame Plantié mochte noch so wortreich Julias Un-

schuld hervorheben, Ludivine setzte ein gekränktes Gesicht auf, das sie bis zum Tag der Aufführung beibehielt. Sehr bald schon konnte Chloé die Rolle von Lady Capulet auswendig und sagte sie ordentlich und deutlich auf. Sie langweilte alle, einschließlich Madame Plantié, die sie mit einem Kompliment unterbrach: »Perfekt, du kannst deine Rolle.«
Chloé verbiss sich ihren Ärger. Sie spürte, dass etwas mit ihr geschehen würde, sobald sie verkleidet und geschminkt auf der Bühne stünde. Eine Verwandlung. Neville wiederum ... ach, Neville! Jedes Wort, jeden Satz von Romeo empfand er. Er identifizierte sich mit ihm, genau wie er sich mit Leib und Seele mit Don Juan identifiziert hatte. Das Problem war, dass man ihn überhaupt nicht hörte.
»Nuschel nicht so, Neville«, schimpfte Madame Plantié. »Wirf deine Stimme ins Publikum, lass dich hören!«
Der erste Auftritt von Bastien als Amme, mit schiefsitzender Perücke und rollenden Brüsten unter seinem Oberteil, war ein Triumph, den er noch verlängerte, indem er sich seine Mutter zum Vorbild für die Dialoge nahm: »Oh, là, là, was hab ich wieder für Rückenschmerzen, Fräulein Julia! Ich hol mir noch den Tod, wenn ich ständig hinter Ihrem Romeo herrenn! Ach wär's doch schon Abend, und man könnt' ins Bett!«

Die Aufführung wurde auf einen Samstag im Juni gelegt. Madame Plantié hatte es geschafft, den Talma-

Saal in der staatlichen Schauspielschule dafür zu bekommen. Das war zwar nicht der vergoldete Zuschauerraum des Theaters unserer Stadt, aber es gab eine echte Bühne mit Kulissen und Logen!
Chloé ließ sich von ihrer Großmutter ein langes Kleid mit Spitzen und Volants nähen. Sie war dreimal schöner als Ludivine, die in ein geliehenes Kleid eingezwängt war. Neville, der vergessen hatte, seiner Mutter zu sagen, dass er Theater spielte, beschloss in Einvernehmen mit Madame Plantié, Romeo in schwarzem T-Shirt und Jeans auftreten zu lassen. Da er einen matten Teint und so dichte Wimpern hatte, dass man denken konnte, sie seien getuscht, würde er sich nicht einmal schminken müssen.
Am Samstagnachmittag gab es eine letzte Probe. Ein Fechtlehrer kam, um letzte Einzelheiten der Kämpfe mit den Degen (aus Plastik) zu klären. Erdogan, der als Regieassistent diente, überprüfte zehnmal, dass das von seiner kleinen Schwester mit einem Totenkopf dekorierte Giftfläschchen auch wirklich in Bruder Lorenzos Soutane steckte. Einer nach dem anderen bekam Panik: »Madame, ich hab bestimmt einen Hänger!«
Oder: »Werden die auch sicher nicht über mich lachen, Madame?«
Chloé spürte eine unbekannte Hitze in sich aufsteigen, die ihr rote Wangen machte.
»Du hast doch hoffentlich kein Fieber?«, fragte Madame Plantié besorgt.

Während er auf seinen nahen Tod wartete, nahm Neville romantische Posen ein, während Bastien, dem die Pampelmusen auf den Bauch gerutscht waren, eine andere Fassung des Stückes zum Besten gab, in der Julia zur großen Unzufriedenheit ihrer Mutter mit fünfzehn Jahren schwanger war.

Ab 19 Uhr trafen die ersten Zuschauer ein. Es waren die Eltern der jungen Schauspieler, die gute Plätze haben wollten. Madame Lacouture hatte den Fotoapparat dabei und Monsieur Lacouture die Kamera. Die kleine Clélia fragte sich mit Tränen in den Augen, was ihre große Schwester für ein Versteckspiel hinter diesem beängstigenden roten Vorhang spielte. Um 19:30 Uhr war der Saal rappelvoll, die Schüler waren zahlreich mit ihren Familien und ihren Lehrern erschienen.
»Sind die Roten fertig?«, flüsterte Madame Plantié fieberhaft. »Und ihr Blauen, was habt ihr mit euren Degen gemacht? Achtung, es geht gleich los ...«
Mit einem schweren Stock schlug Erdogan neunmal auf den Boden, dann langsamer, nacheinander die letzten drei, *poch, poch, poch!* Und die Blauen betraten die Bühne.

SIMSON: *Gregorio, ein Hund aus Montagues Hause bringt mich schon auf.*
GREGORIO: *Einen aufbringen heißt: ihn von der Stelle*

schaffen. Um tapfer zu sein, muß man standhalten. Wenn du dich also aufbringen läßt, so läufst du davon.

Die Vorstellung lief nicht ohne Zwischenfälle ab. Ludivine hatte so viele Texthänger, dass Madame Plantié, die ihr aus der Kulisse heraus soufflierte, besser daran getan hätte, die Rolle selbst zu spielen. Neville spürte, wie ihm erst das Feuer der Leidenschaft durch die Adern floss, dann das Eis des Giftes, aber die Zuschauer verstanden nur ein Viertel von dem, was er sagte. Erdogan in der Rolle des Mönchs schwor mehrfach auf den Koran. Als die Amme einmal empört aufschreckte, rollten die Pampelmusen auf die Bühne. Die Blauen und die Roten wechselten ihr jeweiliges Lager, ohne es zu merken, und Kamil bewies, dass er tatsächlich nicht lesen konnte. Alles in allem lachten die Zuschauer sehr viel und applaudierten noch mehr.

Am Ende der Vorstellung liefen die Lacoutures hinter die Bühne und stürzten sich auf ihre Tochter – um sie in ihren Armen in Sicherheit zu bringen, aber auch, um ihr zu gratulieren.

»Du warst die Einzige, die ihre Rolle konnte!«, rief Chloés Mutter, ohne sich darum zu scheren, dass sie von den anderen Schauspielern gehört wurde.

»Ich habe alles gefilmt«, fügte ihr Vater hinzu, bevor er sich verbesserte: »Jedes Mal, wenn du aufgetreten bist.«

»Du bist so schön in deinem Kleid«, murmelte die

kleine Clélia, immer noch eingeschüchtert. »Das andere Mädchen war hässlich.«
Chloé hatte weiter ihr starres Lächeln im Gesicht. Der Vorhang war gefallen, und nichts war geschehen. Sicher hatte das an Ludivine gelegen, die ihr die Schau gestohlen hatte. Aber eines Tages, das nahm sie sich abends im Bett vor, würde sie die Julia sein und ihre Eltern zum Weinen bringen.

2

»Existieren Sie oft?«
»O nein, ich habe anderes zu tun!«

In der neunten Klasse verloren wir uns so aus den Augen, dass es endgültig hätte sein können.
Chloé besuchte als Einzige weiter dieselbe Schule, aber die Theater-AG wurde nicht fortgeführt, denn die Shakespeare-Erfahrung hatte für Madame Plantiés Glück ausgereicht. Trotzdem hatte Chloé Lust, wieder auf der Bühne zu stehen, ohne so recht zu wissen, warum.
»Theater spielen, wenn du mittwochnachmittags keine Schule hast? Ach ja?«, rief Madame Lacouture so erstaunt, als hätte ihr Chloé davon erzählt, sie wolle eine Geschlechtsumwandlung machen.
Madame Lacouture hatte ihre Töchter niemals zu irgendwelchen außerschulischen Aktivitäten angemeldet. Wozu, wo sie doch alles im Hause hatten? Fieberhaft erkundigte sie sich bei ihren Kollegen, im Rathaus sowie in der Bäckerei und fand schließlich in der hinterletzten Ecke etwas, das sie ihrer Tochter dann als »so einen Kurs da« beschrieb. Die Seele dort, die alte

Madame Labanette, die in ihrer Kindheit darunter gelitten hatte, dass sie immer »La baguette!« gerufen wurde, beruhigte Madame Lacouture vollends: »Hier lacht niemand über andere. Bei uns geht es um Entfaltung, nicht um Leistung.«

Chloé, die nicht zum Spott neigte, bemerkte aber doch, dass Madame Labanette einen ziemlich ekelhaften Geruch nach Babypuder, Mottenpulver und nach altem Zeug im Allgemeinen an sich hatte, und hielt den Atem an, sobald sie sich ihr näherte. Bei der Anmeldung zu dem Kurs hatte Chloé gehofft, sie würden an einem berühmten Stück arbeiten, dessen Rollen sie lernen würden. Madame Labanette machte aber ausschließlich Improvisationstheater.

»Also, hört mir alle gut zu«, sagte sie zu Beginn des Jahres. »In diesem Trimester lautet das Thema ›Schiffbruch‹. Ihr werdet auf ein Schiff nach Indien, Amerika oder zum Nordpol steigen. Euer Ziel ist nicht so wichtig, denn ihr werdet vor eurer Ankunft untergehen.«

Dieses *Titanic*-Remake bestürzte Chloé. Aber die Mädchen in dem Kurs (es gab nur Mädchen) waren große Profis des Improtheaters. Sie stürzten sich auf zwei große Kisten voller Verkleidungen, Schals, falscher Bärte, Holzsäbel, Perücken, Hüte, Zigeunerinnenkleider usw. Sie begannen jeden zweiten Satz mit »Also ich, ich …« und eigneten sich verschiedene Rollen an, wurden Rapperin, Piratin, Sklavin, Vampirin, Diebin, Prinzessin und stiegen auf die Bühne, die das Schiff darstellte. Dann wurden die Rollen in kurzen Szenen zu zweit oder zu dritt entwickelt, und Chloé glaubte, ihre kleine Schwester zu hören, wenn sie »Wir tun so, als wären wir ...« spielte. Die jungen Schauspielerinnen mochten vor allem Szenen mit Streit und Zickereien, in denen ihre Stimmen schrill wurden; manche konnten sogar weinen. Wie betäubt warf Chloé Seile über Bord, um die Ertrinkenden zu retten, aber sie war die Verlorenste von allen. Ein gewisser Stolz hinderte sie daran, sich bei ihrer Mutter zu beklagen. Außerdem hatte sie zu große Angst, den schicksalhaften Satz zu hören: »Du wolltest doch Theater spielen, oder?«

Im zweiten Trimester kündigte Madame Labanette den jungen Schauspielerinnen an, das folgende Thema laute »Die einsame Insel«, was überaus logisch war. Während ihre Mitschülerinnen Hütten bauten und einen Tiger jagten, beschränkte Chloé ihre Beteiligung auf die Gruppenszenen, bei denen sie nur Schreie auszustoßen und die Arme gen Himmel zu recken brauchte. Madame Lacouture, die bemerkt hatte, dass ihre Tochter mittwochnachmittags immer lange trödelte, kam am Ende eines Kurses, um sich bei Madame Labanette nach ihr zu erkundigen.

»Chloé?«, fragte die und musterte das junge Mädchen. »Man würde denken, sie sei fürs Theater gemacht. Sie ist so hübsch, nicht?«

Madame Lacouture errötete vor Stolz, während sie abwinkte. Man durfte vor Chloé nicht über ihre Schönheit reden.

»Aber es ist schade, dass sie so schüchtern ist«, fuhr Madame Labanette fort. »Vielleicht sollte sie mal zum Psychologen gehen. Sie ist ein bisschen ... ein bisschen zu zurückhaltend.«

Auf dem Rückweg erlaubte Chloé sich endlich eine unfreundliche Bemerkung: »Natürlich halte ich mich zurück. Sie stinkt!«

Madame Lacouture, die zweifellos die Bemerkung mit dem Psychologen noch nicht verdaut hatte, gab zu, dass die arme Frau ziemlich schlecht roch.

Am Ende des Jahres führten die Schüler von Madame Labanette ihr Stück »Die Schiffbrüchigen der Karaboudjan« auf. Am Vorabend verstauchte Chloé sich den Fuß, als sie zu Hause im Flur Clélia hinterherrannte, was verhinderte, dass sie in irgendeiner Form mitmachte.

»Wie schade!«, bemerkte Madame Lacouture.

Von dem Kurs von Madame Labanette war nie wieder die Rede. Hätte man den Psychologen zu Rate gezogen, so hätte er vielleicht die Bemerkung gemacht, dass Madame Lacouture so ziemlich alles dafür getan hatte, ihre Tochter vom Theaterspielen abzubringen.

Am Ende der zehnten Klasse teilte Chloé ihren Eltern mit, die Mathematik und sie würden in gegenseitigem Einvernehmen die Scheidung einreichen.

PAPA: *Chloé hatte doch alle Möglichkeiten, auf eine Elitehochschule zu gehen! So verbaut sie es sich, zu den Besten zu gehören!*
MAMA: *Aber das ist doch nicht schlimm, dann wird sie eben Dozentin für Literatur.*

Daraufhin hörte Chloé, wie ihre eigene Stimme erklärte:
»Vielleicht mache ich, was ich will!«
Auf der Stelle wurden Monsieur und Madame Lacouture wieder »liebe Eltern«:

MAMA: *Aber natürlich entscheidest du selbst!*
PAPA: *Wir wollen doch nur, dass du glücklich bist!*

Als sie in die Abiturklasse mit Literatur-Schwerpunkt kam, entdeckte Chloé, dass es an ihrem Gymnasium ein Wahlfach »Theater« gab, für das Ludivine und Clémentine sich angemeldet hatten. Sie wollte sich ihnen anschließen, aber traute sich nicht, mit ihrer Mutter darüber zu reden.
»Für's Abi kann man sich ein Wahlfach aussuchen«, sagte sie eines Nachmittags schließlich. »Das gibt Punkte. Das könnte interessant sein, wenn man einen besseren Schnitt haben will ...«
Madame Lacouture gab mit einem Nicken zu verstehen, dass sie Bescheid wusste.
»Ich würde als Wahlfach gern ›Theater‹ nehmen, zu-

sammen mit Clémentine«, fügte Chloé hinzu und ihre Stimme zitterte beinahe.

»Hat dir das Theater mit deiner Madame Labanette nicht gereicht?«, erwiderte Madame Lacouture ironisch.

Völlig unerwartet explodierte Chloé.

»Die Frau hat gestunken, der Kurs war bescheuert, und ich darf dich dran erinnern, dass *du* ihn ausgesucht hast!«

Erschreckt warf die kleine Clélia ihr Glas Milch um, und Madame Lacouture schimpfte lieber mit ihr als sich mit ihrer ältesten Tochter auseinanderzusetzen. Am Abend aber ging sie zu Chloé, die schon im Bett lag. Wie der steinerne Gast aus *Don Juan* stellte Madame Lacouture sich feierlich ans Fußende des Bettes und erklärte, dass man nicht in einem solchen Ton mit seiner Mutter rede, dass man bestimmte Worte nicht sage, dass sie ihre Kinder respektiere und hoffe, dass ihre Kinder auch sie respektieren würden, dass sie nichts anderes als die persönliche Entfaltung ihrer Tochter wolle und dass sie sie frei entscheiden lasse. Während ihre Mutter redete, blieb Chloé zusammengerollt in ihrem Bett liegen und zog sich noch tiefer in ihr Schneckenhaus zurück. Sie sagte kein Wort, weder »Entschuldigung« noch »danke«. Am nächsten Tag meldete sie sich für das Wahlfach »Theater« an.

Chloé träumte immer noch davon, in einem Reifrock einen Klassiker zu spielen. Leider schwor Madame

Gillain, Lehrerin für Französisch und zuständig für das Wahlfach »Theater«, ausschließlich auf megazeitgenössische Stücke. Sie besuchte mit ihren Schülern Aufführungen der Werke von Ernst Schilmelpefnitzemberg und von Gaston-Marie Chamoisel-Lampied, die Titel trugen wie *Etwas irgendwo* oder *Wenigstens hätte ich gelebt*. Chloé ging dorthin wie mit Freundinnen zu einer Party, und der Vorhang hob sich vor einem Bühnenbild, das Madame Gillain »eine Szenographie« nannte und das entweder aus zwei Bänken oder drei schwarzen Würfeln bestand. Je länger das Stück dauerte, ohne dass irgendetwas geschah, desto mehr sank Chloé innerlich zusammen, so wie ein Mädchen auf einer Party, das keiner zum Tanzen auffordert. Die Schauspieler sagten:

MONSIEUR MADAME: *Heute ist schönes Wetter ... Also für einen schönen Tag ist wirklich schönes Wetter.*
MADAME MONSIEUR: *Das sagte ich heute Morgen meinem Mann, als ich aufstand, ich sagte ihm: Marcel, heute ist den ganzen Tag schönes Wetter.*
MONSIEUR MADAME: *Ich bin nicht verheiratet.*
MADAME MONSIEUR: *Das ändert nichts daran, heut ist den ganzen Tag schönes Wetter.*

All das ermöglichte es Madame Gillain, als sie wieder in der Schule waren, über die Unmöglichkeit der menschlichen Kommunikation – selbst unter Leuten,

die sich mögen – zu faseln. Eines Tages zitierte sie sogar den rätselhaften Psychoanalytiker Jacques Lacan: »Liebe bedeutet, etwas, was man nicht hat, jemandem zu geben, der das nicht will.«
Na, das ist ja lustig, sagte sich Chloé.

In der Abiprüfung musste jeder Schüler vor einer Kommission aus einem Professor und einem Theaterprofi eine Szene von zehn Minuten spielen. Madame Gillain hatte in aller Bescheidenheit eine echte Schauspielerin um Unterstützung gebeten, um ihre Schüler vorzubereiten. Die junge Frau, die beim Vornamen genannt wurde, Fabienne, war ein Fan von Roland Dubillard, dem Verfasser von *Les Diablogues*.

EINS: *Ich fühle mich … ich fühle mich … Es packt mich von den Füßen bis zum Kopf. Von außen ist das nicht zu sehen. Das … das ist undefinierbar.*
ZWEI: *Das ist die Existenz.*
EINS: *Die Existenz?*
ZWEI: *Ja. Das weiß ich, weil die Existenz bei mir dasselbe verursacht. Jedes Mal wenn ich existiere, ist es das Gleiche.*
EINS: *Existieren Sie oft?*
ZWEI: *O nein, ich habe anderes zu tun!*

Fabienne versicherte, Dubillard sei witzig. Aber als Chloé ihre Rolle sprach, war es egal, ob sie Eins oder

Zwei spielte – niemand lachte. Ihre sorgfältige Sprechweise verbreitete Langeweile. Fabienne war verzweifelt und suchte mehrere Proben lang nach einer Lösung, bis sie endlich eine Erleuchtung hatte.
»Chloé, Chloé, das ist sehr gut!«, unterbrach sie sie mitten im Satz. »Aber könntest du nicht ... ein bisschen affektierter reden?«
»Affektierter?«, fragte Chloé erstaunt.
»Ja, weißt du, so wie Marie-Chantal, mit gespitzten Lippen.«
Fabienne formte die Lippen zu einem O, um sich besser verständlich zu machen.
»So. Jetzt fang noch mal an bei: *Ich fühle mich* ... Mit gespitzten Lippen. Los!«
Chloé war es gewohnt, Anweisungen zu folgen. Sie tat, was die Schauspielerin ihr vormachte, und das Ergebnis stellte sich sofort ein. Ihre Mitschüler begannen zu lachen. Chloé, die davon geträumt hatte, ihre Eltern zum Weinen zu bringen, indem sie auf der Bühne starb, bekam von der Abitur-Kommission Komplimente für ihr komisches Talent. Madame Gillain hatte recht, das Leben ist ein Missverständnis.

Während Chloé ihren Weg suchte, setzte Bastien Vion die Schulzeit in einem Internat fort, wo man die »Zügel bei ihm anziehen würde«, wie sein Vater sich ausdrückte. Zur selben Zeit musste der »Lebensmittelladen Vion, geöffnet Montag bis Samstag von 8 bis 21 Uhr,

Sonntag von 8 bis 13 Uhr«, für immer den eisernen Rollladen herunterlassen, weil die neue Filiale der Supermarktkette Carrefour an der nächsten Ecke ihn in den Bankrott getrieben hatte. Bastien, der erlebt hatte, wie seine Eltern zwischen Vanillejoghurt und Windeln ihre Seele verloren hatten, fällte daraufhin eine mutige Entscheidung: niemals zu arbeiten. In Erinnerung an Madame Plantié informierte er sich allerdings über einen angebotenen Theaterworkshop. Der wurde von der Bibliothekarin Mademoiselle Larchette geleitet, die vorhatte, *Scapins Streiche* von Molière aufzuführen.
»Muss man den Text auswendig lernen?«, erkundigte sich Bastien besorgt.
Vor Verblüffung war Mademoiselle Larchette sprachlos.
»Und wenn wir selbst einen Sketch schreiben würden?«, fuhr Bastien fort.
Er hatte nicht die Absicht, damit anzufangen, aber die begeisterte Bibliothekarin versammelte alle zwölf Teilnehmer, teilte sie in drei Gruppen, verteilte leere Blätter und wartete auf das Wunder der Schöpfung ...
Nach zehn Minuten lachten in Bastiens Gruppe alle Tränen, denn er entwickelte gerade die Grundlage eines Sketchs, den er später *Der Sohn des Lebensmittelhändlers* nannte. Er ahmte seinen Vater nach, seine Mutter, sich selbst im Alter von acht Jahren, Madame Machemol, die Nachbarin, dann die Kunden des Lebensmittelladens Vion, die alte kleptomanische Dame

und ihren Mantel mit doppeltem Futter, den rassistischen Araber, der Le Pen wählte, den Rentner, der die Eier einzeln kaufte, damit er öfter Gelegenheit zum Reden hatte, kurz, das ganze Elend eines Viertels. Als das Stück am Ende des Jahres aufgeführt wurde, konnten seine Eltern, die inzwischen Auslieferer und Kassiererin in der Carrefour-Filiale geworden waren, nicht kommen. Bastien war traurig, weil er nicht einen Augenblick lang daran zweifelte, dass er seine Alten zum Lachen gebracht hätte.

Getreu seinen Prinzipien absolvierte Bastien die Französischprüfungen in der elften Klasse, ohne ein einziges der Bücher von der Leseliste gelesen zu haben. Dank mehrerer sehr gut gemachter Internetseiten, die er sich eine Woche vor der Prüfung angesehen hatte, bekam er 8 von 20 Punkten im Schriftlichen und 16 im Mündlichen. In der Abschlussklasse hatte er ein Berufsberatungsgespräch mit einem Psychologen, dem er gestand, dass er nur zwei für ihn erreichbare Lösungen sehe, im Lotto zu gewinnen oder Jacques-Chirac-Imitator im Fernsehen zu werden. Als letzten Ausweg schlug der Ausbildungsberater, nachdem er herzlich gelacht hatte, Bastien vor, er solle an der Aufnahmeprüfung für die staatliche Schauspielschule teilnehmen. Der junge Mann verzog zweifelnd das Gesicht.

»Ist das ... um Schauspieler zu werden?«

Die Aufnahmebedingungen waren die folgenden: zwischen 16 und 25 Jahre alt sein, das Abitur haben, min-

destens ein Jahr Theatererfahrung nachweisen. Bastien bestand sein Abitur ohne Mühe und ohne Auszeichnung. Als er seinem Vater sagte, er habe sich für die Aufnahme an der Schauspielschule beworben, konterte Monsieur Vion mit dem folgenden Satz: »Und was willst du damit werden?«
»Alles, nur nicht Lebensmittelhändler«, antwortete Bastien.
Dann fügte er mit maschinengewehrartiger Geschwindigkeit hinzu, er habe sich als Kind nicht vorstellen können, dass seine Mutter und die Registrierkasse ein getrenntes Leben führen könnten, dass eine Gefriertruhe, selbst mit den besten Absichten der Welt, nicht vollständig einen Vater ersetzen würde, und er lange gehofft hätte, dass Madame Machemol, die Nachbarin, zu der er sich oft flüchtete, einen Adoptionsantrag stellen würde. Wenn Bastien sich lustig fand, war er so naiv zu glauben, die anderen würden genauso denken. Hier aber schaffte er es, den Ruin von Monsieur Vion zu besiegeln, der sein Leben jetzt als von A bis V gescheitert ansah. Er rächte sich, indem er seinem Sohn prophezeite, auch er werde scheitern, und ihn sich anmelden ließ, wo er zum Teufel nochmal wolle. An einem Morgen im September fand Vion junior sich daher in der Eingangshalle der Schauspielschule wieder.
Dort warteten etwa fünfzig Schüler, aber Bastien rechnete nicht damit, ein vertrautes Gesicht zu sehen. Plötzlich stoppte sein herumirrender Blick. Das Mädchen

da? Die war doch eine frühere Schülerin von Madame Plantié! Hatte die sich etwa an der Schauspielschule beworben? Die war eine gute Schülerin gewesen, hatte sich aber auf der Bühne völlig lächerlich gemacht, als sie die Julia gespielt hatte. Innerlich lachte Bastien höhnisch und suchte nach dem Namen des Mädchens. Ludivine? Nein. Ludivine war diejenige, die die Julia gespielt hatte. Die gute Schülerin hatte eine Nebenrolle gespielt. Jetzt erinnerte er sich wieder an alles, außer an den Vornamen seiner Klassenkameradin aus der Achten. Ein unauffälliger Name, so was wie Léa, Lola ... In der Sekunde, als ihre Blicke sich begegneten, erinnerte er sich.
»Chloé« rief er und hob die Hand, um sie zu grüßen.

Neville war genauso wenig auf der Schule von Madame Plantié geblieben wie Bastien. Da seine Mutter die sechshundert Euro Miete für ihre kleine Wohnung in der Innenstadt nicht mehr bezahlen konnte, hatten sie in einen Vorort ziehen müssen. Magali Fersenne war Putzfrau. Außerdem Asthmatikerin, und ihre Anfälle zwangen sie häufig dazu, sich krankschreiben zu lassen, wodurch sie ihre Arbeitsstellen verlor. Das Leben war hart für die junge Frau, aber es war unmöglich herauszufinden, was sie darüber dachte oder ob sie überhaupt etwas dachte, weil sie jede Stunde des Tages in einem Strom uninteressanter Worte ertränkte.
»Heute Morgen ist es kühl die hatten gesagt es würde

regnen aber wegen meinem Asthma ist es mir ja lieber wenn es regnet das wäscht den Staub weg nimm doch trotzdem einen Schirm mit Neville ich weiß dass du Schirme nicht magst aber wenn du krank wirst muss ich mich wieder um dich kümmern.«
Neville hatte sich an dieses Hintergrundrauschen gewöhnt, so wie man in manchen Familien nicht mehr auf den ständig eingeschalteten Fernseher achtet. Auch an die andere Schule gewöhnte er sich und führte seine Miene eleganter Langeweile inmitten der neuen Schulkameraden spazieren, die streitlustiger als die in der Innenstadt waren. Er beeindruckte sie durch seine hohe Gestalt, seine knappen Antworten und den Rausch, den er sich jeden Samstagabend antrank.
Er hatte nicht vergessen, was er beim Spielen von Romeo gefühlt hatte, aber er hatte Angst, erneut solche Gefühle zu empfinden. Er war zwar ein eher guter Schüler, überraschte seine Lehrer aber damit, dass er für die zehnte Klasse den Zweig »Wirtschaft und Verwaltung« wählte. Außerhalb des Unterrichts dröhnte er sich abwechselnd mit billigem Alkohol und minderwertigem Hasch zu.
In der Elften hatte er einen Französischlehrer, Monsieur Aubert, der seinen Schülern ein Gedicht von Guillaume Apollinaire vorlegte.

In London kam bei Abendgrauen
Ein Gassenstrolch mir in die Quer
Ganz wie mein Liebling anzuschauen
Der warf mir einen Blick daher
Ich senkte tief vor Scham die Brauen

Es traf ihn wie ein Elektroschock. Neville stahl den Band *Alkohol* von Apollinaire in der Bibliothek und las sich die Gedichte halblaut vor:

Nicht einmal mir selber tu ich mehr leid
Und kann der Qual meines Schweigens nicht Ausdruck
   geben
Alle Worte, die ich zu sagen hatte, verwandelten sich in
   Sterne

Tränen rannen ihm übers Gesicht. Guillaume Apollinaire sprach an seiner Stelle. Daraufhin wollte er alle Dichter haben, verschaffte sie sich kostenlos, und er war ...

... der Finstre, der Beraubte, der Untröstliche
Der Fürst von Aquitanien, dessen Turm in Trümmer sank

Er murmelte sich zu:

Morgen, schon in der Morgendämmerung, zur Stunde,
   wenn das Land erwacht,

Breche ich auf. Siehst du, ich weiß es, dass du mich erwartest.

Er überzeugte sich:

Das ist das schwerste Leiden,
Zu wissen nicht, warum,
Da Hass und Lieb' mich meiden –
Mein Herz muß so viel leiden.

Wenn er in der kleinen Wohnung allein war, lernte er unendlich lange Litaneien auswendig, die er mit dumpfer Stimme von sich gab:

Damals wuchs ich heran
War kaum sechzehn und hatte schon die Erinnerung an meine Kindheit verloren
Ich war 16 000 Meilen vom Ort meiner Geburt entfernt ...

Nach und nach wurde er kühner. Hatte ihm nicht jemand einmal gesagt: »Wirf deine Stimme ins Publikum, lass dich hören«? Von da an hatte er ein imaginäres Publikum, vor allem Frauen, und er begann, mit lauter Stimme zu deklamieren:

Gewiß, niemals begibt es sich,
nie seh ich der Lofoten Hügel noch das Meer.

*Und dennoch ist es mir, als hätte ich
die fremde Erde lieb, liebt' ihren Jammer sehr.*

Manchmal hielt er völlig atemlos inne, am Rand des Abgrundes von Schwindel übermannt.

*O, ihr dort, Abgeschiedene auf den Lofoten! –
Am Ende wen'ger tot als ich, ihr toten, Toten!*

Er war siebzehn. Er hörte auf zu trinken, er hörte auf zu rauchen, und auf seinen Lippen erschien die Andeutung eines rätselhaften Lächelns.

Ich habe Saiten gespannt von Kirchturm zu Kirchturm; Girlanden von Fenster zu Fenster; goldene Ketten von Stern zu Stern, und ich tanze.

Und trotz alldem werde ich Wirtschaftsprüfer, merkte er endlich.
Der Zufall – aber in diesem Stadium glaubte Neville nur noch an das Schicksal –, der Zufall bewirkte, dass er auf Wunsch seiner Mutter ein Medikament in der Apotheke besorgte und an der Schauspielschule vorbeikam. Er trat hinein, erkundigte sich und wusste, dass dies sein Weg war.
»Was wird man dann?«, fragte ihn seine Mutter.
Ungewöhnlicherweise schwieg sie und wartete auf die Antwort.

»Schauspieler.«
»Ist das eine Schule?«
»Ja.«
»Eine Schule, in der man Schauspieler wird?«
»Wo man das lernt.«
»Kann man das lernen?«
Für Magali war man Schauspieler oder man war kein Schauspieler; es war kein Beruf, es war ein Zustand, so wie schwanger sein oder nicht schwanger sein. Eine Frage des Glücks, oder des Unglücks in ihrem Fall, da sie mit sechzehn schwanger geworden war.
»Ja, aber ... aber dann wirst du Schauspieler?«
Endlich begriff Magali, warum sie einen so schönen Sohn gemacht hatte. Er würde in Filmen mitspielen, im Fernsehen kommen.
»Wo du schon einen Schauspielernamen hast!«, rief sie, stolz auf ihre Vorahnung, die sie ihrem Baby den Vornamen eines Serienhelden hatte geben lassen.
Neville hatte ein entzückendes Geheimnis. Tief, ganz tief in seinem Inneren liebte er seine Mama.
»Das wird mir Glück bringen«, antwortete er sehr freundlich.
An diesem sonnigen Herbsttag lehnte Neville also an der Hauswand der Schauspielschule, eingehüllt in einen sehr romantischen langen schwarzen Mantel bei 23 Grad im Schatten. Sein Blick schwebte über den fünfzig Schülern, die sich in der Vorhalle drängten. Er wusste, dass es unter diesen jungen Leuten, die

sich beim Namen riefen (Constantin, Eugénie, Diane, Victor ...), weder Söhne noch Töchter von Putzfrauen gab, und sein Lächeln wurde rätselhafter als je zuvor. Bastien entdeckte ihn.
»Der Große da hinten, das ist doch ... Weißt du, der Typ, der einem Angst gemacht hat?«, sagte er zu Chloé und deutete mit dem Finger in seine Richtung. »Doch, doch! In der Achten. Der Psychopath.«
»Neville«, murmelte Chloé.

Auf diese Weise trafen wir uns in der Eingangshalle der Schauspielschule wieder, ein bisschen verkrampft, aber ziemlich zufrieden.
»Ey, erinnert ihr euch? An die Plantié?«
»*Der Tod des Olivier Becaille!*«
»*Don Juan!*«
»*Romeo!*«
Als wir dann mit den anderen im Talma-Saal waren, setzten wir uns in dieselbe Reihe. Im Grunde sehr glücklich.

3

*Denn meine Jugend war damals so
leidenschaftlich und so verrückt,
dass mein Herz brannte wie der
Tempel von Ephesos ...*

Unsere Schauspielschule. Wir mochten sie sofort. Es war ein Kasten aus dem 19. Jahrhundert, labyrinthisch, schlecht geheizt, mit einem Innenhof, in dem sich die Raucher trafen. Der Talma-Saal, in dem wir vor langer Zeit einmal *Romeo und Julia* gespielt hatten, war den Studenten im dritten Jahr vorbehalten und dem Vorsprechen am Anfang und Ende des Jahres. Dort wurden wir vor eine Kommission aus drei Männern und einer Frau gebracht, die zwischen jeder einzelnen Darbietung halblaut beratschlagten.
Bastien hatte von einer Kundin seiner Eltern eine wertvolle Information über die Kommission.
»Der Älteste mit den grauen Haaren ist Jeanson. Zu dem müssen wir gehen. Letztes Jahr hat er drei von seinen Schülern beim Auswahlverfahren für die Schauspielschule in Paris durchgebracht, und da gab es 1200 Bewerber!«

Aber Jeanson konnte nicht alle Bewerber in seinen Kurs aufnehmen. Es stellten sich zweiunddreißig vor, und er würde nur die Hälfte nehmen. Die Prüfung war noch einfacher als die für das Wahlfach Theater beim Abitur: entweder ein Monolog von drei Minuten oder eine Dialogszene von fünf Minuten. Das Urteil kam direkt danach aus Jeansons Mund: aufgenommen für das erste Jahr bei einem der drei anderen Lehrer, aufgenommen für das zweite Jahr bei ihm oder nicht aufgenommen. Die Bewerber kamen in alphabetischer Reihenfolge dran, Neville Fersenne musste vor Chloé Lacouture auftreten, und Bastien Vion war der letzte.
»Was hast du dir ausgesucht?«, fragte er Neville.
»Die Prosa von der Transsibirischen Eisenbahn.«
Bastien, der nicht die geringste Ahnung hatte, was das war, heuchelte ein bewunderndes Gesicht. Als er dann sah, wie Neville die Augen zumachte, um sich zu konzentrieren, bis er an die Reihe kam, warf er Chloé ein verschwörerisches Grinsen zu. Von Nevilles tragischem Charakter nahm er nur die lächerliche Seite wahr.
»Monsieur Fersenne!«, rief der zuständige Assistent.
Neville faltete seinen langen Körper auseinander, stieg mit hastigen Schritten die fünf Stufen hoch, die auf die Bühne führten, und stellte sich mitten ins Licht auf die Vorbühne, sehr blass, mit fiebrigen Augen, den Kragen seines weißen Hemds sehr weit offen. Schön wie ein zum Tode Verurteilter. Und ohne darauf zu warten,

dass er aufgefordert würde, setzte er die *Transsibirische Eisenbahn* in Bewegung.

Damals wuchs ich heran
War kaum sechzehn und hatte schon die Erinnerung an
  meine Kindheit verloren ...

»Es wäre besser, wenn man ihn hören würde«, flüsterte Bastien seiner Nachbarin ins Ohr.
Denn Neville, der seine Stimme zu Hause vergessen hatte, schien sich den drei leeren Stühlen in der ersten Reihe anzuvertrauen.

... meine Jugend war damals so leidenschaftlich und so
  verrückt,
Dass mein Herz abwechselnd brannte wie ...

»Danke, Monsieur«, unterbrach ihn die Frau aus der Kommission. »Ich glaube, wir haben die Prosa von Blaise Cendrars erkannt.«
Ein leises Lachen war unter ihren Kollegen zu hören.
»Monsieur Fersenne«, ertönte eine warme und klangvolle Stimme, »die Autoren haben sich die Mühe gemacht, Texte zu schreiben. Sie, Monsieur Fersenne, werden sich nun die Mühe machen müssen, ihnen Gehör zu verschaffen.«
»Mist, er ist erledigt«, flüsterte Bastien Chloé zu.
Es war Monsieur Jeanson gewesen, der das Fallbeil sei-

ner Guillotine hatte niedergehen lassen. Neville blieb reglos und ohne sichtbare Reaktion auf der Bühne. Die vier Lehrer beugten sich zueinander, um im Halbdunkel des Talma-Saales ein paar Sätze zu wechseln. Verzweifelt spitzte Chloé die Ohren und versuchte, ein Wort zu erhaschen.

»Gut«, ertönte dann wieder die feste Stimme des alten Monsieur Jeanson. »Sie können gleich im zweiten Jahr beginnen.«

Als guter Kamerad rief Bastien »Bingo!« und wurde sofort zur Ordnung gerufen: »Bitte Ruhe im Saal!«

Ein halbes Dutzend Kandidaten kam vor Chloé an die Reihe. Sie hatte gedacht, sie würde sich langweilen, aber es war faszinierend. Jeder Prüfling brachte eine eigene Welt mit sich. Da war die hübsche Asiatin, deren elfenbeinfarbener Teint kokett von einem kleinen Schönheitsfleck im Mundwinkel betont wurde. Jedes Mal, wenn ihre Zunge über ein Wort stolperte, ärgerte sie sich über sich selbst und hob den Blick zum Himmel.

»Mademoiselle, wir brauchen nicht zu wissen, dass Sie unzufrieden mit sich sind«, merkte Monsieur Jeanson an. »Ein Schauspieler thematisiert niemals seine Fehler vor dem Publikum.«

Da war der Junge, dessen Wangen von spärlichem Bartwuchs verdreckt wurden, der auf der Bühne stand, einen Fuß leicht nach innen gedreht, eine Schulter

niedriger als die andere, und der eine Scheußlichkeit von Henri Michaux rezitierte, in der von Abszessen die Rede war, von schwarzem Blut, von Körpern, die von der Krankheit zerfressen sind, von Wülsten, die sich unter der Haut bildeten ... Seine Stimme empfand Vergnügen daran, sich in Exkrementen zu suhlen.
»Interessant, Monsieur. Es wird sich die Frage stellen, ob Sie Ihr Spektrum erweitern können«, schloss Jeanson.
Schließlich gab es einen Jungen, älter als wir, der mit einer Anspielpartnerin kam, sicher seine Freundin, um mit großer Natürlichkeit eine Szene von Ernst Schilmelpefnitzemberg zu spielen. Man vergaß, dass man im Theater war, man hätte denken können, man sitze im Café an der Ecke.
»Monsieur«, sagte Jeanson daraufhin, »die Natürlichkeit auf der Bühne ist nicht die Natürlichkeit des Alltagslebens, selbst Banalitäten werden dort auf andere Weise gesprochen. Was im Text fehlt, muss sich in Ihrem Spiel wiederfinden.«
Die drei Bewerber, Diane, Ronan und Samuel, wurden ins zweite Jahr aufgenommen. Als Chloé an der Reihe war, gingen zwei Hände auf ihre Schultern nieder.
»Toi, toi, toi«, flüsterte Bastien rechts.
»Wird schon klappen«, beruhigte Neville sie links.
Nicht einmal beim Spielen vor der Abitur-Kommission hatte Chloé so etwas empfunden: Ihre Beine vermochten sie kaum zu tragen, ihr Mund war wie aus-

getrocknet, die Zunge klebte am Gaumen. Sie hatte nicht nur ihren Text vergessen, sondern wusste nicht einmal mehr, warum sie da war.

»Du wirst nicht gleichzeitig die Schauspielschule und den Vorbereitungskurs für die Uni besuchen können«, hatte ihre Mutter gesagt.

Mama hat recht, dachte Chloé, als sie im Licht der Scheinwerfer stand. Ihr gegenüber ein schwarzes Loch. Aus diesem Loch drang die Stimme empor.

»Nun, Mademoiselle, was werden Sie uns zeigen?«

Jeanson. Es war Jeanson. Chloé wollte ihm etwas geben, und zwar jenes Etwas, das er von ihr erwartete. Es gelang ihr, hervorzubringen: »*Romeo und Julia*, 4. Akt, 3. Szene.«

Sie hob die Hände vor ihr Herz und verharrte so, stumm und starr wie Julia am Rand des Grabes.

»Wagen Sie es, Mademoiselle! Es geht ja schließlich nur ums Sterben.«

Aus dem Saal drang ein Lachen, ein einziges. Die anderen hatten Mitleid mit ihr.

»Los, Chloé, Licht!«

War es, weil sie hörte, wie sie beim Vornamen genannt wurde, oder war es der Ruf »Licht!« von Jeanson? Sie stürzte sich in ihren Text.

JULIA: *Lebt wohl! – Gott weiß, wann wir uns wiedersehn.*
  Kalt rieselt matter Schau'r durch meine Adern, der fast
  die Lebenswärm erstarren macht …

Sie konnte ihren Monolog auswendig, die Frau aus der Kommission stoppte sie, bevor sie das Giftfläschchen trank.

»Gut«, sagte sie zu Chloé, »Sie haben Ihren Text gelernt.«

»Sie haben uns eine sehr schöne stumme Szene gezeigt. Es wurde ein bisschen schlechter, als Sie anfingen zu sprechen«, scherzte Jeanson. »Ich werde Sie in meinen Kurs aufnehmen, junge Frau. Einverstanden?«

Es war unglaublich, was dieser alte Mann in wenigen Worten mitschwingen ließ, Spott, Zärtlichkeit und eine unbestreitbare Autorität.

»Monsieur Vion!«

Der Saal war fast leer, als Bastien beim Ruf seines Namens aufstand.

»Kaugummi!«, flüsterte Neville.

Bastien spuckte ihn in das Taschentuch, das Chloé ihm hinhielt. Dann stieg er mit der beschwingten und ungezwungenen Art der Schauspieler, die gerade *»And the winner is…«* gehört haben, die fünf Stufen hinauf. Sein rotblondes Haar und die dazu passenden Augen, seine feingeschnittenen Züge, sein gesundes Äußeres und die Art, Zufriedenheit auszustrahlen, waren allein schon ein Schauspiel. Er steckte die Hände in die hinteren Taschen seiner Jeans und erklärte mit jungenhafter Stimme: »Ich zeige Ihnen *Der Sohn des Lebensmittelhändlers*. Das ist von mir.«

Er tischte den Lehrern der Schauspielschule noch einmal den Sketch auf, den er in der Achten geschrieben hatte. Chloé hörte, wie die Frau aus der Kommission protestierte: »Wo glaubt der, wo er ist?«

»Danke, Monsieur«, unterbrach ihn Jeanson ziemlich bald. »Haben Sie sich nicht vielleicht in der Tür geirrt? Wir suchen hier keinen Bühnenautor. Wir bilden Schauspieler aus.«

»Aber das ... das will ich ja machen.«

»Könnten Sie die Hände aus den Taschen nehmen?«

Bastien gehorchte und verlor die Fassung. Jeanson fuhr fort: »Die Vorgabe bestand darin, entweder einen Monolog oder einen Dialog aus dem Repertoire zu spielen. Gehören Sie zum Repertoire, Monsieur ... Vion?«

»Nein.«

Bastien begriff, dass er gerade dabei war, die Partie zu verlieren, aber mit jener Wendigkeit des Geistes, die allein er besaß, korrigierte er: »Nein, Monsieur.«

Dann streckte er flehend die Hand aus: »Aber ich kann so 'ne Szene für ... für ein andermal lernen.«

»So 'ne Szene!«, schrie die Frau mit hoher Stimme auf.

»Das wird nicht notwendig sein, junger Mann«, sagte Jeanson. »Ich nehme Sie in meinen Kurs auf. Aber ich warne Sie: Bei mir wird gelernt.«

Er erhob sich mit wohlkalkulierter Heftigkeit.

»Also, es reicht! Fünfzehn oder sechzehn?«

»Sechzehn«, antwortete seine Kollegin.

Sechzehn Schüler, darunter wir. Die Frage war: warum wir drei?

Neville war nicht zu hören gewesen, Chloé hatte Panik bekommen, und Bastien hatte die Leute zum Narren gehalten.

»Habt ihr Zeit, was trinken zu gehen?«, schlug Letzterer vor.

Bei dem Gedanken, dass er eigentlich nicht unnütz Geld ausgeben sollte, zögerte Neville eine Viertelsekunde, und Chloé zögerte eine halbe Sekunde, weil sie daran dachte, dass ihre Mutter sie zu Hause erwartete.

»Okay«, sagten beide.

Die Schauspielschule lag am Place Sainte-Croix, dem fröhlichsten Platz unserer Stadt, auf dem beim kleinsten Sonnenstrahl die Terrassen der Cafés öffneten und nach Einbruch der Nacht Musiker auftraten. Wir stießen die Tür zum *Bistrot Le Barillet* auf, das unser Hauptquartier werden sollte.

Neville gab sich männlich und bestellte ein Bier, Bastien und Chloé jeweils eine Cola. Dann machten wir uns erst einmal über die anderen erfolgreichen oder weniger erfolgreichen Kandidaten lustig, später wollte Bastien uns zum Lachen bringen, indem er Jeansons Stimme nachmachte.

»Nun, also, Monsieur Fersenne, was wollen Sie uns zeigen?«

»Stop it«, bremste ihn Neville.

Bastien machte große Augen, schnitt Chloé gegenüber ein komisches Gesicht, aber beharrte nicht weiter darauf. Danach versuchte jeder, die beiden anderen zu beeindrucken.

»Ich bin im Vorbereitungskurs für die Uni, ich weiß nicht, ob ich das alles gleichzeitig schaffe«, sagte Chloé und zählte auf: »Zehn Stunden Schauspielschule, fünfunddreißig Stunden Unterricht und die ganze Arbeit zu Hause!«

»Ich bin an der Uni für Jura eingeschrieben«, prahlte Bastien, »aber es geht, ich müsste das managen können.«

Das würde er um so mehr können, als er nicht die Absicht hatte, auch nur einen Fuß in die Uni zu setzen. Beide sahen Neville an, dessen Blick in die Ferne gerichtet war, während er sein Bier trank.

»Ich? Ich deale«, sagte er und stellte sein Bierglas ab.

Kurzer Blickwechsel zwischen Bastien und Chloé.

»Und ihr habt die Absicht, später Schauspieler zu werden?«, fragte Chloé.

Bastien, der keinerlei Absichten hatte, die über die nächste Stunde hinausgingen, tat immerhin so, als habe er Karrierepläne: zwei oder drei Jahre mit Jeanson, dann die Aufnahmeprüfung an der Schauspielschule in Paris.

»Mit der Erfolgsquote von Jeanson hab ich das praktisch in der Tasche, und nach der Schauspielschule in Paris werd ich …«

»Ist es schon sechs?«, unterbrach ihn Neville, der die Ohren gespitzt hatte, als er die Kirchturmuhr nebenan sechsmal hatte schlagen hören.

Er stand auf und suchte dabei ein wenig Kleingeld in der Manteltasche.

»Lass«, sagte Bastien, »ich zahl das.«

»Nett von dir, für meinen Unterhalt aufzukommen, aber ich bin zu teuer für dich. See you!«

»Schon speziell«, murmelte Bastien und sah ihm hinterher.

Bastian konnte man hänseln, schubsen, foppen, runtermachen. Er war nie verärgert.

»Hast du Geschwister?«, fragte er Chloé, um das Gespräch wieder in Gang zu bringen.

»Ja, eine Schwester.«

Aber sie distanzierte sich bereits. Sie hatte keine Lust auf ein Rendezvous mit Bastien.

»Meine Mutter wartet auf mich«, sagte sie und verzog leicht das Gesicht. »Das ist so eine, die bei der Polizei anruft, wenn ich zehn Minuten zu spät bin.«

»Okay. Also ... bis Montag?«

»Ja, Montag. 18 Uhr, oder?«

»Genau.«

Sie sahen sich an. Umarmten sich nicht.

Als Bastien nach Hause kam, nachdem es ihn in der Stadt vom Café ins Kino gezogen hatte, war die Wohnung dunkel. Die einzige Licht- und Lebensquelle war

der Fernseher im Wohnzimmer. Monsieur und Madame Vion sahen was Lustiges im Fernsehen, einen Film, den sie nach ihrem endlosen Arbeitstag eingeschaltet hatten, als er schon lief. Monsieur Vion war seit ein paar Wochen Geschäftsführer bei Carrefour, und seine Frau saß an einer der drei Kassen. Sie hatten all ihre Ersparnisse verloren, waren aber auf der sozialen Stufenleiter ein paar Sprossen aufgestiegen und lebten in einer Art bienenfleißigem Stumpfsinn. Bastien blieb hinter ihnen stehen, ohne sich bemerkbar zu machen. Seine Eltern waren im Sofa zusammengesunken und sahen zu, wie Jacques Villeret in *Dinner für Spinner* herumtobte. Traurigkeit überfiel Bastien, packte ihn ohne jede Vorwarnung an der Kehle. Er vertrieb sie durch Kopfschütteln und ging in sein Zimmer. Er würde Menschen zum Lachen bringen. Das war seine Berufung. Er würde müde Menschen, die abends vor ihrem Fernseher aufs Sofa sanken, die Fernbedienung in der Hand, zum Lachen bringen.
Tröstendes Lachen, befreiendes Lachen, heilendes Lachen!

4

Herrschaft, du magst mich halt nicht

Als der Unterricht ihres Vorbereitungskurses für die Elitehochschule begann, fragte Chloé sich, in was für ein Straflager ihre Eltern sie da gebracht hatten. Bis jetzt hatte sie freundlich mit ihren soziokulturellen Kompetenzen gelebt, die ihr ein »Sehr gut« im Abitur eingebracht hatten. Und plötzlich tauchten mit pädagogischen Prügeln bewaffnete Bestien in einem friedlichen Klassenraum auf und begannen, vor vierzig verschreckten jungen Leuten ausgefallene Reden zu halten.

DER GESCHICHTSPROFESSOR: *Die volle Punktzahl ist allein Gottvater vorbehalten, 19 von 20 Punkten bekommt allein Gottes Sohn, 18 der Heilige Geist. 17 gibt es für mich. Ihre Arbeiten benote ich ab 16 abwärts. Vor drei Jahren habe ich einmal 16 Punkte vergeben. Sie sehen, das ist absolut erreichbar.*
DIE PHILOSOPHIEPROFESSORIN: *Ich vergebe minus minus und plus minus für eine differenziertere Benotung. Wie Sie sich denken können, gibt es einen deut-*

lichen Unterschied zwischen einer 10 minus minus und einer 9 plus minus.

DIE FRANZÖSISCHPROFESSORIN: *Bis Dienstag in vierzehn Tagen schreiben Sie mir einen Kommentar zu dem Satz von Roman Jakobson: ›Die Poetizität ist nur ein Bestandteil einer komplexen Struktur, die aber die anderen Elemente dieser Struktur auf dieselbe Weise verwandelt wie das Öl zwar kein eigenes Gericht ist, aber aus einer Sardine eine Ölsardine machen kann.‹ Ich sage Ihnen gleich: Sollten Sie mir eine Arbeit aus dem Internet kopieren, dann merke ich das.*

Am Sonntagabend rief Chloé panisch ihre beste Freundin an.

»Hallo, Clem? Hast du mit der Französischaufgabe angefangen?«

»Ja, ich habe eine ziemlich gut gemachte Internetseite über Roman Jakobson gefunden, und dann noch eine zur Poetizität.«

»Keine einzige Seite über Ölsardinen?«, kicherte Chloé.

Nach fünfundzwanzig Minuten Klagen über all die Arbeit, die sie erledigen mussten, was den Beginn ebendieser Arbeit um weitere fünfundzwanzig Minuten hinausgeschoben hatte, verabschiedete sie sich von Clémentine. Und dann waren da noch die fünf Seiten spanische Redewendungen, die sie bis zum nächsten Nachmittag zu pauken hatte.

Chupar del bote: schmarotzen.
»Welcher Spanier muss so was sagen?«, fragte sie laut seufzend.
Als Madame Lacouture nach Mitternacht noch Licht im Zimmer ihrer großen Tochter sah, machte sie sich Sorgen um deren Gesundheit und öffnete die Tür.
»Du solltest schlafen, mein Liebling ...«
»Aber ich habe doch grad erst mit meinem Aufsatz angefangen«, jammerte Chloé.
»Dann machst du den eben morgen Abend fertig.«
»Aber nein! Morgen habe ich Schauspielschule bis neun Uhr!«
»Na, ich hatte dir ja gesagt, dass du nicht beides machen kannst«, murmelte ihre Mutter und schloss schnell die Tür.
Tränen stiegen Chloé in die Augen. Die Vernunft zwang sie, am nächsten Abend lieber ihren Aufsatz fertigzuschreiben als sonst was mit diesem Sprücheklopfer Bastien und dem Angeber Neville zu veranstalten. Aber ... aber sie hatte das Bedürfnis, die Stimme von Monsieur Jeanson zu hören, der ihr zurief: »Licht, Chloé!«

Der Sarah-Bernhardt-Saal war weitläufig, hässlich und kahl, wie es ein Ort sein muss, an dem Phantasie wirkt. Man erreichte ihn über eine Treppe mit ausgetretenen Stufen, legte Taschen und Mäntel auf zwei Tische und zog die Schuhe aus. Dann setzte man sich auf eine der Bänke an den Wänden.

Als Chloé den Saal betrat, begrüßte sie aus der Ferne Diane und Samuel, die bereits da waren, und rutschte in Socken über das Linoleum zur Bank, auf der sie zusammensank. Wie eine Sardine in der Dose, dachte sie, so sehr beschäftigte sie ihr Aufsatzthema. Neben ihr knackte die Bank, als jemand sich setzte, jemand, der die Beine vor sich ausstreckte. Horror! Am Ende seiner Beine sah sie zwei nackte Füße mit Zehen, die sich bewegten wie fette weiße Würmer. Chloé hasste Füße, vor allem Zehen.
»Guten Abend«, sagte Ronan.
Es war der magere Bartträger, der so gerne scheußliche Texte sprach. Als Chloé Bastien und dann Neville entdeckte, die gerade zur Tür hereinkamen, freute sie sich, lief zu ihnen, umarmte sie und setzte sich zwischen die beiden.

Monsieur Jeanson kam zehn Minuten zu spät und mit einer von Papieren überquellenden Umhängetasche. Wir verloren dann noch eine gute halbe Stunde mit administrativem Kleinkram, Anmeldegebühren, fehlenden Passfotos, und Chloé wurde zunehmend gereizt, weil sie an all die Arbeit dachte, die sie in dieser Zeit hätte erledigen können. Schließlich verteilte Monsieur Jeanson den Text, mit dem seine Schüler üben würden. Bastien juchzte, als er auf der Mappe las: *Don Juan*, Molière.
Er würde andere zum Lachen bringen können, indem

er Sganarell spielte. In der Mappe befanden sich vier fotokopierte Blätter.

[2. Akt, 1. Szene]
CHARLOTTE: *Wie denn, was denn für eine Freud' – was hast?*
PIERROT: *Kurz und gut: Kummer hab' ich mit dir.*
CHARLOTTE: *Ja, wieso denn?*
PIERROT: *Herrschaft, du magst mich halt nicht.*

»Was ist das denn?«, brummte Bastien.
Jeanson erinnerte daran, dass Don Juan versuchte, ein Bauernmädchen vor den Augen ihres Verlobten zu verführen, und erklärte dann die Sätze, die Molière seinen Figuren in den Mund gelegt hatte. Chloé, die von sieben Stunden Unterricht bereits erschlagen war, hatte den Eindruck, noch mal ranzumüssen. Nein, wirklich, sie hatte keinen Appetit mehr auf Textinterpretation. Sie wollte SPIELEN.
Den Kopf an die Wand gelehnt, war sie beinahe eingeschlafen, als sie spürte, wie Bastien neben ihr sich schüttelte.
»Gut, gehen wir zusammen?«
Sie schrak auf.
»Was?«
Sie dachte, er würde sie fragen, ob sie mit ihm gehen wolle. Aber er wedelte ihr mit den Kopien vor der Nase herum.

»Ich spiel Pierrot, du Charlotte. He! Ho!, wach auf, wir sind in der Schauspielschule!«
Die Schüler mussten sich paarweise zusammentun, um die Szene zu proben. Durch einen glücklichen Zufall gab es ebenso viele Charlottes wie Pierrots. Diane, die auf der Nachbarbank saß, beugte sich zu Neville und fragte ihn, ob er ihr Partner sein wolle. Bastien und Chloé warfen ihr einen ärgerlichen Blick zu. Aber es war schwierig, eine Szene zu dritt zu spielen, die für zwei vorgesehen war. Neville zog sich mit der schönen Asiatin mit dem elfenbeinfarbenen Teint in eine Ecke des Raums zurück, während Bastien und Chloé gemeinsam probten, ohne ihre Bank zu verlassen. Bastien erkannte sofort das komische Potential der Rolle eines Dorfdeppen, und er rollte das ›r‹ genau wie er mit den Augen rollte. Chloé hatte Mühe, ernst zu bleiben. Monsieur Jeanson kam zu ihnen, und Bastien wollte ihn beeindrucken, indem er die Effekte noch steigerte. Der Lehrer unterbrach ihn, indem er ihm sanft die Hand auf die Schulter legte.
»Nein, nimm nicht so einen Berry-Akzent an. Du machst keinen Bauern nach. Du spielst Molière.«
Bastien, der ein geborener Imitator war, begriff nicht, was der Lehrer wollte, und begnügte sich damit, die Augenbrauen hochzuziehen, halb ratlos, halb verärgert. Es war das erste Mal, dass eine Bemerkung ihn traf. Er tröstete sich, indem er Chloé auf Nevilles düsteres Gesicht gegenüber von Diane aufmerksam machte.

»Das ist nicht gerade sein Geschmack«, sagte er amüsiert.

»Diane?«

»Nein, Pierrot!«

»Ein Schauspieler muss alles spielen können, oder?«

»Ich glaube nicht. Man ist durch seine körperliche Beschaffenheit eingeschränkt. Ich habe das Äußere eines Komikers, du ...«

Er wurde durch ein Händeklatschen unterbrochen – zu Chloés großem Bedauern, die gerne gewusst hätte, was für ein Äußeres sie hatte. Jeanson forderte seine Schüler auf, ihren Text zu nehmen und sich an den beiden Seiten einer imaginären Linie aufzustellen, die Charlottes auf der einen, die Pierrots auf der anderen Seite.

»Stellt euch nicht in regelmäßigen Abständen in einer Reihe auf wie die Lauchstängel!«, drängte er sie.

»Bewegt euch, lauft herum! Aber verliert euren Partner nicht aus den Augen. Eure Blicke müssen wie ein gespanntes Seil sein.«

Jeanson begann, im Zickzack zwischen den Schülern herumzulaufen, wich ihnen manchmal gerade noch aus und attackierte sie: »Gut, also, Jungs, ihr seid verliebt, oder? Das Mädchen da, das würdet ihr gern ... Richte dich auf und lass deinen Bärentanz.«

Das war an Ronan gerichtet, der sich vorgebeugt hielt und von einem Fuß auf den anderen tänzelte.

»Und ihr, Mädchen, wenn ein Junge Lust auf euch

hat, dann spürt ihr es, oder? Was tut ihr in diesem Moment? Senkt ihr den Kopf, zieht ihr die Brust ein, entschuldigt ihr euch dafür, dass ihr existiert?«
Jeanson baute sich vor Chloé auf, die sich tatsächlich ganz klein machte, seit von Verführung die Rede war.
»Also, junge Frau ... wie heißt du?«
»Chloé.«
»Chloé. Mut, Chloé! Im Theater ist man vor allem ein Körper, ein Körper im Licht, den zehn, zwanzig, hundert, tausend Menschen ansehen und mustern. Ein Körper mit Beinen, stell deine Füße richtig auf den Boden, ja, genau. Lass deine Hände fallen, versteck nichts. Du hast einen Körper mit Brüsten, Chloé, du bist ein Mädchenkörper. Jetzt atme, atme ...«
Chloé war knallrot geworden. Nachdem Jeanson ihr kurz auf die Schulter geklopft hatte, entfernte er sich.
»Die erste Sprache ist die des Körpers. Die Wörter kommen danach ... Mädchen, sobald ihr euch bereit fühlt, den ersten Satz zu sprechen, legt los. Ganz egal, wer spricht. *Wie denn, was denn für eine Freud' – was hast?* Und los!«
Es wurde still im Saal. Man hörte nur noch das Rutschen der Socken auf dem Linoleum.
»Mut, es ist nur ein Satz, den ihr in den Raum werft! Chloé?«
Beim Ruf ihres Vornamens zog sie sich zusammen. Dieser Typ verfolgte sie!
»Licht, Chloé!«

Ihre Stimme legte los, ohne dass sie sie zurückhalten konnte: »Wie denn, was denn für eine Freud' – was hast?«

Chloé war eine Viertelsekunde lang sehr stolz auf sich, bevor sie von Jeanson niedergemacht wurde.

»Geh beim Fragezeichen nicht mit der Stimme hoch, sonst klingst du lahm. Los, Jungs, jemand, der ihr antwortet!«

Ronan drängte sich vor.

»Kurz und gut: Kummer hab' ich mit dir.«

Ronan hatte sich für den schleppenden Akzent eines Dorfdeppen aus den Alpen entschieden, und Bastien begriff, dass das der falsche Weg war – denn man erkennt die eigenen Schwächen besser an einem anderen.

»Nein, nein, lass den Akzent, das ist klischeehaft!«, unterbrach ihn der Lehrer. »Verschluck die Silben nicht, lies ordentlich, was da geschrieben steht. Molière hat das geschrieben. Nicht du. MOLIÈRE! Also, Mädchen, noch mal: *Wie denn?*«

Eine Stunde später hatten die Charlottes und Pierrots es verstört oder genervt geschafft, ein Dutzend Sätze zu wechseln, aber Neville hatte nicht den Mund aufgemacht.

»Nun, mein Junge, Sie müssen sich trauen«, ermunterte ihn Jeanson.

»Kann nicht«, stieß er zwischen den Zähnen hervor.

Jeanson sah davon ab, ihn anzutreiben, wie er es mit

allen anderen getan hatte. Er begnügte sich mit einem kleinen Nicken. Aber als Pause war und Neville gerade zu Bastien und Chloé gehen wollte, rief ihn der Lehrer mit einem klangvollen »Junger Mann!« zu sich. Schon gewappnet mit Rechtfertigungen oder Entschuldigungen, ging Neville zu ihm.
»Ich habe Ihren Vornamen vergessen«, begann Jeanson.
»Neville.«
»Ganz richtig. Neville. *Du fragst mich, warum ich Alessandro töte? Ja soll ich Gift nehmen oder in den Arno springen?* Könnten Sie mir diesen Monolog aus *Lorenzaccio* auswendig lernen?«
»Von wem ist das?«
»Musset. Haben Sie von ihm schon gehört?«
Instinktiv siezte Jeanson Neville.
»Okay, Musset«, sagte Neville neutral, das Gesicht ausdruckslos.
»3. Akt, 3. Szene. Bis nächsten Montag.«
»Okay«, wiederholte Neville und wandte sich ab.
In Begleitung von Samuel und Diane, die beide Raucher waren, erwarteten Chloé und Bastien Neville ungeduldig in dem kleinen Innenhof. Als ihr Freund auftauchte, wandten sich Chloé und Bastien von den beiden anderen ab.
»Was hat er dir gesagt?«, fragte Bastien.
Neville erzählte die Szene, die sich gerade zwischen dem Lehrer und ihm abgespielt hatte.

Wir drängten uns in einer Ecke des Hofs zusammen und berührten uns mit der Hand oder dem Arm.
Dicht an dicht wie Sardinen in der Dose, dachte Chloé.
»Alles okay?«, fragte Neville sie plötzlich.
»Du siehst völlig erledigt aus«, fügte Bastien hinzu.
Die Fürsorge ihrer Freunde trieb ihr die Tränen in die Augen. Sie wollte ihnen erklären, es sei nichts als Überlastung, machte den Mund auf, aber zu ihrer großen Überraschung kam Folgendes heraus: »Es ist wegen meinen Eltern.«
In ein paar Sätzen erzählte sie von dem, was sie »ihre verhinderte Berufung« nannte. Ihre Eltern wollten nicht, dass sie auf die Schauspielschule ging. Sobald sie für ihre ersten Arbeiten schlechte Noten bekommen würde, was im Vorbereitungskurs fast normal war, würden sie das nutzen, um ihr zu sagen, sie solle das Theater aufgeben.
»Und außerdem muss ich bis morgen einen Aufsatz abgeben, der macht mich echt fertig. Eine Ölsardinen-Metapher, ich hab nichts kapiert!«
Eine Träne rann ihr die Wange hinunter. Hinter ihr rief eine Stimme: »Kommt ihr? Es geht weiter!«
Es war Diane, die ihren Pierrot zurückholen wollte.
»Ja, ja, wir kommen!«, rief Bastien.
Es blieb noch eine knappe Stunde Unterricht, aber Chloé war nicht mehr in der Lage, daran teilzunehmen.

»Soll ich dich zurückbegleiten?«, schlug Neville ihr vor.
»Ich kann allein nach Hause gehen«, protestierte Chloé, die erneut die Zweisamkeit vermeiden wollte.
»Du hast recht«, sagte Bastien. »Er würde dich nur anbaggern.«
»Hau ab!«, erwiderte Neville mit einer an Bastien gerichteten genervten Armbewegung, die Chloé zusammenzucken ließ.

Wir liefen zu dritt durch die Straßen unserer kleinen Stadt, die um 20:30 Uhr bereits wie ausgestorben war.
Bastien hielt sich in einigem Abstand zu Neville, um sticheln zu können, ohne einen Schlag zu riskieren.
»Und ihr, Mädchen, was tut ihr, wenn ihr spürt, dass ein Junge Lust auf euch hat?« Chloé hatte die Antwort auf die Frage von Monsieur Jeanson. Sie lachte. Zwischen zwei Feuern, wie eine Sardine auf dem Grill.

5

*Ich liebe den Wein,
das Spiel und die Mädchen*

Den Fersennes fehlte es wirklich an Geld. Wenn Magali Miete, Heizung und Strom bezahlt hatte, blieb ihr gerade noch genug, um Essen zu kaufen. Schon seit mehreren Jahren schaffte es Neville irgendwie, seine Klamotten und sein Telefon selbst zu bezahlen. Er lud Kisten auf dem Markt ab oder putzte in Geschäften die Schaufenster. Wenn es nicht anders ging, klaute er. Im Internet hatte er gelernt, wie man die Diebstahlsicherung im Supermarkt ausschaltet. Im Falle von *Lorenzaccio* genügte es, das kleine Buch in die Tasche seines großen schwarzen Mantels gleiten zu lassen und dann mit ungezwungener Miene aus der Buchhandlung zu gehen.
Neville war kein großer Leser. Er blätterte direkt zur 3. Szene des 3. Aktes, die Monsieur Jeanson genannt hatte, und murmelte: »Du fragst mich, warum ich Alessandro töte?«
Er begriff nicht viel von dem Monolog, aber manche Sätze verstörten ihn beim Lesen: *Bedenkst du, daß dieser*

Mord alles ist, was mir von meiner Tugend geblieben ist? Aber ich liebe den Wein, das Spiel und die Mädchen ...
»Who's that guy?«, fragte Neville sich halblaut.
Es gab nur einen Weg, das herauszufinden, und er fand sich damit ab. Seufzend legte er sich aufs Bett. 1. Akt, 1. Szene. Zwei Stunden später war Lorenzaccio erdolcht, seine Leiche in die Lagune von Venedig geworfen, und Neville weinte, während er das Buch mit beiden Händen an sich drückte. Er WAR Lorenzaccio.
»Neville! Neville!«
Magali Fersenne hatte eine besondere Art, ihren Sohn zu rufen. In ihrer Stimme lag Angst.
»Schrei nicht, ich hör dich.«
»Ah, du bist da«, sagte sie beruhigt.
Sie hatte ihre Einkaufstasche voller Konservendosen, Nudel- und Reispackungen auf dem Küchentisch abgestellt. Damit konnten sie eine Woche überleben.
»Du hast Wind in die Augen bekommen«, bemerkte sie, während sie die Vorräte wegräumte. »Du hast rote Augen das ist wie bei mir der Wind wirbelt den Staub auf und das wird wieder mein Asthma auslösen es sollte regnen das hatten sie im Wetterbericht auch angekündigt Regen aber die täuschen sich jedes zweite Mal die sollten besser aus dem Fenster sehen bevor sie reden ich hab Hörnchennudeln für dich genommen ich weiß dass du die lieber magst als die Schmetterlingsnudeln also ich weiß nicht ob die auf italienisch auch so heißen vielleicht heißen die ja anders.«

Neville wusste nicht, wie er seine Mutter zum Schweigen bringen sollte. Er wartete auf einen kurzen Moment des Zögerns, der es ihm erlauben würde, endlich zu fragen, was ihm auf den Lippen brannte, diesen einzig wichtigen Satz auszusprechen, den er auf Englisch sagen würde: »Who's my father?«
Er erinnerte sich, als kleiner Junge nach seinem Vater gefragt zu haben, und seine Mutter hatte ihm so etwas wie »Der ist ein schlechter Mensch« geantwortet. In seinem Kopf war dieser schlechte Mensch ein Dieb geworden, ein Mann, der aus seinem Leben verschwunden war, weil er im Gefängnis saß. Aber er hatte das Geld aus seinem Überfall versteckt, und eines Tages wäre er frei und würde alles seinem Sohn geben. Wenn Neville in einem Geschäft klaute, passierte es, dass vor seinen Augen ganz schnell Bilder vorbeizogen. Man verhaftet ihn, er kommt ins Gefängnis, sein Vater erkennt ihn. Papa! Du, mein Sohn!
Kurz gesagt, seit er zehn war, machte Neville sich etwas vor.

Neville musste den nächsten Morgen abwarten, um seinen Monolog in der leeren Wohnung üben zu können. Alles, was Lorenzo, der von den anderen aus Verachtung Lorenzaccio genannt wurde, sagte, zerriss ihm das Herz. Seine Augen funkelten, als er fragte: »*Glaubst du denn, ich habe keinen Stolz mehr, weil ich ohne Scham bin?*«

Dann machten die Tränen ihn heiser, als er hinzufügte: »... *und willst du, daß ich mein Lebensrätsel in aller Stille sterben lasse?*«

Er verstand nicht, woher diese Ergriffenheit kam. War sie in den auf Papier niedergelegten Worten enthalten? Oder hatte er in seinem Herzen einen Vorrat an Hass und Leid, etwas Erschreckendes, wie das Bedürfnis zu töten?

Ab Montagmittag begann er, seltsame Gefühle zu empfinden, Temperaturwechsel von eisig bis glühend heiß, Magenkrämpfe, Mühe beim Atmen. Er trank etwas Alkohol, um sein Lampenfieber zu vergessen, und vergaß vor allem seinen Text. Ab 17 Uhr sah er dann alle zehn Minuten auf die Uhr. Als er sich neben Chloé auf die Bank setzte, schwankte er noch zwischen zwei Lösungen: als Erster drankommen oder dafür sorgen, vergessen zu werden.

»Gut, ich glaube, ich hatte letzte Woche vorgeschlagen, Texte zum Thema Don Juan zu suchen«, begann Jeanson und sah seine sechzehn Schüler nacheinander an. »Hat jemand etwas gefunden?«

»Ja, ich«, sagte Ronan, der sich systematisch in den Vordergrund spielte.

»Was zeigen Sie uns?«

»*Don Juan in der Unterwelt.* Baudelaire.«

Ronan stellte sich krumm, bucklig, die dicken Zehen zusammengekrümmt, in die Mitte des Saales.

»*Als Don Juan zum Acheron gefahren ...*«

»Ho, ho, junger Mann!«, unterbrach ihn Jeanson, als packte er ein scheuendes Pferd bei den Zügeln. »Zunächst einmal erinnere ich mich nicht mehr an deinen Namen.«
»Ronan Figuerra.«
»Ganz richtig. Ronan. Nun, also, Ronan, du musst auftreten. Wir sind im Theater. Du gehst also in den Raum nebenan, der uns als Kulisse dient, und kommst dann über die Bühne zu uns. Verstanden?«
Ronan trat also auf, es war ein humpelnder, verstohlener Auftritt, den Blick dicht auf dem Boden. Dann, als er den Stuhl bemerkte, den der Lehrer verlassen hatte, um zwischen seinen Schülern Platz zu nehmen, ließ er sich auf ihn fallen und begann von Neuem.
»*Als Don Juan zum Acheron gefahren ...*«
Mit Grabesstimme und glasigem Blick reihte er die Vierzeiler aneinander bis zum Schlussvers.
»*... Des Helden Blicke auf den Wellen ruhten.*«
»Perfekt«, sagte Jeanson.
Und alle begriffen, dass perfekt bedeutete: Das war nichts.
»Hast du schon einmal von Diärese gehört?«
»Das sagt mir etwas«, antwortete Ronan treuherzig.
»Das ist ein Glück, denn ohne Diärese gäbe es keine Poesie. Po-esie. Und es heißt Don Ju-an, das ist wichtig für die Silbenzahl und den Rhythmus ...«
»Aber manchmal klingt das künstlich«, verteidigte sich Ronan.

»Ja, Monsieur, das ist Lyrik!«, begeisterte sich Jeanson. »Das ist Po-esie! Und die *ist* künstlich. Wenn die Leute andere reden hören wollen wie im Leben, gehen sie nicht ins Theater, sondern bleiben zu Hause. Jetzt fängst du noch mal an und achtest genau auf die Silben.«

»Als Don Juan zum Acheron gefahren ...«

»Nein, Monsieur. Du gehst hinaus und trittst noch mal vor uns auf.«

Ronan verzog verärgert das Gesicht, gehorchte aber. Als er sich erneut hinsetzen wollte, rief Jeanson: »Nein, Monsieur! Ein Alexandriner hat vierzehn Füße, zwölf Versfüße und zwei, auf denen du stehst.«

Ronan stieß einen Seufzer aus und begann stehend von neuem.

»Als Don Juan ...«

Jeanson unterbrach ihn bei: *Mit schlaffen Brüsten und mit offnem Kleid.*

»Aber man sieht nichts! Du erzählst uns von schlaffen Brüsten, aber dein Blick ist leer. Sag dir, dass eine dieser unkeuschen und schlaffen Frauen ... was weiß denn ich ... dass eine dieser Frauen ... diese junge Dame hier ist!«

Als Jeanson auf Diane zeigte, hielt Chloé mit Müh und Not einen erleichterten Seufzer zurück.

»Mach es noch mal und sieh sie dabei an. Beschreibe uns, was du siehst, dann sehe ich es auch.«

Der Unterschied war erstaunlich. Ronan richtete den

Blick auf Diane, und ein Ausdruck des Abscheus legte sich über sein Gesicht, während er deklamierte:

»Mit schlaffen Brüsten und mit offnem Kleid,
So wanden sich die Frauen in der Nacht.«

»Besser, das war schon besser.« Jeanson nickte zustimmend. »Du fühlst dich mit dem Ekelhaften wohl, oder?«
Ronan ging und setzte sich grinsend wieder hin. In der Hoffnung, nicht aufzufallen, schrumpfte Neville auf seiner Bank zusammen.
»Nun, was haben wir sonst noch auf dem Programm?«, fragte Jeanson.
Neville spürte den Blick des Lehrers auf sich ruhen und hörte auf zu atmen.
»Hatte ich Sie nicht gebeten, etwas aus *Lorenzaccio* vorzubereiten?«
»Doch«, sagte Neville, ohne sich zu rühren.
»Sind Sie bereit?«
»Ja.«
Er stand auf wie ein Automat und ging zur Kulisse.
»Warten Sie!«, rief Jeanson. »Ich muss Ihren Mitschülern den Kontext erklären.«
Neville kam und setzte sich neben den Lehrer, dessen Erklärungen er kaum zuhörte. In dem Zustand der Verwirrung, in dem er sich befand, begriff er sowieso nichts mehr.

»Der junge Lorenzo de Medici lebt im Italien der Renaissance. Er hat beschlossen, einen Diktator zu ermorden, egal welchen – aus Liebe zur Republik oder um von sich reden zu machen. Er wird zum Freund des Tyrannen Alessandro, zum Begleiter bei dessen Ausschweifungen, und wartet auf den richtigen Zeitpunkt, um zuzuschlagen.«
Jeanson gab Neville einen Klaps auf die Schulter, als würde er hinzufügen: »Wir zählen auf dich.« Neville ging in die Kulisse, dann trat er aschfahl, zerstört, verzweifelt auf. Er blieb stehen, schloss die Augen, versuchte zu vergessen, dass er Jeans und Strümpfe anhatte, sah sich in der untergehenden Sonne in einer florentinischen Gasse, Stiefel an den Füßen und in einem schwarzen Umhang. In der Ferne bellt ein Hund, ein Mädchen singt in einem Fenster, Wasser plätschert in einem Brunnen. Licht, Neville! Er öffnete irre Augen.
»*Du fragst mich, warum ich Alessandro töte? Ja soll ich Gift nehmen oder in den Arno springen? ...*«
Jeanson unterbrach ihn nach ein paar Sätzen.
»Ist gut, ist gut«, sagte er, als spräche er mit einem wilden Tier.
Er stand von der Bank auf und deutete mit der Hand auf Neville, wie ein Redner, der die Aufmerksamkeit des Publikums auf ein Gemälde oder eine Statue lenkt.
»Unser Freund Neville hat sich gut in seine Figur eines

Verschwörers hineinversetzt. Er hat Angst, dass feindliche Ohren ihn hören. Unglücklicherweise haben wir aber unsere Eintrittskarten gekauft, um einem Stück von Musset zu lauschen. Im Theater erfolgen auch Geständnisse mit lauter Stimme ... Fangen Sie noch mal an.«

Bastien und Chloé begannen, das Schlimmste zu befürchten. Aber genau wie Ronan gehorchte auch Neville. Nur war der Zauber dahin, er lief nicht mehr durch die Straßen von Florenz. Als er zum zweiten Mal auftrat, sah er sich, wie er war, in Strümpfen auf Linoleum.

»*Du fragst mich, warum ich Alessandro töte?*«

Jeanson unterbrach ihn an derselben Stelle wie zuvor.

»Was liefern Sie mir da? Jetzt leiern Sie!«

Jeanson verwendete bisweilen ungewöhnliche Ausdrücke, die er aber sofort erklärte.

»Nehmen Sie sich Zeit für Ihren Monolog, das ist eine gute Arbeitsgrundlage ... Fangen Sie noch mal an. Langsamer.«

Nevilles Lippen entfloh ein Stöhnen, als würde er gefoltert. Er rieb sich mit der Hand über Augen, Stirn und Haare, dann schüttelte er den Kopf. Er gab auf.

»Nein, nein, blockieren Sie nicht«, sagte Jeanson. »Atmen Sie langsam ein. So. Atmen Sie aus. Atmen Sie ein. Atmen Sie aus.«

Mit zitternden Lippen gehorchte Neville.

»Sobald Sie etwas ruhiger sind, fangen Sie neu an.«
Fünf Sekunden absolute Stille. Zehn Sekunden, zwanzig Sekunden. Neville machte den Mund auf, aber begnügte sich damit, ein bisschen Luft zu schnappen.
»Also gut, drehen Sie sich um«, befahl ihm Jeanson mit barscher Stimme. »Vergessen Sie uns. Sagen Sie: *Du fragst mich, warum ich Alessandro töte?*«
Mit dem Rücken zu uns wiederholte Neville den Satz mit ersterbender Stimme.
»Lauter«, forderte Jeanson.
Neville strengte seine Stimme etwas an.
»Lauter.«
Neville versuchte es stärker.
»Lauter.«
Und so weiter, bis Neville brüllte: »Den bring ich um!«
Die Schultern zuckten heftig, dann schlug er die Hände vors Gesicht und erstickte sein Schluchzen. Bastien richtete sich halb auf der Bank auf, bereit, ihm zu Hilfe zu eilen, aber Chloé zog ihn am Arm, und er setzte sich wieder.
»Wir machen eine Pause, wir brauchen alle ein bisschen frische Luft«, befand Jeanson, während Neville mit gesenktem Kopf ging, um sich die Schuhe anzuziehen.

Wir stellten uns in dem kleinen Innenhof zusammen, Ronan und Diane schlossen sich unserem Trio an.

»Er ist ein bisschen sadistisch«, sagte Ronan mit einem Gesichtsausdruck, als schätze er das.

»Ich weiß nicht, was das soll, Neville derart zu nerven«, protestierte Bastien.

»Nein, das lag an mir, nur an mir«, sagte Neville und schlug sich zweimal auf die Brust.

Diane hielt ihm ihre Zigarettenpackung hin, und er, der nicht mehr rauchte, nahm eine. Um die Atmosphäre zu entspannen, erzählte Chloé von ihren Missgeschicken in ihrem Vorbereitungskurs, ihren 6,5 Punkten in Geographie, von denen sie ihren Eltern noch nichts erzählt hatte, und davon, dass sie am Tag zuvor eine Stunde damit verbracht hatte, einen Text ins Englische zu übersetzen, bevor sie gemerkt hatte, dass es sich um eine Übersetzung für den Spanischkurs handelte.

»Gehen wir wieder rein und lassen uns massakrieren?«, schlug Ronan vor.

»So böse bin ich dann auch wieder nicht«, hörten sie eine Stimme, die aus dem Schatten drang.

Niemand hatte bemerkt, dass Jeanson den Hof betreten hatte. Was genau hatte er mitbekommen?

»Ich bin nicht da, um Sie zu quälen«, sagte er. »Also ... nur ein bisschen. Ich muss Sie schon da holen, wo Sie sind. Schnecken holt man mit dem Spieß aus ihrem Haus.«

Er schnorrte bei Diane eine Zigarette, bevor er mit vor Bewunderung bebender Stimme fortfuhr:

»Dieser Lorenzaccio ist eine schöne Figur, die schöns-

te des romantischen Theaters. *Beachten Sie nur dieses magere Körperchen, diese schleichende Dämmerungsorgie, … beachten Sie diese matte Visage, die manchmal lächelt, aber keine Kraft zum Lachen hat.*«
Er gab Neville zwei freundschaftliche Klapse auf den Rücken.
»Das ist eine Rolle für Sie.«
Dann riet er ihm, nicht allein zu proben.
»Gewöhnen Sie sich an ein Publikum. Vielleicht Ihre Mutter. Oder ein Freund. Eine große Schwester.«
Als wir wieder in den Saal hinaufgingen, hielt er Neville am Arm zurück.
»Arbeiten Sie weiter an dem Monolog. Sprechen Sie laut. Sprechen Sie langsam. Legen Sie keine Ergriffenheit hinein, das bringt Sie durcheinander.«

Um 21:10 Uhr gingen wir durch die verschlafenen Straßen unserer kleinen Stadt, das Hirn in Aufruhr, der Körper wie zerschlagen, das Herz im Überschwang.
»Jeanson ist nett«, brummte Neville, »aber ich hab niemanden, mit dem ich proben kann.«
Chloé schreckte immer noch vor einem Rendezvous zurück und wagte nicht, sich vorzuschlagen.
»Wir können zusammen arbeiten, wenn du magst«, sagte Bastien.
»Okay. Aber nicht bei mir. Da ist es so runtergekommen.«
»Bei mir ist es auch runtergekommen.«

Chloé lud sie daher ein, bei ihr zu arbeiten. Sie akzeptierten es bereitwillig, ohne zu ahnen, dass Chloé ein leichter Schauder der Aufregung über den Rücken gelaufen war. Wie würde Mama reagieren, wenn sie ihr Neville und Bastien, ihre Mitschüler von der Schauspielschule, vorstellen würde?

6

*Seit einem Augenblick,
doch für mein ganzes Leben.
Ich liebe, was heißt lieben,
ich vergöttre Junia*

Bastien war in Chloé verliebt. »Das wäre geklärt«, sagte er zu sich, als hätte er gerade ein Problem gelöst. Würde sie sich auch in ihn verlieben? Das war eine andere Frage. Neville war ein ernsthafter Konkurrent, Mädchen lieben geheimnisvolle Jungen. Liebte Neville Chloé? Wahrscheinlich nicht. Aber wie sein Kamerad Lorenzaccio liebte er die Mädchen.

Chloé hatte sich mit beiden verabredet, um abwechselnd zu proben. Bastien wollte ihnen imponieren, indem er schon vorher etwas einübte. Jeanson hatte ihm den Monolog in *Der Geizige* vorgeschlagen: *Diebe! Diebe! Totschlag! Mord!*, als Harpagon entdeckt, dass man ihm sein armes, armes Geld, seine geliebte Geldkassette gestohlen hat. Bastien hatte die Komödie von Molière nicht gelesen und auch nicht die Absicht, sich den Text zu kaufen. Seit der neunten Klasse hatte er sich nicht verändert. Arbeiten? Niemals. Seine Eltern hatten in ihrer großen Sammlung lustiger Filme auch alle von Louis de Funès, darunter *Der Geizkragen*. Es würde genügen, sich ein paarmal die richtigen Stellen der DVD anzusehen und damit den Monolog auswendig zu kennen, so wie manche Kinder ein Musikstück spielen, ohne das Geringste von den Grundlagen der Musiklehre zu wissen. Durch Nachahmung. Bastien brauchte keine halbe Stunde, um die Grimassen des Schauspielers zu kopieren. Er ließ Sätze aus, sagte, *Was ist da für ein Krach?* anstelle von *Was ist das für ein Lärm?*. Aber das war bedeutungslos, da es vor allem darum ging, die Zuschauer zum Lachen zu bringen. In Gedanken hatte er sein Publikum bereits in der Hand.

Am Freitagnachmittag um fünf klingelte er, ungeduldig von einem Fuß auf den anderen tretend, bei den Lacoutures. Im selben Augenblick tauchte Neville an der Straßenecke auf. Bastien wusste nicht, ob er sich ärgern oder freuen sollte.
»Ja?«, ertönte Chloés Stimme aus der Sprechanlage.
»Wir sind's!«, verkündete Bastien, während er seinem Freund die Hand hinstreckte.
»Dritter Stock!«, ertönte es aus der Gegensprechanlage.
Neville wollte gerade die ersten Stufen hinaufgehen, als Bastien, der sich immer freute, wenn er es bequem haben konnte, auf den Fahrstuhlknopf drückte. Aus dem Augenwinkel musterte er Neville. Wenn der nicht

sein dramatisches Gesicht aufsetzte, umspielte ein unergründliches Lächeln seine Lippen. Eigentlich war er ziemlich nervig. Aber leicht zu imitieren …
Chloé erwartete sie an der Tür, hinter ihr hüpfte ihre kleine Schwester. Clélia war fast zehn und benahm sich wie ein Baby, ein Verhalten, das die Eltern Lacouture förderten.
»Wer ist das? Wer ist das?«, fragte sie und zupfte ihre Schwester am T-Shirt.
»Aber ich hab's dir doch gesagt. Freunde, die mit mir Theater spielen.«
Neville musterte Clélia mit einem Blick, den er sonst auf einen schlecht erzogenen jungen Hund geworfen hätte, während Bastien die Wohnung bestaunte. Sie war weitläufig, hell, gutbürgerlich eingerichtet, beide Töchter hatten ihr eigenes Zimmer. Aber Chloé, die nicht zwei Unbekannte in ihren Privatbereich eindringen lassen konnte, schlug vor, im Wohnzimmer zu arbeiten.
»Also, wer fängt an?«, fragte sie, von ihrer Geographieprofessorin geprägt, die unaufhörlich wiederholte, dass jede Minute des Tages genutzt werden müsse.
Bastien verspürte plötzlich ein Lampenfieber, mit dem er überhaupt nicht gerechnet hatte. Er begann mit einer Nachahmung von Jeanson.
»Ich muss Ihnen den Kontext erklären …«
Aber Neville wurde ungeduldig.
»Machst du's oder machst du's nicht?«

Bastien, der noch halb auf dem Sofa lümmelte, sprang mit einem Satz auf und rief das berühmte *Diebe! Diebe! Totschlag! Mord!* Dann sprach er seinen gesamten Monolog als ulkige Raserei à la Louis de Funès. Clélia und Chloé lachten hemmungslos, während Neville, der ein so ausgeprägtes Gespür für Lächerlichkeit hatte, dass er sich schnell für andere schämte, den Blick gesenkt hielt. Als Bastien zum Schluss kam, *Ich lasse alle Welt hängen. Und finde ich mein Geld nicht, erhänge ich auch mich*, applaudierte Clélia, und Chloé erklärte immer noch lachend: »Genau das ist es!«, ohne genauer zu sagen, was das heißen sollte.

Zufrieden mit sich ging Bastien zurück aufs Sofa und schleuderte Neville entgegen: »Und, bringst du Alessandro jetzt um oder nicht?«

Neville hatte vor, an seiner Szene zu arbeiten, wie Jeanson es ihm beim letzten Mal geraten hatte. Er stand auf und ging in den hinteren Teil des Zimmers.

»Sprechen Sie laut und langsam, junger Mann«, sagte Bastien. »Vergessen Sie nicht, dass wir unsere Plätze bezahlt haben.«

»Halt die Klappe«, antwortete ihm Neville friedfertig.

Und damit begann er, seinen Monolog vorzutragen, und sprach dabei so laut, als müsste die Stimme über die Rampe eines Theaters dringen. Er hatte sein Herz von jeder Ergriffenheit frei gemacht, aber der Klang seiner Stimme war ergreifend. Clélia hielt sich die Oh-

ren zu, schließlich verließ sie das Wohnzimmer. Dann probierte Neville unterschiedliche Tonfälle aus, fragte Chloé um Rat, suchte nach den passenden Gesten zu seinen Worten. Schließlich streckte Bastien sich mit einem geräuschvollen Gähnen.
»Gibt's vielleicht was zu essen?«
Die Sitzung endete damit, dass wir hastig ein paar Nutellabrote verschlangen, da Chloé eingefallen war, dass sie noch die Liste mit den Präfekturen auswendig lernen, einen Kommentar zu der Fabel *Der Wolf und das Lamm* schreiben und entscheiden musste, ob die Kunst die Natur oder die Natur die Kunst nachahmt – eine ziemlich schwierige Frage für eine Siebzehnjährige. Später freute sie sich zu hören, wie ihre kleine Schwester sie beim Abendessen fragte, wann die Jungen wiederkommen würden.
»Die Jungen?«, wiederholte Madame Lacouture, während Monsieur Lacouture, der gerade seinen Suppenlöffel in den Mund schieben wollte, innehielt.
»Wir proben gemeinsam unsere Rollen.«
»Bastien ist so lustig, wenn ihm seine Kassette gestohlen wird«, fügte Clélia hinzu. »Aber der andere, der macht mir Angst mit seinen Verbrechergeschichten.«
Chloé verdrehte die Augen, berief sich auf Molière und Musset als Zeugen ihres Anstands, dann lenkte sie ab, indem sie ihren Eltern von ihren 6,5 Punkten in Geographie erzählte.

Bastien kam zufrieden mit dem Erfolg, den er erzielt hatte, von Chloé zurück. Aber die Leere der folgenden Tage verursachte ihm schließlich Schwindel. Trotzdem widerstand er der Versuchung, der juristischen Fakultät einen Höflichkeitsbesuch abzustatten, und begnügte sich damit, häufiger an die frische Luft zu gehen.

Da die Innenstadt sehr klein war, stieß er bei einem seiner Spaziergänge auf Neville und gab ihm im *Barillet* ein Bier aus. Sie redeten über dies und das, vom Chor der Schauspielschule und wie schwierig es momentan war, einen Job zu finden.

»Ich muss einkaufen gehen«, sagte Neville schließlich und stand auf. »Danke für die Einladung.«

Da Bastien merkte, dass Neville ihm wohlgesonnen war, schlug er ihm vor, ihn zu begleiten.

»Du bist ja nicht gerade überarbeitet«, bemerkte Neville.

»Auf *Second Life* studiere ich in Harvard, bin Eigentümer eines Zoos und arbeite als Callboy. Aber ansonsten ist's ruhig.«

Neville führte seinen Freund in die Herrenabteilung zu den Markenhemden von Cardin, Kenzo und Co. Nachdem Neville eine Weile in einer Kiste mit runtergesetzten Sachen gewühlt hatte, bückte er sich vor einem Regal, holte einen dicken Metallgegenstand aus der Tasche seines schwarzen Mantels und drückte ihn an die Diebstahlsicherung eines Hemdes.

»Oh, verdammt«, stieß Bastien leise hervor.
Er entfernte sich rasch und vertiefte sich mit Herzklopfen und feuchten Händen in die Betrachtung eines Krawattenständers. Als ihm jemand auf die Schulter tippte, unterdrückte er mühsam einen Aufschrei. Es war Neville.
»Suchst du eine Krawatte?«, fragte er ihn.
»Nein, nein.«
Neville verließ das Geschäft durch die Tür, ohne dass das geringste Signal ertönte.
»Du hättest mir vorher sagen können, was du vorhast«, knurrte Bastien, der verärgert war, dass er solche Angst bekommen hatte. »Was war das für ein Metallding?«
»Ein Magnet.«
»Verdammt, du bist eindeutig ein Ganove!«
Neville antwortete mit melodramatischer Stimme: »*Ja, sicher, wenn ich zur Tugend zurückfinden könnte, wenn ich meine Jahre in der Schule des Lasters auslöschen könnte!*«
»Du bist bescheuert«, sagte Bastien, der unwillkürlich lachen musste. »Meine Eltern haben einen Laden. So was kotzt mich an.«
Neville lachte ebenfalls. Plötzlich zog er Bastien am Ärmel und zerrte ihn rasch zur Straßenbahn.
»Was machen wir jetzt?«, erkundigte sich Bastien.
»Eine Straßenbahnentführung?«
Schleppte Neville Bastien jetzt nur deshalb in seine

Wohnung in der achten Etage eines Sozialbaus, um seine Tat zu rechtfertigen?
»Das Versteck des Ganoven!«, sagte er, als er die Tür zu seinem Zimmer öffnete.
Abgesehen von einem Bett und einem Computer war das Zimmer leer. Neville machte seinen Mantel auf und zog das noch verpackte Hemd aus einer tiefen Innentasche, die er ins Futter genäht hatte.
»Das ist praktisch«, räumte Bastien ein.
Aber er hatte noch nicht alles entdeckt, Neville zog eine Flasche 55-prozentigen Rum hinter dem Kopfkissen hervor. Sie war gerade erst angebrochen, er hatte nur ein paar Schlucke an dem Montag getrunken, als das Lampenfieber ihn gequält hatte. Er setzte die Flasche an, trank, dann hielt er sie Bastien mit ausgestrecktem Arm hin, der ablehnend den Kopf schüttelte.
»Wann warst du das letzte Mal besoffen?«, fragte Neville.
»Noch nie. Ich mag keinen Alkohol.«
»Das ist ein Fehler.«
Neville hob die Flasche, als würde er einen Toast ausbringen, und deklamierte mit wilder Stimme:

Mein Weib ist tot und ich bin frei!
Jetzt kann ich endlich toll betrunken sein.

»Wenn du wirklich willst, hast du Stimme«, gab Bastien zurück. Er fühlte sich unwohl.

Trink, trink, Kamerad!
Ich stieß sie tief in die Zisterne
Und warf sogar noch das Gestein
Vom Brunnenrande hinterdrein.
– Ach, ich vergäße sie so gerne!

»Der ist nicht ganz sauber, der Typ«, bemerkte Bastien seufzend.
Aber er nahm die hingestreckte Flasche an und trank einen Schluck, an dem er beinahe erstickte.
»Warum sagst du, ich bin nicht ganz sauber?«, fragte Neville verblüfft.
»Das hab ich nicht gesagt.«
Bastien nahm einen zweiten Schluck, der ihm erträglicher schien als der erste …
Wie kam es, dass er auf dem abgewetzten Teppich saß, Rücken an Rücken mit Neville, und mit ihm alle Lieder aus *König der Löwen* sang, von *Hakuna matata* bis *Kann es wirklich Liebe sein*? Vermutlich war der Rumpegel in der Flasche zu dem Zeitpunkt deutlich gesunken.

Als Neville und Bastien sich am Montagabend im Sarah-Bernhardt-Saal wiedersahen, tauschten sie einen halb verschämten, halb verschworenen Blick, von dem Chloé sich ausgeschlossen fühlte.
»Zeigst du heute was?«, fragte Bastien sie.
»Wie soll das gehen?«, antwortete sie gereizt. »Ich hatte keine Zeit zu proben!«

Chloé hatte ihr Wochenende sinnvollerweise damit verbracht, sich für ihren Geschichtsprofessor mit der Entwicklung der Messen in der Champagne im 13. Jahrhundert zu beschäftigen und für ihren Geographieprofessor mit dem Niedergang der Hafen- und Industrielandschaft von Dünkirchen im 20. Jahrhundert.

An diesem Montag eröffnete Samuel die Stunde, Samuel, der im dritten Jahr Jura studierte, mit seiner Freundin zusammenlebte, das Haar im Nacken zusammengebunden hatte und auf allen Ebenen eine Länge Vorsprung vor den anderen zu haben schien. Er hatte sich Neros schreckliches Geständnis der Liebe zu der Frau, die er gerade entführt hat, ausgesucht.

NERO: *Seit einem Augenblick, doch für mein ganzes Leben.*
Ich liebe, was heißt lieben, ich vergöttre Junia.

Das im Nacken zusammengebundene Haar zeigte Wirkung.
»Samuel ... Sie heißen doch Samuel?«, unterbrach ihn Jeanson nach einem Dutzend Versen. »Verwechseln Sie da nicht die Tragödien von Racine mit einer Vorabendserie?«
Jeanson erinnerte Samuel an die Betonungen, die Silbenzahl, die lyrische Vortragsweise und so weiter und so fort, während die anderen Schüler Nachrichten auf

ihren Handys checkten oder aus den Augenwinkeln noch einmal einen Blick auf die kurze Szene warfen, die sie vielleicht gleich zeigen würden.

»Monsieur Vion, wären Sie nicht an der Reihe?«

Bastien hasste es, wenn Jeanson ihn Monsieur Vion nannte.

»Was zeigen Sie uns?«

»Na, den *Geizigen*.«

Er wollte sich nicht von einem Lehrer beeindrucken lassen, und trotzdem beschleunigte sich sein Herzschlag, als er sich von der Bank erhob. Er ging in die Kulisse und trat dann auf, mit einer Stimme, die vor Erregung in die Höhe rutschte: »*Diebe! Diebe! Totschlag! Mord!*« Er fing sich, sobald er die ersten Lacher seines Publikums hörte. Gewonnen! Selbst Jeanson wirkte, als würde er sich amüsieren.

»Sehr gut«, sagte er am Ende des Monologs.

Alle begriffen, dass »sehr gut« bedeutete: sehr schlecht.

»Was haben Sie uns vorgespielt?«

»Soweit ich weiß, war es *Der Geizige* von Molière«, antwortete Bastien und steckte die Hände in die hinteren Taschen seiner Jeans.

»Ich persönlich habe *Der Geizige* von Louis de Funès gesehen.«

»Das ist normal, das ist ja auch ein bisschen DIE Referenz«, gab Bastien zurück.

»Monsieur Vion, vielleicht haben Sie bemerkt, dass ich

nie zeige, wie man eine Rolle spielt. Weil es tausend Arten gibt, Harpagon zu sein.«

»Wenn man eine Komödie spielt, muss man die Zuschauer zum Lachen bringen«, verteidigte sich Bastien.

»Und ich habe sie zum Lachen gebracht, oder?«

»Aber ja.«

»Und das ist schlecht?«

Der Ton wurde etwas gereizter.

»Können Sie verstehen, was ich Ihnen sage, Bastien? Sie haben nicht Harpagon gespielt, Sie haben de Funès nachgemacht.«

»Weil er einer der größten komischen Schauspieler aller Zeiten ist!«

Chloé hörte Neville neben sich seufzen: »Jetzt lass es doch.«

Alle spürten, dass Bastien unrecht hatte. Alle begriffen, warum Bastien unrecht hatte. Außer Bastien. Jeanson sah, dass der Junge, der Mut und Talent hatte, sich gerade immer mehr verstrickte. Er baute ihm eine letzte Brücke.

»Ich glaube, ich habe einen Fehler gemacht, als ich Ihnen einen Monolog aufgab. Sie brauchen einen Partner.«

»Ich hätte gerne lieber eine Partner*in*«, gab Bastien zurück, der versuchte, witzig zu sein.

Desillusioniert schüttelte Jeanson den Kopf. Dieser Junge hörte nicht zu, was man ihm sagte. Er würde seine Zeit in der Schauspielschule nur vergeuden.

Während der Pause rühmte Bastien sich in der kleinen Gruppe von Diane, Ronan und Samuel, die rauchend zusammenstanden, dass er nie vor Lehrern kriechen würde, und kränkte die drei anderen, indem er ihnen unterschwellig zu verstehen gab, sie seien Schleimer.
»Wie weit sind Sie mit *Lorenzaccio*?«, fragte Jeanson Neville, als alle wieder auf den Bänken saßen.
Neville, der Ganove, antwortete eingeschüchtert: »Ich habe geübt, aber ich weiß nicht recht ...«
Jeanson winkte ihn mit einer Handbewegung zu sich in die Mitte des Saales.
»Langsam. Laut.«
»Ja.«
Atme ein. Atme aus. Atme ein. Atme aus. Und los.
Du fragst mich, warum ich Alessandro töte? ...
Neville übersprang keinen Satz, keine Silbe. Seine warme, gutsitzende Stimme füllte den Raum, und während er seinen Text sprach, kommentierte Jeanson leise an seiner Seite: »Ganz recht, nimm dir Zeit ... Nein, nein, schrei nicht ... Halte die Stimme am Satzende ... Denk dran zu atmen, sonst wirst du müde und ermüdest den Zuhörer ... Gut. Hör auf.«
Neville verstummte, schloss die Augen und spürte eine Hand, die ihm die Schulter zerquetschte, eine Hand, die sagte: So. Einen habe ich. Einen Schauspieler.

Wir verließen die Schauspielschule schweigend, fast nachdenklich.

»Du hast ein verdammt gutes Gedächtnis«, sagte Bastien schließlich, der nicht wusste, wie er seine Bewunderung für Neville in Worte fassen sollte.
»Ich lerne gern.«
»Das ist wahrscheinlich mein Problem, ich mag das nicht«, räumte Bastien fast bedauernd ein.
Das rührte Chloé, und sie bot an, seine Szene mit ihm zu üben.
»Was hat Jeanson dir gegeben?«, fragte sie ihn.
»*Das Spiel von Liebe und Zufall*«, antwortete Bastien.
Als sie den Titel hörte, bedauerte Chloé ihr Angebot.

7

Sagen Sie mir ein ganz kleines bisschen, dass Sie mich lieben

Chloé war noch nicht drangekommen. Das war nicht ausschließlich ihre Schuld. Jeanson wusste nicht, welchen Text er ihr geben sollte. Er hatte ihr vorgeschlagen, noch mal an Julia zu arbeiten, hatte aber dabei selbst das Gesicht verzogen.
»Eine Fabel von La Fontaine?«, hatte er sich laut selbst gefragt.
Chloé hatte heftig protestiert, *Der Fuchs und der Rabe*, o nein, vielen Dank! Bastien bei Marivaux als Partnerin zu dienen, konnte daher eine Lösung sein. Aber die 5. Szene des 2. Aktes war, wie Jeanson mit Sicherheit hervorheben würde, eine Liebesszene.

ARLEQUIN: *Sagen Sie mir ein ganz kleines bisschen, dass Sie mich lieben; passen Sie auf: ich liebe Sie; machen Sie das Echo, wiederholen Sie es, Prinzessin.*

Bastien hatte das Stück durchgeblättert, während er Videos auf YouTube geguckt hatte, und nicht viel begriffen, was er Chloé gestand, als sie sich bei einer Cola im *Barillet* trafen.

»Silvia, die sich als Lisette verkleidet, Arlequin, der sich in ich weiß nicht mehr verkleidet ...«

»Dorante«, sagte Chloé, die bereits ihre Karteikarten zu dem Stück angelegt hatte.

»Und es ist unmöglich, das zu lernen«, jammerte Bastien. »Da geht ein Satz über fünf Zeilen.«

»Jeanson sagt, wir können den Text dabeihaben, wenn wir zum ersten Mal dran sind.«

Die Aussicht, arbeiten zu müssen, hatte Bastien so frustriert, dass es ihm nicht einmal gelang, den Moment mit Chloé zu nutzen.

»Oh, sag mal, weißt du eigentlich, wie Neville sich seine Klamotten besorgt?«, fragte er plötzlich.

»Wo er sie kauft?«

»Nein, ich meine, wie er sich seine Klamotten besorgt«, wiederholte Bastien.

Er hatte leuchtende Augen bekommen. Das war's. Er würde witzig sein können. Er machte die Szene im Laden nach, und er hatte keine Scheu, sich selbst in der Rolle des braven Jungen, der den ersten Rausch seines Lebens erlebt, lächerlich zu machen. Eine Stunde später hatten sie *Das Spiel von Liebe und Zufall* immer noch nicht aufgeschlagen, sondern erzählten sich ihr Leben, vor allem Chloé, die jemandem ihr Herz ausschütten musste.

»Mein Geographieprof gibt uns die Aufgaben in absteigender Reihenfolge der Noten zurück, damit das auch vor allen anderen so richtig peinlich ist. Da gibt's Mädchen, die fangen an zu weinen, wenn sie sehen, dass sie 2 oder 3 Punkte haben, und er sagt ihnen: ›O nein, Sie werden es nicht schaffen, mir Schuldgefühle zu machen. Sie müssen sich daran gewöhnen, Sie befinden sich nun einmal im Wettbewerb!‹ Und die Philosophieprofessorin! Sie hat mich beschuldigt, ich hätte von Internetseiten kopiert, hat die Hälfte meiner Aufgabe durchgestrichen und groß darunter geschrieben: INAKZEPTABEL!«

»Es ist nicht schön, aus dem Internet zu kopieren«, neckte Bastien sie freundlich.

»Aber das hab ich doch gar nicht!«, protestierte Chloé, der mit einem Mal die Tränen in die Augen traten.

»Oh, entschuldige, entschuldige«, stammelte Bastien, so hilflos, dass ihm auch fast die Tränen kamen.

»Ich weiß nicht mal mehr, was ich in diesem Vorbereitungskurs soll, ich habe den Eindruck, ich tauge überhaupt nichts. Und ich bin immer zu spät dran mit meinen Aufgaben, ich mache meine Übersetzung ins Lateinische im Englischunterricht, meine Übersetzung aus dem Spanischen in Geographie, meine Textinterpretation in Philo. Es hört nie auf. *Wir müssen uns Sisyphos als einen glücklichen Menschen vorstellen*, aber ich – ich bin es nicht.«

»Wer ist das, dieser Sisyphos?«, fragte Bastien etwas dümmlich.

»Ach, egal, das kommt vom Vorbereitungskurs. Ich fang schon an, Camus zu zitieren ...«

Ihre Blicke begegneten sich, und in dem von Bastien las Chloé Bewunderung.

»Marivaux machen wir wann anders«, sagte sie und sammelte hastig ihre Sachen ein. »Jetzt muss ich los.«

»Du bist sehr schön«, murmelte Bastien, der ein wenig durcheinander war.

»Wie?«

»Ach, nichts ... Kommst du morgen?«

Mittwochnachmittags fand der Workshop »Körper im Spiel« statt, mit Margaret Stein, einer Lehrerin der Schauspielschule.

»Ja ... nein«, sagte Chloé. »Ich schreib am Donnerstag eine Arbeit in Geschichte. Ich muss lernen.«

Sie behielt den Gesichtsausdruck der erschöpften Schülerin, winkte rasch mit der Hand zum Abschied, während ihr immer noch das »Du bist sehr schön« in den Ohren klingelte.

Wenn Madame Stein ihren Unterricht abhielt, ähnelte der Sarah-Bernhardt-Saal einem Irrenhaus. Während der Lockerungsübungen musste man den Raum einnehmen – so sagte es Margaret Stein –, indem man sich streckte, gähnte, ächzte, den Kopf kreisen ließ. Bei den »Einspürübungen« stellte man sich unter einer heißen, entspannenden Dusche vor, die mit einem

Mal kalt wird, oder beim Trinken eines Kaffees, beide Hände um die Kaffeeschale gelegt, während duftender Dampf über das Gesicht streicht.

»Aufgepasst, das ist keine Pantomime«, erklärte Madame Stein. »Ihr müsst das Wasser auf der Haut spüren, ihr müsst den Duft des Kaffees wahrnehmen.«

Es kam vor, dass sie sich den einen oder die andere vornahm, zum Beispiel Diane.

»Du setzt dir die Brille auf, du versuchst zu lesen, und du merkst, dass du nicht mehr deutlich siehst. Was tust du?«

Diane putzte ihre imaginäre Brille und setzte sie wieder auf.

»Aber das ist nicht interessant!«, rief Madame Stein. »Ich sage, du siehst nicht deutlich! Was geht in dir vor? Was denkst du? Ich will das auf deinem Gesicht lesen.«

Die Gruppe versuchte, Diane zu Hilfe zu kommen: »Sie denkt, ach Mist, ich muss eine neue Brille kaufen.«

»Sie sagt sich, ich sehe nicht mehr gut ...«

»Ich werde alt.«

»Ja, das ist eine Idee!«, rief Madame Stein. »Wie übersetzt du ›Mist, ich werde alt‹?«

Diane machte ein verärgertes Gesicht, seufzte und warf die Brille beiseite.

»Aber nein, das ist nur Klischee«, wies Madame Stein sie zurecht. »Im Theater muss man überraschen. Wenn du mir zeigst, was ich erwarte, langweile ich mich, und im Theater fängt man nach dreißig Sekunden an, sich zu langweilen.«

Bastien löste Diane ab, er drückte eine imaginäre Brille an sein Herz, das Gesicht so verkrampft, dass es ihn fast schmerzte. Dann öffnete er die Hand und stellte mit leicht verstörter Miene fest, dass er sie zerbrochen hatte.

»Ja, genau so!«, rief Madame Stein.

Sie hielt große Stücke auf Bastien, an dem sie schätzte, was sie seine »Offenheit« nannte.

In anderen Stunden zog jemand kleine Zettelchen, auf denen zum Beispiel stand: *Ihr müsst dringend auf die Toilette, aber es gibt keine.* Da die Improvisationsstunden Chloé an den Kurs von Madame Labanette erinnerten, fehlte sie jedes zweite Mal.

»Sagen Sie, Bastien«, sprach Madame Stein ihn am Ende der Stunde an, »hat Ihre Mitschülerin mit der Schauspielschule aufgehört?«

»Chloé? Nein, nein! Aber sie geht zum Vorbereitungskurs für die Uni, sie ist ein bisschen überlastet.«

»Das ist schade«, sagte Madame Stein. »Mein Unterricht würde ihr guttun. Sie müsste ein bisschen lockerer werden.«

Das berichtete Bastien ohne böse Absicht am Montagabend Chloé.

»Ich soll locker werden? So eine blöde Kuh!«, kommentierte Chloé, die sich an die Demütigung erinnerte, als Madame Labanette sie als »zu zurückhaltend« bezeichnet hatte.

Im Kurs von Monsieur Jeanson lichteten sich die Reihen. Bereits drei Schüler hatten aufgegeben, und die dreizehn anderen suchten ihren Weg. Samuel hatte die Alexandriner mit ihren furchterregenden Diäresen sein lassen. Er arbeitete an der ersten Szene aus *Leben des Galilei* von Bertolt Brecht. Die Rolle des Galilei war sehr schön, und Samuel kam ganz gut damit zurecht.
»Sie versuchen immer noch, natürlich zu sein«, warf Jeanson ihm dennoch vor. »Sie verflachen den Text. Möge der Wind sich beim Ausrufezeichen erheben! Folgendermaßen: *Es hat immer geheißen, die Gestirne sind an einem kristallenen Gewölbe angeheftet, daß sie nicht herunterfallen können. Jetzt haben wir Mut gefaßt und lassen sie im Freien schweben, ohne Halt, und sie sind in großer Fahrt, gleich unseren Schiffen, ohne Halt und in großer Fahrt!*«
Zum ersten Mal machte Jeanson etwas vor. Alle, die auf ihrem Telefon herumtippten, hoben den Blick, wer schwätzte, verstummte.
»Atem, Samuel! *Und die Erde rollt fröhlich um die Sonne, und die Fischweiber, Kaufleute, Fürsten und die Kardinäle und sogar der Papst rollen mit ihr!*«
Der Atem! Wir spürten, wie er über uns drei hinwegging. Und eine Frage ging uns durch den Kopf: Was

tut dieser Schauspieler in einer kleinen Provinzschauspielschule? Warum ist er nicht berühmt geworden? Er hörte bald wieder auf, ein klein wenig beschämt, dass er sich hatte gehenlassen.

»Gut ... äh ... Bastien, haben Sie einen Partner gefunden?«

»Ja. Chloé.«

Chloé lief rot an. Sie hatte nicht im Geringsten vorgehabt, an diesem Abend dranzukommen.

»Wir ... wir haben nicht geprobt«, stammelte sie.

»Na, dann bringen wir eben gemeinsam Licht in die Szene«, erwiderte Jeanson und bedeutete ihr, aufzustehen.

Er zeigte Arlequin und Lisette ihren Platz vor dem Publikum.

»Nimm dein Buch in die linke Hand, Bastien, du wirst die andere zum Spielen brauchen.«

Genau das fürchtete Chloé ... Um ihren Verehrer auf Abstand zu halten, setzte sie das verkniffene Gesicht der Lacoutures auf.

LISETTE: *Sie spielen nur aus Galanterie den Ungeduldigen, denn Sie sind doch kaum erst angekommen. Ihre Liebe kann noch gar nicht groß sein, sie wird höchstens gerade geboren.*

Während sie ihren Text las, hörte sie Monsieur Jeanson, wie er sie leise nachahmte, tatata, tatata.

»Versuch nicht, den Ton vorzugeben. Sag die Worte, ohne mit der Stimme lauter oder leiser zu werden. Nichtssagend. Einverstanden?«
Chloé errötete wortlos, und Arlequin machte weiter.

ARLEQUIN: *Sie täuschen sich, Wunder aller Zeiten, eine Liebe auf Ihre Art bleibt nicht lange in der Wiege!*

Auch wenn Bastien gelegentlich über ein Wort stolperte, so zögerte er nicht, den Hanswurst zu spielen. Egal, ob er von Jeanson kritisiert wurde. Er war nicht selbstverliebt.
»Okay, das ist gut«, ermunterte Jeanson ihn. »Aber in deinem Buch steht: *Arlequin, ihr die Hand küssend.* Worauf wartest du?«
»Auf die Erlaubnis von Lisette«, antwortete Bastien schlagfertig und bewirkte allgemeines Gelächter, so verschlossen wirkte Chloé.
»Na, ein bisschen mehr Ernst«, schimpfte Jeanson matt. »Wir fangen noch mal an bei *Du Spielzeug meiner Seele!* Nimm Lisettes Hand, Bastien. So, du küsst sie zwischen jedem einzelnen Satz, wie Satzzeichen, und wanderst den Arm hinauf. Es wäre gut, wenn du den Ärmel hochziehen würdest, Chloé. Einen Pullover zu küssen, muss doch ziemlich unangenehm sein.«
Chloé gehorchte, sie war immer wütender, ohne zu wissen, ob auf Jeanson, auf Bastien, auf Marivaux oder auf sich selbst.

LISETTE: *He, hören Sie auf, Sie sind zu gierig.*
JEANSON: *Gierig, hörst du dieses Wort, Bastien, bist du gierig?*

Verlegen lachte Bastien und plagte sich zwischen Text und Spiel.

ARLEQUIN: *Vernunft! Ach, die ist mir abhandengekommen, Ihre schönen Augen sind die Schelme, die sie mir gestohlen haben.*
JEANSON: *Jetzt geh doch näher. Häng dich an sie, Herrgott nochmal! Der Pulli, Lisette! Er rutscht wieder runter. Hast du was drunter? Ja? Dann zieh diesen Pullover aus!*

Chloé fühlte sich überfordert, war aber noch so geistesgegenwärtig, dass sie dem Publikum den Rücken zuwandte, bevor sie sich das Sweatshirt über den Kopf zog. Darunter trug sie ein enges Top, so rosa wie ihre Wangen. Als sie wieder mit dem Gesicht zum Publikum stand, waren ihre Haare zerzaust, ihr Blick flehend, und Bastien konnte die Augen nicht von ihr lassen, als er sich ihr zuwandte.

ARLEQUIN: *Aber ich liebe Sie wie ein Verrückter, und in Ihrem Spiegel können Sie sehen, dass es begründet ist.*

Jedes Mal, wenn Bastien auf Abstand ging, um seinen Text zu lesen, führte Jeanson ihn mit einem Klaps wieder ganz dicht zu Chloé.

ARLEQUIN: *Was wollen Sie! Ich brenne, und ich schreie ›Feuer‹!*

Als wären diese Worte mehr als sie ertragen könnte, stieß Chloé Bastien zurück, und er rempelte Jeanson an.

JEANSON: *Na, Lisette, das ist ja ein Benehmen!*
BASTIEN: *Nein, nein, das ist mein Fehler, Monsieur, ich krieg einen Ständer!*

Es herrschte einen Augenblick lang verdutzte Stille, dann brach ein Donnern aus Gelächter und Applaus auf.
»Herr im Himmel!«, rief Monsieur Jeanson und hielt sich mit tragischer Geste die Hand an die Stirn. »Wenn es dich noch nicht gäbe, müsste man dich erfinden, Bastien.«
»Das dachten sich meine Eltern auch, aber sie haben es seitdem bedauert«, sagte Bastien, der sich als Opfer seiner »Offenheit« wieder auf die Bank setzte.

Als der Unterricht zu Ende war, ging Jeanson zu Chloé, die sich gerade die Schuhe band.

»Natalie«, sagte er.

Chloé runzelte die Stirn, verärgert darüber, dass Jeanson ihren Vornamen vergessen hatte.

»Natalie, 4. Akt, 1. Szene«, präzisierte Jeanson, der gern kleine Pointen setzte. »Das ist eine Rolle für dich.«

»Eine komische?« fragte Chloé besorgt.

»Eher nicht. *Prinz Friedrich von Homburg* ist ein romantisches Drama von Heinrich von Kleist. Du brauchst einen Partner, der den Kurfürsten spielt.«

Jeanson lächelte schalkhaft.

»Da Bastien ... nicht kann, könntest du Samuel oder Ronan fragen?«

Chloé nickte und unterdrückte dabei einen Schauder des Abscheus. Zu viele Haare bei dem einen, zu viele Zehen bei dem anderen.

8

Ich will nur, dass er da sei, für sich, selbstständig, frei und unabhängig

Neville hatte seiner Mutter zum Geburtstag einen edlen Schal geschenkt. Einen geklauten. Das war bei ihm zur Gewohnheit geworden.
»Ich such keinen Job mehr. Arbeiten ist ein Elend.«
Er hatte sich Bastien in ein paar wütend abgehackten Sätzen anvertraut.
»Ich seh doch meine Mutter. Seit sie sechzehn ist, arbeitet sie. Die Putzmittel machen ihre Lunge kaputt. All das für nicht mal den Mindestlohn. Die Leute sollten revoltieren. Aufhören, die Scheiße der anderen wegzumachen. Die Armen sollten aufhören zu arbeiten.«
»Ich glaube, das ist vorgesehen: So was heißt Streik.«
Bastien, der von Neville beeindruckt war, konnte sich nur mit seinem Humor verteidigen.
»Und die Schauspielschule?«, fragte er.
»Was, die Schauspielschule?«
»Damit ist Schluss für dich, wenn du von den Bullen geschnappt wirst.«

»Du musst mich nicht wie einen Schwachsinnigen behandeln.«
Ende der Diskussion.

Dann hatte Bastien sich Neville anvertraut.
»Glaubst du, ich habe Chancen bei Chloé?«
»Was für Chancen?«
»Na, also ... also, du weißt schon?«
»Nein.«
Es schien Bastien unmännlich, sich als verliebt zu outen.
»Mit ihr zu schlafen.«
»Willst du, dass ich sie frage?«
»Du bist bescheuert.«
Aber Neville entwarf einen Plan. Chloé brauchte einen Partner, um ihre Szene zu spielen. Er würde am nächsten Freitag bei ihr klingeln und ihr seine Hilfe anbieten.
»Und im geeigneten Moment sage ich ihr, dass du verliebt bist.«
»Nein!«
»Bist du nicht in sie verliebt?«
»Doch! Aber nein ... Was denkt sie dann von mir?«
»Dass du in Ordnung bist, da du in sie verliebt bist.«
»Das hat was für sich«, räumte Bastien nach kurzem Nachdenken ein.

Tatsächlich hatte Chloé eine Lösung gefunden, um zu üben, ohne jemanden von der Schauspielschule um Hilfe zu bitten. Sie hatte ihre kleine Schwester angeworben. Allerdings bat Clélia, nachdem sie die Geschichte von *Prinz Friedrich von Homburg* gehört hatte, um eine andere Rolle als die des Kurfürsten von Brandenburg, der den armen zwanzigjährigen Prinzen erschießen lassen will.

»Aber darum geht es ja gerade«, erklärte ihre große Schwester. »Natalie fleht den Kurfürsten an, den Prinzen zu begnadigen, und am Ende der Szene willigt er ein.«

»Ist er nur am Anfang böse?«

»Er tut so.«

Die Vorstellung, so zu tun, als sei sie böse, begeisterte Clélia, und als Chloé ihr einen Schnurrbart aufgemalt hatte, kannte ihre Freude keine Grenze mehr. Chloé konnte also mit ihren Erklärungen weitermachen.

»Ich komme hereingerannt und werfe mich auf die Knie. Du sitzt ...«

»Auf meinem Thron?«

»Nein, nur an einem Schreibtisch. Du liest gerade ein paar Akten.«

Chloé legte den Text, den sie für ihre kleine Schwester fotokopiert hatte und auf dem sie deren Rolle gelb markiert hatte, auf den Tisch. Sie selbst, die ihren Text noch nicht so gut konnte, würde ihr Buch in der Hand halten. Sie ging in den Flur hinaus, der als Kulisse diente, dann betrat sie Clélias Zimmer und warf sich wie angekündigt auf die Knie.

NATALIE: *Mein edler Oheim, Friedrich von der Mark!*

»Er sagt ihr, dass sie wieder aufstehen soll«, bemerkte Clélia, die ihre Kopie zu Rate zog.
»Sag mir nicht, was er sagt, sondern sag es!«, rief Chloé genervt.
»Gut, also, steh wieder auf.«

NATALIE: *Laß, laß! Zu deiner Füße Staub, wies mir gebührt,*
Für Vetter Homburg dich um Gnade flehn!
Ich will ihn nicht für mich erhalten wissen –
Mein Herz begehrt sein und gesteht es dir;
Ich will ihn nicht für mich erhalten wissen –
Mag er sich welchem Weib er will vermählen;
Ich will nur, daß er da sei, lieber Onkel,
Für sich, selbständig, frei und unabhängig …

»Das ist schon ganz schön traurig«, seufzte Clélia, der die klagende Stimme ihrer großen Schwester unangenehm war.
»Aber das ist dir schnuppe. Du machst ein böses Gesicht, das ist alles.«
Clélia verschränkte sehr heftig die Arme und runzelte die Stirn.

»So?«

Chloé musste lachen, dann fuhr sie überrascht zusammen, als es an der Tür klingelte. Sie war noch überraschter, als Neville sich ankündigte.

»Wer ist das?«, erkundigte sich Clélia.

»Einer der Jungen, mit denen ich spiele.«

»Der lustige oder der, der Angst macht?«

»Der, der Angst macht«, antwortete Chloé ernsthaft.

Sie fragte Neville dann ziemlich unvermittelt, weshalb er gekommen sei.

»Brauchst du nicht jemanden als Partner?«

»Es sind nur drei Sätze. Die übernimmt meine Schwester.«

Neville warf einen Blick auf Clélia, und der Anblick des Schnurrbarts ließ ihn lächeln.

»Und du willst den Prinzen erschießen lassen?«

»Aber das ist doch nicht echt!«, rief Clélia wieder wie ein Baby.

»Das sagt man ... *Rette mich! Nur ich allein, auf Gottes weiter Erde, Bin hülflos, ein Verlaßner, und kann nichts ... Und der die Zukunft, auf des Lebens Gipfel, Heut, wie ein Feenreich, noch überschaut, Liegt in zwei engen Brettern duftend morgen, und ein Gestein sagt dir von ihm: er war!*«

»Ist er der Prinz?« fragte Clélia ihre Schwester, während sie Neville mit den Augen verschlang.

»Hast du die Rolle gelernt?«, fragte Chloé verwundert.

»Ich habe eine Passage laut gelesen. Aber es war seltsam ... Es war, als hätte ich die Worte, die ich sagte, schon gekannt. Es war in meinem Kopf. Ich weiß nicht recht, wie ich das erklären soll ...«
Er schien Mühe zu haben, seine Gedanken zu sortieren.
»Vielleicht hat deine Schwester ja recht?«
Er lachte spöttisch über sich selbst, bevor er brummte:
»Ich bin der Prinz.«
Chloé und Clélia sahen sich an, hingerissen von diesem schüchternen Geständnis.
»Ich hatte noch keine Zeit, den Schluss zu lesen«, fuhr er fort. »Wird er wirklich begnadigt?«
»Ja!«, riefen Chloé und Clélia, die glücklich waren, das für ihn tun zu können.
Neville erinnerte sich seines Auftrags, sah Chloé direkt in die Augen und erklärte ihr, er müsse ihr etwas sagen. Im selben Augenblick war ein Schlüssel im Schloss zu hören. Neville und die beiden Mädchen waren im Flur geblieben, da Chloé gezögert hatte, den Jungen hereinzubitten. Da sie wusste, wer hinter der Tür stand, fällte sie sofort ihre Entscheidung.
»Gut, also, auf Wiedersehen!«, sagte sie mit lauter Stimme. »Ach, du bist's, Mama? Darf ich dir Neville vorstellen? Er geht gerade.«
Sie spielte falsch, aber Neville begriff den Subtext: Verschwinde!
»Guten Tag, Madame, auf Wiedersehen, Chloé.«

Die Schönheit des jungen Mannes sowie die Aufregung ihrer beiden Töchter machte Madame Lacouture argwöhnisch.
»Ist das ein Junge aus deinem Kurs?«
»Nein, von der Schauspielschule. Die Jungen aus meinem Kurs sind hässlich.«
Als Chloé das sagte, merkte sie, dass dieser Satz zu viel war.

Madame Lacouture hatte die Angewohnheit, zu ihrer Tochter ins Zimmer zu kommen, wenn diese noch spät in der Nacht arbeitete, und ihr einen Kräutertee anzubieten.
»Gehst du nicht schlafen, mein Liebling?«
»Nicht sofort.«
»Hm … Der junge Mann scheint nett zu sein. Wie heißt er noch gleich? Ein komischer Name …«
»Neville.«
»Ist das der, der in dich verliebt ist?«
Chloés Hand krampfte sich um ihren Füller. Atme ein. Atme aus. Die Technik von Monsieur Jeanson.
»Er ist nicht in mich verliebt.«
»Ach, ich dachte. Dann also der andere? Der, der lustig ist, wie deine Schwester sagt.«
»Warum willst du unbedingt, dass sie in mich verliebt sind?«, rief Chloé und ließ ihren Stift los.
»Hör mal, in deinem Alter haben mir Jungen den Hof gemacht. Ich wüsste nicht, was daran schlecht wäre.«

Chloé, die ein kleiner Anflug weiblicher Eitelkeit überkam, hatte das Bedürfnis, von der Wirkung zu erzählen, die sie auf Bastien erzielte. Aber etwas in der Stimme ihrer Mutter hielt sie zurück. Diese redete mit verständnisvollem Lachen und verschwörerischen Blicken weiter von ihren Jugendflirts. Aber sie vergeudete ihre Zeit. Chloé nahm wieder ihren Stift.
»Entschuldige Mama, ich habe noch meine zweite Textinterpretation zu schreiben.«
Als sie schlafen ging, war es fast zwei Uhr morgens. Und doch war sie nicht müde. Was war es, was Neville ihr hatte sagen wollen? Unwillkürlich setzten die Worte ihrer Mutter sich in ihr fest. Neville – war er in sie verliebt? Und Bastien – er fand sie sehr schön. Sie erstickte ein Lachen in ihrem Kopfkissen. Sie wollte schnell wieder auf ihrer Bank sitzen – zwischen Arlequin und dem Prinzen von Homburg.

Jeanson nahm meist sechs Schüler pro Sitzung dran und forderte von allen beständiges Arbeiten, vor allem am Auswendiglernen der Texte.
»Chloé, hast du Natalie gelernt?«
»Den Anfang. Aber ich habe keinen Anspielpartner.«
»Das übernehme ich«, sagte Jeanson. »Nimm Anlauf, um die Bühne zu überqueren, sie rennt, sie wirft sich auf die Knie. Aber vergiss nicht, dass sie durch ein langes Kleid behindert ist.«
Von diesen widersprüchlichen Szenenanweisungen

leicht verwirrt, begab Chloé sich auf die Seite und wiederholte gedanklich die ersten Worte: *Mein edler Oheim, Friedrich von der Mark!* In dem Moment, als Chloé auf Jeanson zustürzen wollte, machte sie eine Bewegung, als würde sie den Saum ihres Kleides raffen, und sie, die immer davon geträumt hatte, in einem Originalkostüm zu spielen, glaubte das Rascheln von Seide zu hören, als sie niederkniete. Sich vorstellen, sich die Geräusche, die Gerüche, die Gefühle vorstellen, das lernte man im Unterricht von Madame Stein.

NATALIE: *Mein edler Oheim, Friedrich von der Mark!*

Als sie bei *Laß, laß!* war, hörte Chloé, dass sie falsch spielte, und brach abrupt ab.
»Ja, und, was ist mit dir los?«, fragte Jeanson.
»Ich habe einen Hänger.«
»Nein, du hast keinen Hänger. Du bist nicht konzentriert. Fang noch mal an.«
Sie ging wieder auf die Seite. Wie enttäuschend! Sie hatte geglaubt, es sei geschafft. Natalie, ihr Rennen, ihr Seidenkleid ... Aber zack, sie hatte gesprochen und war nur noch Chloé Lacouture, Schülerin des Vorbereitungskurses. Und doch begann sie von neuem, weil die Kunst der Schauspielerei die Kunst des Wiederbeginnens ist, wie Jeanson immer sagte. Nach ein paar Sätzen unterbrach er sie.

»Chloé, du leierst, das ist unerträglich! Du musst dir diese Melodie, tatata, tatata, aus dem Kopf schaffen. Die Worte müssen dir über die Lippen kommen, als würden sie aus deinem Herzen aufsteigen.«
In dem Moment geschah etwas Seltsames. Neville stand von seiner Bank auf.

DER PRINZ VON HOMBURG: *Ach! Auf dem Wege, der*
  mich zu dir führte,
  Sah ich das Grab, beim Schein der Fackeln, öffnen,
  Das morgen mein Gebein empfangen soll.
  Sieh, diese Augen, Tante, die dich anschaun,
  Will man mit Nacht umschatten, diesen Busen
  Mit mörderischen Kugeln mir durchbohren.

Jeanson hatte zunächst stumm und wie versteinert dagestanden. Plötzlich schien er aus dem Nichts herauszukommen, in das ihn sein Schüler getaucht hatte. Er brummte: »Nein, also …«, dann drückte er Neville beide Hände auf die Schultern.
»Was ist mit dir los? Ich arbeite mit Chloé. Hier wird gespielt, wenn ich es sage. Ansonsten hört man zu. Setz dich wieder hin.«
Neville, der wieder zu sich gekommen war, warf Jeanson einen bösen Blick zu. Dann senkte er den Kopf und mischte sich während der gesamten Stunde nicht mehr ein.

Da wir normalerweise aufeinander warteten, waren wir nach dem Unterricht meistens die letzten, die den Raum verließen. Das war auch diesmal der Fall.
»Neville!«, rief Jeanson mit Donnerstimme.
Neville zog sich die Schuhe fertig an, bevor er dem Ruf des Lehrers folgte. Eine Regung unbewusster Solidarität versetzte auch Bastien und Chloé in Bewegung, die sich aber ein klein wenig abseits hielten.
»Was war los mit dir?«, fragte Jeanson wohlwollend.
»Ich weiß nicht ... Das war, als Sie sagten ... Über die Worte, die vom Herzen aufsteigen. Ich hatte den Eindruck ... Es war, als ob mich jemand an den Armen zieht und aufstehen lässt.«
Jeanson musterte das Gesicht seines Schülers mit einem Interesse, in das sich leichte Sorge mischte.
»Neville«, sagte er, »du bist nicht der Prinz von Homburg.«
»Ich weiß.«
»Du bist nicht Don Juan. Und nicht Lorenzaccio.«
»Ich weiß.«
»Hör mir zu, anstatt mir zu sagen ›Ich weiß‹. Denn in Wirklichkeit weißt du nichts. Du lässt dich überwältigen. Du lässt dich von allem ausfüllen. Ein Schauspieler ist nicht schizophren. Er ist das Sprachrohr eines anderen. Du darfst nicht mehr allein in Schwärmerei geraten, indem du Worte sprichst, die nicht deine sind. Übrigens darfst du nicht allein üben. Das ist gefährlich. Schau. Du hast zwei Freunde.«

Er deutete auf Bastien und Chloé, die mit offenem Mund zuhörten.

»Ihr werdet gemeinsam arbeiten. Ihr werdet abwechselnd Hauptrolle, Anspielpartner und Zuschauer sein.«

Er richtete den Blick einen Moment auf Chloé, die errötete.

»Nora«, sagte er.

»Nora?«

»In *Ein Puppenheim* von Ibsen.«

»Meinen Sie, dass ich mit Natalie nicht zurechtkomme?«, fragte Chloé verkniffen.

»Ich bin wie du, ich suche den Schlüssel. Versuchen wir Nora.«

»*Ein Puppenheim*«, murmelte Neville, als würde er den Titel speichern.

»Nein«, sagte Jeanson und drohte Neville mit dem Finger. »Erst mal verbiete ich dir, eine andere Rolle zu lernen. Du arbeitest weiter an Lorenzaccio, verstanden?«

Mit verschlossenem Gesicht willigte Neville ein.

»Rauchst du vielleicht mehr als nur Tabak?«, fragte ihn Jeanson, als sei ihm der Gedanke gerade durch den Kopf gegangen.

»Ich hab aufgehört«, brummte Neville immer feindseliger.

Jeanson gab ein zweifelndes »Hmm« von sich, dann überließ er uns mit einem Winken uns selbst.

Auf der Straße blieben wir stumm.
Bastien vorneweg, nachdenklich, Neville übelgelaunt hinten. Chloé zwischen beiden.
Nach einigen Schritten befanden wir uns dann auf gleicher Höhe.
Aber ungewohnterweise platzierte Neville sich zwischen Bastien und Chloé.
Schau. Du hast zwei Freunde.

9

*Aber ich kann nicht anders.
Ich liebe dich nicht mehr*

Manchmal hatte Chloé das Gefühl, die Erwachsenen wollten sich mit aller Gewalt Zugang zu ihrem Inneren verschaffen. Es war *ihre* Aufgabe, den Schlüssel zu finden, von dem Jeanson sprach. Sie hatte sich *Ein Puppenheim* in der Bibliothek ausgeliehen und verschob daher die Erörterung der Frage, ob der Mensch sich über sich selbst Illusionen macht (abzugeben bis allerspätestens Donnerstag), auf später und begann die Lektüre des Stückes von Ibsen. Nach zehn Seiten hörte sie gereizt auf. Was ging sie diese Nora an? Die war so eine Blondine, deren Mann Torvald Dinge zu ihr sagte wie: *Was? Schmollt mein Eichhörnchen etwa?* oder: *Hast du wirklich nicht einen kleinen Abstecher in die Konditorei gemacht?*
Man hätte glauben können, dass die Frauen im Jahre 1879 herumtanzen und in die Hände klatschen mussten, um ihrem Ehemann drei Groschen abzuknöpfen …

TORVALD: *So ein Schmetterling ist zwar hübsch, aber teuer! Es kostet einen Mann ein Vermögen, sich einen Schmetterling zu halten.*

»Bla, bla, bla ...«, machte Chloé verärgert und warf *Ein Puppenheim* beiseite.
Beim Abendessen war bei den Lacoutures viel von Noten, Unterricht, Lehrern, Arbeiten und Tests die Rede, da die kleine Clélia demselben Druck unterworfen war wie ihre große Schwester.
»Hast du deine Philo-Erörterung geschrieben?«, fragte Monsieur Lacouture Chloé.
»Die ist für Donnerstag.«
»Ja, aber heute ist Dienstag! Du hattest das ganze Wochenende, um voranzukommen«, maßregelte ihr Vater sie. »Womit verbringst du eigentlich die Zeit? Mit dem Lackieren der Zehennägel?«
»Bla, bla, bla«, antwortete Chloé.
Kaum war das Essen erledigt, verzog sie sich in ihr Zimmer zum Rendezvous mit Nora, deren Situation komplizierter wurde. Nora hatte Geld geliehen, um ihrem Mann, der schwer erkrankt war, eine Behandlung zu ermöglichen, und ihn dabei im Glauben gelassen, es handele sich um eine Schenkung ihres Vaters. Aber da Frauen damals nicht das Recht hatten, im eigenen Namen Geld zu leihen, hatte Nora ein Schriftstück gefälscht und darauf die Unterschrift ihres Vaters nachgemacht. Grund genug, im Gefängnis zu landen. Der

Darlehensgeber verwandelte sich in einen Erpresser und drohte, alles dem Ehemann zu offenbaren. Je länger Chloé las, desto öfter dachte sie an Madame Plantié. Diese Geschichte würde schlecht ausgehen. Nora würde sich ins Wasser des nahe gelegenen Flusses stürzen. Im 3. Akt öffnete Torvald den Brief mit der Beschuldigung.

TORVALD: *Was hast du angerichtet! Wie konntest du!*

Chloé fuhr zusammen, als an ihre Tür geklopft wurde. Nein, es war nicht die Polizei. Nur Madame Lacouture.
»Chloé, mach doch das Licht aus. Du hast morgen um acht Unterricht.«
Es blieben nur noch zwanzig Seiten zu lesen. Und dieser Schwachkopf von Ehemann schimpfte. *Du hast mein Glück zerstört. Aber die Kinder darfst du nicht mehr erziehen, ich wage nicht, sie dir weiter anzuvertrauen…*
»Jetzt reicht's«, knurrte Chloé.
Sie zog es vor, noch vor Noras Selbstmord das Buch zu- und die Lampe auszumachen.

Am nächsten Tag erlebte Chloé gleich in der ersten Unterrichtsstunde eine kleine Steigerung ihres Selbstwertgefühls, 10 Punkte in ihrer Geographie-Probeklausur, die drittbeste Note der Klasse. Während sie nachmittags an der Verbesserung saß, überlegte Chloé, ob sie mit Clémentine telefonieren, ihren Schlaf nachholen oder ihr Buch zu Ende lesen sollte. Ein Rest an Neugier brachte sie dazu, *Ein Puppenheim* wieder aufzuschlagen. In letzter Minute verzichtete der Erpresser darauf, sie öffentlich anzuprangern, und Torvald vergab ihr mit großer Geste. In dem Moment hielt Ibsen für die Zuschauerinnen und stärker noch für die Zuschauer des Jahres 1880 eine kleine Überraschung bereit. Nora wollte keine Vergebung.

NORA: *Als ich zu Hause bei Papa gewohnt habe, da hat er mir alle seine Ansichten erzählt, und ich hatte dieselben Ansichten; wenn ich andere hatte, verriet ich sie nicht. Er nannte mich sein Puppenkind, und er spielte so mit mir wie ich mit meinen Puppen.*

Ohne es zu merken, sprach Chloé leise jedes Wort des Monologs mit, als würde sie Nora proben.

NORA: *Dann ging ich aus Papas Händen in deine Hände über. Du hast alles nach deinem Geschmack eingerichtet, und mein Geschmack hat sich deinem angepasst. Wenn ich jetzt zurückblicke, kommt es mir vor, als hätte ich wie ein Bettler gelebt.*

Hier machte Chloé ein Eselsohr in die Seite. Nora warf sich nicht ins Wasser. Nora flog in die Nacht davon und ließ ihren Ehering und die Schlüssel zurück.

NORA: *Aber ich kann nicht anders. Ich liebe dich nicht mehr.*

»Ich hab 10 Punkte in Geographie«, verkündete Chloé beim Abendessen, fest davon überzeugt, Komplimente zu bekommen.
»Das ist schon besser als 6«, sagte ihre Mutter.
»Aber mach dir keine Illusionen«, fügte ihr Vater hinzu. »10 Punkte hier bei uns sind nicht mehr als 2 in einem Vorbereitungskurs in Paris. Mit 10 Punkten wirst du die Aufnahmeprüfung nicht schaffen.«
»Ja, und, was rätst du mir?«, fragte Chloé mit dumpfer Stimme. »Soll ich mich ins ...«
»Ich rate dir, 15 oder 16 Punkte anzupeilen und dafür zu arbeiten. Und mit der Schauspielschule aufzuhören, das ist nur vergeudete Zeit.«
»Aber Geographie interessiert mich doch nicht«, rief Chloé, die von einem inneren Beben erfasst wurde. »Mich interessiert das Theater.«
»Ja, was stellst du dir vor?«, gab Monsieur Lacouture zurück. »Dass du Schauspielerin wirst? Was? Im Fernsehen kommst? Einen Oscar gewinnst?«
Chloé hätte ihm am liebsten ihre Schüssel an den Kopf geworfen. Sie begnügte sich mit der Serviette.
»Du weißt überhaupt nicht, wer ich bin!«, rief sie und verließ auf höchst theatralische Art den Tisch.

Chloé arbeitete während der Ferien über Allerheiligen an ihrer Rolle. Da Torvald für ihre kleine Schwester zu kompliziert war, sah sie sich die DVD von *Ein Puppenheim* an, die sie sich in der Bibliothek ausgeliehen hatte. Sie antwortete immer gleichzeitig mit Nora auf den Schauspieler, der Torvald spielte. Diese eigenartige Vorgehensweise hatte eine erste positive Auswirkung. Chloé verlor die Melodie, tatata, tatata, die sie seit der Zeit des Gedichteaufsagens in der Grundschule im Kopf hatte.

Als Monsieur Jeanson nach den Ferien seine rituelle Frage stellte: »Was haben wir heute auf dem Programm?«, gab keiner einen Mucks von sich. Selbst den Tapfersten, Bastien oder Ronan, fehlte die Courage, sich zu exponieren.

»Hast du Nora geprobt?«, fragte Jeanson Chloé.

»Ein bisschen.«

»Welche Szene?«

Chloé konnte nicht anders, als ihre Bank zu verlassen und dem Lehrer ihr Buch mit dem Eselsohr hinzustrecken.

»Ach, ja, das Ende ... Dir ist also immer noch das Dramatische lieber?«

Chloé war kurz davor, gekränkt zu sein.

»Mit wem hast du geprobt?«

Während Chloé ihre DVD-Methode erklärte, hob Jeanson den Blick gen Himmel wie der Held einer klassischen Tragödie, der die Hilfe der Götter erfleht.

»Aber Herrgott nochmal! Habe ich euch nicht gesagt, ihr solltet gemeinsam arbeiten? Privates Spielen gibt es beim Theater nicht. Theater bedeutet: Ich spreche zu dir, du antwortest mir. Ronan, komm und sei ihr Anspielpartner!«

Horror! Der Mann mit den Fußzehen! Jeanson hielt ihm sein eigenes Exemplar von *Ein Puppenheim* hin.

»Hier. Du spielst den Ehemann. Wir beginnen bei *Ja, genau das ist es. Du verstehst mich nicht*. Chloé, du sitzt in einem Schaukelstuhl. Denk daran: ab und zu schaukeln.«

Kaum hatte Ronan, der Torvalds Rolle übernahm, behauptet, er habe sie mehr als irgendein anderer geliebt, zog Chloé sich auf ihren vermeintlichen Schaukelstuhl zurück, die Fersen fast unter dem Hintern.

»Gut, gut, gut«, unterbrach Jeanson sie nach mehreren Sätzen. »Chloé, das ist nicht schlecht. Aber warum spielst du so ... zurückhaltend?«

Zurückhaltend? Schon wieder! Da würde sie nie rauskommen. War es denn ihr Fehler, dass sie sich vor manchen Menschen ekelte? Jeanson ließ sie nach zwanzig Minuten frei und empfahl ihr, bis zum nächsten Mal mit Ronan an der Passage zu arbeiten.

»Diane«, sagte er dann, »*Die Schule der Frauen*, nicht wahr? *Mein Kätzchen ist gestorben* ... Mit wem hast du geübt?«

»Äh ... Allein.«

»Ja, wollt ihr mich verrückt machen! Was ist denn

Theater für euch? Eine Aneinanderreihung von Monologen? Und das Leben? Eine Aneinanderreihung von Einsamkeiten? Bastien, du spielst Arnolphe ... Schau mich nicht so an. Ich bitte dich nur darum, bis zur nächsten Woche mit Diane an der Szene zu arbeiten.«
Chloé fühlte sich von Jeanson bedrängt. Nicht nur, dass er ihr Ronan aufzwang, nein, er nahm ihr auch Bastien! In der Zigarettenpause kam Ronan und fragte sie nach ihrer Handynummer, um sie im Lauf der Woche anzurufen, während Diane sich mit Bastien verabredete.
Am Ende des Unterrichts wartete Chloé, bis Ronan gegangen war, um dann mit dem Lehrer zu reden.
»Entschuldigen Sie ... Ich wollte Ihnen sagen ... Ich würde gerne eine Rolle mit weniger Drama ausprobieren.«
Chloé dachte, sie hätte die richtige Ausrede gefunden.
»Und eine mit weniger Ronan?«, erwiderte Jeanson, ohne sie anzusehen.
Er ließ ein paar recht peinliche Sekunden verstreichen, bevor er hinzufügte: »Cherubim, 1. Akt, 7. Szene.«
Chloé, die vor zwei Jahren *Figaros Hochzeit* gelesen hatte, erinnerte sich an etwas.
»Cherubim? Aber das ist doch eine männliche Rolle!«
»Ja, die aber oft von einer Frau gespielt wird. Wenn du weder einen Ehemann noch einen Geliebten willst, ist die einzige Lösung, einen Jungen zu spielen.«

Neville und Bastien erwarteten Chloé draußen, wo sie Witze und Fußtritte austauschten.

»Was wollte er von dir?«, fragte Neville, der alles wissen musste, was Monsieur Jeanson sagte, tat oder dachte.

»Ich habe ihn nach einer anderen Rolle als Nora gefragt.«

Wir waren alle drei im gleichen Schritt aufgebrochen und liefen dicht an dicht, um nebeneinander auf den Bürgersteig zu passen.

»Ja, und?«, fragte Bastien nach, den ihr Schweigen überraschte.

»Er hat mir den Cherubim angedreht«, antwortete Chloé beinahe entrüstet.

Die beiden Jungen, deren Theaterkenntnisse begrenzt waren, reagierten zunächst überhaupt nicht.

»Ist das keine interessante Rolle?«, erkundigte sich Neville.

»Das ist ein Junge!«

»Ach ja?«, sagten Neville und Bastien gleichzeitig, der eine nachdenklich, der andere amüsiert.

Chloé wurde noch unzufriedener, als sie beim Lesen von Szene 7 feststellte, dass sie sich eine Partnerin suchen musste, die Suzanne spielen würde. Die Einzige, die halbwegs überzeugend spielte, war Diane, aber die war ihr unsympathisch. Übrigens fand sie alle Mädchen aus dem Unterricht unsympathisch. Sie sagte sich selbst etwas kühl: Ich habe Schwierigkeiten, Leute zu mögen.

Am Mittwochmorgen musste Chloé manchmal Arbeiten schreiben. Als sie um Viertel nach zwölf mit hängendem Magen die Schule verließ, entdeckte sie zur ihrer Überraschung ihre beiden Freunde von der Schauspielschule, die sie auf dem Bürgersteig erwarteten.

»Wir sind gerade vorbeigekommen«, log Bastien, der Neville bis zur Schule geschleift hatte.

»Ich habe deine Szene gelesen, die ist gut«, sagte Neville, der *Figaros Hochzeit* am selben Vormittag in der Buchhandlung geklaut hatte.

»Und ich kann dein Partner sein«, schlug Bastien vor.

»Willst du Suzanne spielen?«, fragte Chloé verwundert. »Aber was wird Jeanson dazu sagen?«

»Der hätte dem schönsten Mädchen auf Erden einfach keine männliche Rolle geben sollen!«, mischte Neville sich pathetisch ein.

Er wandte sich lebhaft zu Bastien um.

»Siehst du, wie man es machen muss?«

Dann wandte er sich an Chloé: »Er traut sich nicht, dir zu sagen, dass er dich liebt.«

»Du Arschloch«, protestierte Bastien und stieß Neville vom Bürgersteig.

Das Geständnis war so unvermittelt gekommen und die Vertrautheit der beiden Jungen so verwirrend, dass Chloé einfach nur lachte. Sie machte sich mit ihnen auf den Weg und erfuhr, dass die beiden sich inzwischen täglich sahen, um ihre Szenen zu üben, so wie

Jeanson es gefordert hatte. Sie hatten vor, entlang der Loire joggen zu gehen, »um auf der Bühne mehr Atem zu haben«, wie Neville sehr professionell erklärte. Während sie sich unterhielten, hatte Bastien mit einer unauffälligen Bewegung Chloé von ihrem dicken Rucksack befreit, in dem sich ihr Englischwörterbuch befand. Ein kleiner Sonnenstrahl tat sein Übriges, und wäre nicht ihr Hunger gewesen, so hätte Chloé den Spaziergang gerne fortgesetzt. Als sie vor ihrem Haus ankamen, küsste Neville, der größere Draufgänger der beiden, sie auf beide Wangen, sofort gefolgt von Bastien, der ihr den Rucksack mit dem Scherz »Trennst du dich nie von deinen Hanteln?« zurückgab. Damit sie einen sachlichen Grund für Herzklopfen hatte, nahm Chloé die Treppe und nicht den Aufzug.
»Das Essen ist schon längst fertig«, empfing ihre Mutter sie. »Du hast getrödelt ...«
Madame Lacouture hatte am Mittwochnachmittag keinen Unterricht und nutzte ihre Freizeit im Allgemeinen dazu, Arbeiten zu korrigieren und die Hausaufgaben ihrer jüngsten Tochter zu beaufsichtigen. Während sie das Huhn aßen und Clélia fröhlich schnatterte, suchte Chloé nach dem geeigneten Moment, um ihrer Mutter anzukündigen, dass zwischen 14 und 16 Uhr Neville und Bastien zum Proben kämen.
»Ach übrigens, heute Nachmittag begleite ich Oma zum Kardiologen«, sagte Madame Lacouture.
Hoffnungsvoll zuckte Chloé zusammen.

»Um wie viel Uhr?«
»Wir müssen um 14 Uhr da sein, und es ist ziemlich weit weg. Sei so lieb und pass auf, dass Clélia ihre Aufgaben macht. Ich bin nicht vor 17 Uhr zurück.«
Chloé grinste hinterlistig ihren Teller an. Sie würde nichts sagen. Als Madame Lacouture die Eingangstür hinter sich geschlossen hatte, ging Chloé ins Zimmer ihrer kleinen Schwester.
»Meine Freunde von der Schauspielschule kommen nachher zum Theaterspielen.«
»Super!«, rief Clélia in ihrem begeisterten Babyton.
»Aber du darfst den Eltern heute Abend nichts davon erzählen.«
Clélia wurde unsicher.
»Ach so? Warum?«
»Weil sie nicht wollen, dass ich Theater spiele. Also, du sagst nichts, einverstanden?«
»Nichts! Ich gebe dir mein Ehrenwort.«
Chloé lachte gerührt. Ihre kleine Schwester wurde größer und dabei lustiger.
»Bist du wieder Natalie?«, wollte Clélia wissen.
»Nein. Ich bin Cherubim. Das ist ein Junge.«
Chloé, die sich im großen Spiegel des Kleiderschranks musterte, fällte einen plötzlichen Entschluss.
»Gib mir einen von deinen Haargummis. Ich mache mir einen Pferdeschwanz.«
»Und einen Schnurrbart?«, schlug Clélia vor.
»Nein. Er ist fünfzehn.«

Während sie auf die Jungen wartete, las Chloé noch einmal ihre Rolle:

CHERUBIM (erregt): *Seit einiger Zeit fühle ich etwas in meiner Brust sich regen; mein Herz beginnt zu klopfen, wenn ich nur eine Frau sehe; die Wörter* Liebe *und* Lust *lassen es zittern.*

Die Türklingel ließ sie ihrerseits zittern. Es war 14 Uhr.

10

*Das Bedürfnis, jemandem zu sagen,
ich liebe dich, ist so dringend in mir
geworden, dass ich es ganz allein sage.*

Um 14:01 Uhr küsste Neville Chloé nach einem bereits festen Ritual als Erster und Bastien als Zweiter. Beide waren sehr aufgeregt.
»Wir zeigen dir unsere Szenen!«, sagten sie.
Bastien hatte unter Anleitung von Neville an dem Monolog aus *Der Geizige* gearbeitet und sich dabei von der wahnsinnigen alten Dame inspirieren lassen, die im Geschäft seiner Eltern Makrelendosen geklaut hatte.
»Das ist wirklich originell«, lobte Chloé, nachdem sie ihn gehört hatte.
»Ja, und Molière würde nicht wiedererkennen, was er geschrieben hat«, ergänzte Neville.
Denn Bastien hatte immer noch nicht seinen Text gelernt. Neville dagegen konnte die gesamte Szene aus *Lorenzaccio* auswendig und nicht nur den berühmten Monolog *Aber ich liebe den Wein, das Spiel und die Mädchen*. Bastien las die Rolle von Filippo, die Nase über das Buch gesenkt, was das Körperspiel seines Partners

behinderte. Neville agierte ohne größere Bewegungen, so wie die Schauspieler von früher, die wie ein Signalturm vor dem Publikum standen, die Hand an der Stirn, um Verzweiflung auszudrücken, am Herzen, um *Ich liebe dich* zu sagen, oder ausgestreckt, um adieu zu sagen.

»Die Stimme ist gut, aber du musst dich mehr bewegen«, ordnete Clélia an.

Wir sahen sie an. Sie hatte sich als Zuschauerin auf das Wohnzimmersofa gesetzt.

»Aber das liegt an ihm!«, protestierte Neville. »Er will seinen Text nicht lernen. Jeanson sagt, Theater bedeutet: Ich rede mit dir, und du antwortest mir. Und ich rede mit einem Buch!«

»Ich hab sowieso keine Ähnlichkeit mit Filippo«, erwiderte Bastien bösartig. »*Sechzig tugendsame Jahre hast du auf deinem grauen Schädel*, das sagst du ja!«

»Aber der Geizige ist genauso alt!«, rief Neville. »Ihm ähnelst du auch nicht!«

»Und ich? Glaubt ihr, ich ähnele Cherubim?«, fragte Chloé, die sich jetzt auch aufregte.

Clélia musste uns an die Grundlage des Theaters erinnern.

»Aber das ist doch nicht echt!«

»Okay«, sagte Neville in seiner barschen Art. »Arbeiten wir an *Figaros Hochzeit*.«

Er setzte sich neben Clélia, das Buch aufgeschlagen auf den Knien.

»Was ist das für eine Geschichte?«, fragte ihn seine junge Nachbarin halblaut.

»Nun, da ist Cherubim, der Page des Grafen Almaviva ...«

»Ist Cherubim meine Schwester?«

»Ja. Sie ... also, er ist vom Grafen Almaviva entlassen worden, weil er ...«

Neville hatte nicht die geringste Vorstellung davon, was man einem kleinen Mädchen sagen konnte oder nicht.

»Er hat sich einem Mädchen gegenüber dumm verhalten«, kürzte er ab. »Und er kommt zu Suzanne, der Kammerfrau der Gräfin Almaviva, damit sie dafür sorgt, dass der Graf ihm verzeiht.«

»Ohh, ist das interessant«, sagte Clélia überzeugt. »Ist Bastien Suzanne?«

Neville nickte.

»Warum ist er nicht als Mädchen verkleidet?«

»Das ist eine gute Frage«, räumte Neville ein und sah Bastien und Chloé an, die ihre ersten Sätze wechselten.

CHERUBIM: *Seit zwei Stunden lauere ich auf den Augenblick, dich allein zu finden, Suzon. Ach, du heiratest, und ich muss fort.*

SUZANNE: *Was hat meine Hochzeit damit zu tun, daß der erste Page des gnädigen Herrn ...*

NEVILLE (unterbricht ihn): *Bastien! Das Publikum hat*

einen Einspruch vorzubringen. Es möchte, dass du dich als Kammerfrau verkleidest.
BASTIEN: *Ernsthaft?*

Clélia fand eine Küchenschürze und einen Strohhut. Bastien hätte sich gerne ein wenig geschminkt, aber Chloé hatte die Uhr im Blick und wurde ungeduldig.

CHERUBIM (kläglich): *Er jagt mich fort, Suzanne.*
SUZANNE (ahmt ihn nach): *Ein kleines Abenteuer, Cherubim?*
CHERUBIM: *Er hat mich gestern abend bei deiner Kusine Fanchette überrascht …*

Für Chloé war es eine seltsame Erfahrung, eine Jungenrolle zu übernehmen. Sie hatte die linke Hand in die Tasche ihrer Jeans gesteckt, hielt das Buch in der anderen, hüpfte in ihren Turnschuhen herum und versuchte, ihrer Stimme einen männlicheren Klang zu geben.
»In wen ist Cherubim verliebt?«, wollte Clélia wissen.
»In Suzanne oder in Fanchette?«
»In beide«, antwortete Neville. »Und in seine Patin, die schöne Gräfin.«
»Aber man kann doch nicht in drei Menschen gleichzeitig verliebt sein?«
»Doch. Das ist die Pubertät.«
»Ach ja?«, fragte Clélia sehr interessiert.
Während dieser Zeit geriet Cherubim ganz allein in

Hitze, während er sich an Suzannes Stelle im Dienst der Gräfin Almaviva sah.

CHERUBIM: *Ständig sie sehen, mit ihr sprechen, sie morgens ankleiden und abends aus, Häkchen für Häkchen ...*

Chloé hatte die Hand aus der Tasche gezogen und zeichnete die Umrisse einer Frau in die Luft. Wie leicht die Gesten ihr fielen! Und ein Publikum zu haben, störte sie nicht, im Gegenteil! Als Cherubim anfing, mit Suzanne zu kämpfen, um ihr das Band der Nachthaube der Gräfin wegzunehmen, geriet Chloé in ein Handgemenge mit Bastien, und beide fielen auf das Sofa, wobei sie Neville und Clélia unter lautem Gelächter mit ihrem Gewicht erdrückten.
»Ich habe es, ich habe es!«, rief Chloé triumphierend und schwenkte ein Stückchen Stoff.
Monsieur Jeanson hatte recht. Sich wie ein Junge zu verhalten war eine Befreiung!

CHERUBIM: *Sie ist eine Frau! Frau, Mädchen, ach, was für süße Worte das sind!*
SUZANNE: *Er wird verrückt!*

Um 16 Uhr spürte Chloé, die ihren Text auswendig konnte, wie sie nervös wurde. Sie wollte nicht, dass ihre Mutter ihren Partnern begegnete. Sie gab vor, sie habe noch eine Aufgabe für Philo zu machen, um sie vor die Tür zu setzen.

Vor der Wohnungstür küsste Neville sie wie der Dieb, der er war, rasch auf den Mund. Bastien, der das gesehen hatte, tat es ihm nach, stieß sich aber verwirrt den Kopf am Türrahmen, als er auf Wiedersehen sagte.

Den ganzen Abend über empfand Chloé eine Freude, die eines Beaumarchais würdig gewesen wäre. Hätte Bastien sich als Einziger offenbart, wäre sie in Verlegenheit gekommen. Aber da Neville es quasi ebenso gemacht hatte, wurde die Situation leicht. Da es unmöglich war, zwei Jungen gleichzeitig zu lieben, liebte sie folglich keinen.

Bastien seinerseits war ein wenig überrascht über das Verhalten seines Kumpels.

»Bist du in Chloé verliebt?«

»Nein.«

»Warum hast du sie geküsst?«

»Weil ich Lust dazu hatte.«

»Das hat was für sich«, räumte Bastien ein.

Trotzdem fühlte er sich ein wenig besorgt.

»Du schnappst sie mir doch nicht weg?«

»Der Erste, der Sex hat, teilt mit dem anderen«, schlug Neville ihm vor.

Bastien zog eine Schulter hoch. In wenigen Tagen hatte seine Freundschaft zu Neville so großen Raum in seinem Leben eingenommen, dass es ihm nicht in den Sinn kam, sich zu ärgern.

»Davon abgesehen hat die Kleine recht«, fuhr Neville dann fort.
»Welche Kleine?«
»Clélia. Ich bewege mich nicht genug, wenn ich spiele. Aber das ist deine Schuld. Du musst deine Rolle lernen.«
»Ich kann sie allmählich«, sagte Bastien ausweichend.
Niemand, weder Neville noch Jeanson, würde ihn zum Arbeiten zwingen. Oder er wäre nicht mehr er.

Chloé schwänzte am Freitagnachmittag ihren Unterricht, um mit ihren Partnern zu proben, diesmal in der Wohnung von Bastien, die über einem Telefonladen lag. An dem Tag erzählte Bastien ihnen in allen Details von seiner eintönigen Kindheit: Seine Eltern waren unten im Laden, er war allein in seinem Zimmer oder, wenn er im Dunkeln Angst hatte, zur Nachbarin geflohen.
»Okay, das ist traurig«, fasste Neville zusammen. »Sehen wir uns *Lorenzaccio* an?«
Er hatte die DVD mit der Aufzeichnung einer Inszenierung mit Francis Huster in der Titelrolle geklaut. Das wiegende Spiel des Schauspielers, sein gleitender Gang über die Bühne, seine schwarze Kleidung, seine Unverschämtheit, sein Fieber, seine Verzweiflung, die Art, sich um seine Opfer zu winden, die Menschen, die er verriet, auf den Mund zu küssen, machte uns nach-

denklich und matt. Nach und nach waren wir vom Sofa auf den Teppich geglitten.
Neville erwachte als Erster aus der Benommenheit und begann zu deklamieren.

LORENZO: *Filippo, Filippo, ich war ehrlich. Aber ich bin eins geworden mit meinem Gewerbe. Für mich war das Laster ein Kleid, jetzt klebt es auf der Haut. Ich bin wahrhaftig ein Strolch …*

In völlig anderem Ton fügte Neville hinzu: »Das erinnert mich daran, dass ich wieder angefangen habe, Gras zu rauchen. Obwohl ich doch ruhiger geworden war.«
Chloé fragte sich, ob er weiter eine Figur spielte. Neville herrschte seinen Partner an: »Bastien, wenn du deine Rolle könntest, würdest du mir antworten: *Jede Krankheit ist heilbar, und das Laster ist auch eine Krankheit.*«
Er ließ sich an ihn fallen, lehnte den Kopf an Bastiens Schulter.
»Das Leben ist beschissen. Ich würde gern auf einer Bühne leben.«

LORENZO: *Ich habe eine unwahrscheinliche Lust zu tanzen. Mach dich schön, die Braut ist schön. Aber ich sag's dir ins Ohr, nimm dich in acht vor ihrem kleinen Messer.*

Und damit versenkte Neville die Faust in Bastiens Bauch, als wäre sie ein florentinischer Dolch. Einen Augenblick später wälzten die beiden Jungen sich auf dem Boden und versuchten, den anderen niederzuzwingen, indem sie sich kitzelten. Dann wurde Chloé, durch Nevilles oder Bastiens Schuld, mit ins Getümmel gezogen. Irgendwann lag Bastien erstickend, wenn auch vor Lachen, unter der Last der beiden anderen.
»Aufhören! Jetzt hört auf!«, flehte er.
»Was hast du? Wieder einen Ständer?«, rief Neville, bevor er sich aufrichtete. Chloé stand ebenfalls auf und band ihr Haar mit dem Haargummi ihrer kleinen Schwester zusammen. Im Spiegel sah sie ihre roten Wangen und glänzenden Augen.
»Ich erinnere euch daran, dass wir proben sollten«, sagte sie ein wenig verstimmt. »Ich habe dafür meinen Unterricht heute Nachmittag geschwänzt.«
»Okay, wir nehmen uns Arlequin und Lisette wieder vor«, ordnete Neville an.
»Marivaux? Aber den habe ich nicht mitgebracht!«, protestierte Chloé.
»Here it is«, erwiderte Neville und zog *Das Spiel von Liebe und Zufall* aus einer der Taschen seines schwarzen Mantels, der seit kurzem in eine mobile Bibliothek verwandelt worden war.
Chloé brauchte die Szene nur einmal zu lesen, um sich den Text wieder einzuprägen, sie war geübt, täglich Massen an Informationen zu verarbeiten.

LISETTE: *Ihre Liebe kann noch gar nicht groß sein, sie wird höchstens gerade geboren.*
ARLEQUIN: *Sie täuschen sich, Wunder aller Zeiten …*
NEVILLE: *Kannst du nicht dein Buch loslassen?*
BASTIEN: *Nein, ich kann den Text nicht gut.*
NEVILLE und CHLOÉ (verärgert): *Ja, dann lern ihn halt!*

Bastien warf ihnen einen vorwurfsvollen Blick zu.
»Ich habe es euch doch schon gesagt. Ich lerne nicht gern. Du«, fügte er dann hinzu und wandte sich an Neville, »du arbeitest nicht gern. Bei mir ist es dasselbe.«
»Das ist was völlig anderes. Ich will keinen Scheißjob, deswegen lerne ich meine Rolle, deswegen arbeite ich trotzdem. Aber wenn du nicht langsam ein bisschen in die Gänge kommst, dann kriegst du einen Scheißjob.«
»Das ist doch unglaublich!«, rief Bastien genervt, sah Chloé an und deutete mit dem Finger auf Neville. »ER hält mir Moralpredigten.«
Sie antwortete ihm mit einem Lachanfall. Sie vergötterte die beiden, vor allem, wenn sie so taten, als würden sie sich streiten.
»Da klingelt ein Handy«, merkte Neville an.
Chloé kramte hastig in ihrer Tasche.
»Ja, Mama? Was? Nein, nein, ich trödle nicht … Ich komme … Ich bin auf dem Weg … Bis gleich!«
Sie schnappte Jacke und Schal, murmelte ein »Muss jetzt los« und winkte kurz zum Abschied. Die Jungs

begriffen, dass sie sie lieber auf Abstand hielt, und der eine antwortete mit einem kurzen Nicken, der andere mit einem zärtlichen Lächeln.

Sie kam eine halbe Stunde später als gewöhnlich nach Hause. Als sie auf leisen Sohlen durch den Flur ging, hörte sie ihre kleine Schwester, die gerade das Feierabendverhör über sich ergehen ließ.
»War es heute gut in der Schule?«
»Ja.«
»Und dein Diktat – hast du alles gewusst?«
»Ja.«
»Was gab es in der Kantine?«
»Ja.«
»Wie ›ja‹?«, fragte Madame Lacouture verwundert.
Seit einiger Zeit schaltete Clélia auf Autopilot, wenn sie ihrer Mama antwortete. Chloé unterdrückte ein Lachen, rief »Ich bin da!« und verdrückte sich in ihr Zimmer, um im Spiegel zu überprüfen, wie sie aussah. Sie hatte kaum Zeit, sich zu kämmen, da klopfte ihre Mutter schon an die Tür.
»Na, wo warst du denn?«
Der Ton war nervös, als ob Madame Lacouture etwas wittern würde. Chloé improvisierte (danke, Madame Labanette!): »Och, das lag an Clem! Sie hat mich eine halbe Stunde mit ihrem Gerede aufgehalten. Sie hat Probleme mit ihrem Freund. Und außerdem hat sie eine miese Note bei der Französischarbeit bekommen.«

»Und du, was hast du?«, fragte Madame Lacouture begierig.

»12 Punkte.«

Das zumindest stimmte.

»Das war die beste Note«, fügte sie dann hinzu, um ihre Mutter voll und ganz zu beruhigen.

Das aber stimmte nicht.

»Siehst du, die Arbeit zahlt sich aus«, gab Madame Lacouture befriedigt zurück.

»Ja, wenn man später nicht einen Scheißjob haben will«, erwiderte Chloé, während sie auf ihrem Handy herumtippte, das ihr gerade den Eingang einer Nachricht von Bastien gemeldet hatte.

Wir lieben dich!, stand auf dem Display. Sie lachte.

»Was hast du?«, fragte ihre Mutter erneut beunruhigt.

»Nichts, das war Clem, die mir schreibt, dass sie sich mit ihrem Freund versöhnt hat.«

»Ach, all diese Geschichten«, seufzte Madame Lacouture. »Glaubst du nicht, dass sie deswegen in ihrem Unterricht nicht mitkommt?«

»Oh, ganz sicher«, stimmte Chloé mit verkniffenem Gesicht zu.

Nein, sie spielte kein Theater. Sie war nur gerade dabei, sich zu spalten. Es gab die Chloé der Familie Lacouture, lieb und zurückhaltend, und die Chloé von Neville und Bastien, von der man noch nicht wissen konnte, wer sie war.

11

*Um unser Lager werden Düfte wehn,
Diwane tief wie Grüfte uns empfangen*

Wir trafen uns am nächsten Montagabend im Sarah-Bernhardt-Saal, als sei nichts geschehen. Hallo, hallo, und Küsschen rechts, Küsschen links. Ronan kam auf uns zu.
»Sag mal, Chloé, ich hab versucht, dich zu erreichen, um *Ein Puppenheim* zu proben. Aber ich hatte eine falsche Nummer.
»Ach echt?«, fragte Chloé verwundert, die sich absichtlich in einer Ziffer getäuscht hatte. »Aber das ist nicht so wichtig. Ich spiele Nora nicht. Ich suche mir … Ich weiß nicht, ob ich für die Komödie oder für die Tragödie gemacht bin.«
Ronan sah abwechselnd zu Bastien (Komödie) und Neville (Tragödie), dann setzte er sich auf die Bank.
»Also, was haben wir heute auf dem Programm?«, fragte Jeanson und legte seine alte Ledertasche auf den Stuhl.
Ein Junge erklärte sich bereit für die Stanzen des *Cid*.

RODRIGO: *Ins tiefste Herz durchdrungen*
von diesem unverhofften, todbringenden Leid

»Das ist großartig, mein lieber Freund«, lobte ihn Jeanson. »Sie verbinden die Schwächen von Neville und Chloé. Man hört nichts, und man fühlt nichts. Aber da diese beiden jungen Leute Fortschritte gemacht haben, können Sie ebenfalls darauf hoffen ... Bastien, wie wäre es, wenn du nicht lachen würdest, sondern uns den *Geizigen* vorspieltest?«
»Ähh ... nein ... wir ... wir haben ...«, stammelte er, »Chloé und ich haben noch mal an Arlequin und Lisette gearbeitet.«
»Ach ja?«, fragte Jeanson, stutzig geworden. »Na dann, auf die Bühne, Kinder! Brauchst du deinen Text noch, Bastien?«
Bastien hielt Jeanson sein Buch hin, als würde er der Polizei seine Waffe aushändigen.

LISETTE: *Ihre Liebe kann noch gar nicht groß sein, sie*
wird höchstens gerade geboren.

Die Kunst der Schauspielerei ist die Kunst des Wiederbeginnens, pflegte Jeanson zu sagen. Diesen Satz von Lisette hatte Chloé hundertmal im Mund gehabt. Aber in diesem Augenblick begriff sie ihn endlich. Eine Liebe, die gerade geboren wird.

ARLEQUIN: *Sie täuschen sich, Sie Wunder aller Zeiten ...*

Bastien musste die Hand von Chloé nicht mit Gewalt ergreifen, sie streckte sie ihm hin. Jeanson musste Arlequin nicht gegen Lisette drücken. Bastien drückte sie an sich, unterstrich seine Sätze mit Küssen, die vom Handgelenk zum Ellbogen wanderten.

LISETTE: *Aber ist es denn möglich, dass Sie mich so lieben? Ich kann es nicht glauben.*
ARLEQUIN: *... Aber ich liebe Sie verrückt ...*
JEANSON: *Bastien, du liebst Lisette nicht verrückt.*

Bastien schlug sich mit der flachen Hand an die Stirn, um sich zu bestrafen.
»Nein, es heißt, *wie ein Verrückter*! Ich weiß es ... aber es geht einfach nicht rein. Ich hab noch nie im Leben was gelernt. Nicht mal neun mal drei.«
»Es ist aber schon sehr viel besser«, tröstete ihn Jeanson. »Im Spiel von euch beiden ist etwas Gelöstes.«
Chloé spürte, dass Jeanson es begriffen hatte. Aber was eigentlich, wo sie selbst doch nicht wusste, was mit ihr geschah?
»Also, wir fangen noch mal am Anfang an«, sagte Jeanson. »*Ihre Liebe kann noch gar nicht groß sein ...*«
Der alte Lehrer machte sich ein Vergnügen daraus, seine beiden jungen Schüler mit den Händen zu leiten,

indem er sie am Arm nahm, um sie einander gegenüberzustellen oder vor das Publikum, indem er sie mehr oder weniger stark an der Schulter drückte, je nachdem, ob sie langsamer oder schneller sprechen sollten, und indem er Bastien jedes Mal, wenn der sich im Text irrte, einen Klaps auf den Kopf gab. Als sich Arlequin am Ende der Szene vor Lisette auf die Knie warf, wollte Bastien den Hanswurst spielen, rutschte aber in Strümpfen auf dem Linoleum aus, wäre beinahe der Länge nach hingeschlagen und hielt sich an Chloé fest.

»Gut, wir machen Pause«, entschied Jeanson inmitten des allgemeinen Gelächters.

Während alle sich die Schuhe anzogen, um in den Hof hinauszugehen, hörte Chloé, wie Neville Bastien vorwarf, er würde zu dick auftragen.

»Na und?«

»Die anderen lachen dich aus.«

»Na und?«

Das einzige Ergebnis für Bastien war eine beträchtliche Popularitätssteigerung. Diane fragte ihn, ob er nach der Zigarettenpause *Die Schule der Frauen* mit ihr machen wolle.

»Nein, ich hab genug«, erklärte er ablehnend, nachdem er einen Blick Richtung Chloé geworfen hatte, die in diesem Moment erkannte, dass Diane bereits allein mit Bastien geübt hatte.

Die ganze Pause über verharrte Neville in griesgrä-

migem Schweigen und zog sich Zigaretten aus den Schachteln der Raucher. Bevor Chloé wieder zum Unterricht hinaufging, hielt sie Bastien am Ärmel zurück und flüsterte ihm zu: »Ist Neville sauer?«
»Hast du das gesehen? Er wollte, dass wir ihm heute *Lorenzaccio* zeigen. Aber wir können nicht zu dritt die ganze Aufmerksamkeit des Lehrers für uns beanspruchen.«
Tatsächlich ließ Jeanson während der letzten Stunde andere Schüler arbeiten, während Neville so tat, als würde er auf seiner Bank dösen.
»Monsieur Fersenne, man schläft besser nachts«, riet ihm Jeanson.

Nach dem Unterricht schlug Bastien vor, noch etwas im *Barillet* trinken zu gehen. Es war 21:35 Uhr, und Madame Lacouture würde die Rückkehr ihrer ältesten Tochter sicher ungeduldig erwarten. Anstatt telefonisch um Erlaubnis zu bitten, schickte Chloé ihrer Mutter eine SMS. *Bin im Café. Komme in einer Stunde. Kuss.*
»Einverstanden, aber nicht lang«, sagte sie und stopfte das Handy tief in ihre Tasche, um es nicht klingeln zu hören.
Im *Barillet* machte Neville einen Umweg über die Theke, um sich ein Päckchen Tabak zu kaufen, das er für sein spezielles Gemisch brauchte, während die beiden anderen sich an einen runden Tisch ans Fenster setzten. Chloés müder Blick, den sie über die

Nachbartische schweifen ließ, wurde plötzlich starr. Sie beugte sich zu Bastien vor.

»Er hat gerade ein Päckchen Kaugummi eingesteckt.«

»Ach ja? Das macht er ständig«, antwortete Bastien seelenruhig. »Das ist bei ihm zwanghaft. Ich kann dir sagen, das Leben mit ihm ist ein echter Thriller.«

Neville setzte sich und packte gelassen das Päckchen aus, das er gerade geklaut hatte.

»Habt ihr bestellt?«, fragte er und hielt die Kaugummis Chloé hin, die mit einem Kopfschütteln ablehnte.

Sie tranken, er sein Bier, sie ihre Cola.

»Zahlen wir, oder rennen wir weg?«, fragte Neville.

Bastien legte einen Zehn-Euro-Schein hin, Chloé den Rest. Aber als sie aufstanden, griff Neville nach dem Schein, als wollte er ihn einstecken. Bastien, der aufpasste, fing die Bewegung ab und packte Neville am Handgelenk. Die Jungen sahen sich an, während Bastien das schmale Handgelenk von Neville umdrehte, der trotz des Schmerzes sein unnahbares Lächeln bewahrte. Schließlich ließ er den Schein los und Bastien das Handgelenk. War es ein Spaß oder seine Art, das Leben in einen echten Thriller zu verwandeln?

Madame Lacouture, die bei Chloés Rückkehr in den Flur stürzte, schien ebenfalls gerade aus einem Thriller zu kommen.

»Ja, wo warst du denn?«

»Ich hab dir eine SMS geschickt. Hast du die nicht bekommen?«

»Eine SMS? Ja, wieso?«
»Um dir zu sagen, dass ich mit Freunden was trinken war.«
»Um diese Uhrzeit?«
»Wie, ›um diese Uhrzeit‹? Es ist ... äh ... elf Uhr. Ich bin bald achtzehn, Mama! Ist dir das eigentlich klar? Alle meine Freundinnen gehen in die Disco, die gehen abends aus!«
Madame Lacouture hatte sich ernsthaft Sorgen gemacht und war von Chloés Reaktion gekränkt. Aber sie antwortete nicht. Das war wirkungsvoller, als wenn sie zornig geworden wäre. Als Chloé in ihrem Schlafzimmer war, fühlte sie sich ein bisschen traurig. Nein, sie war nicht mehr die kleine Tochter ihrer Mama, sie zerrte an ihrem Strick, sie wollte ausbüxen wie die Ziege von Monsieur Seguin, deren Geschichte ihr Vater ihr erzählt hatte, als sie neun oder zehn Jahre alt gewesen war. Sie suchte das alte Bilderbuch und fand es in ihrem Bücherregal neben ihren geliebten *J'aime lire*-Bänden, die Mama mit transparenter Folie eingebunden hatte. Vor dem Einschlafen las Chloé noch einmal die Erzählung *Die Ziege von Monsieur Seguin* von Alphonse Daudet bis zu den letzten Worten auf Provenzalisch, die ihr die Tränen in die Augen trieben: *E piei lou matin lou loup la mangé* – Und am Morgen hatte der Wolf sie gefressen.
Mit dem Buch unter dem Kopfkissen schlief sie ein.

Bevor wir am Montagabend im *Barillet* auseinandergegangen waren, hatten wir uns für den nächsten Mittwoch verabredet. Die Probe sollte bei Neville stattfinden. Chloé war erleichtert, als sie beim Aussteigen aus der Straßenbahn Bastien traf. Sie war nicht nur noch nie bei Madame Fersenne gewesen, sie hatte noch nie einen Fuß in dieses Viertel gesetzt, das einen schlechten Ruf hatte.

»Du wirst sehen, die haben echt nix«, warnte Bastien. »Im Kühlschrank liegen drei Radieschen und eine Flasche Milch. Im Zimmer eine Matratze auf dem Boden und Hanteln.«

Bastien übertrieb, denn außerdem gab es noch einen Laptop, wie Chloé feststellte, und Mengen an geklauten Büchern. Das Erste, was Chloé aber tatsächlich bemerkte, als sie hereinkam, waren Nevilles bloße Füße, die sie dann nicht mehr anzusehen versuchte. Wenn der junge Mann zu Hause war, kleidete er sich immer spärlich, eine Jeans und ein T-Shirt genügten ihm zu allen Jahreszeiten.

»Hier, bitte«, sagte er, als er Chloé in sein Zimmer führte, »das hat nicht den bürgerlichen Charme des Hauses Lacouture ... Hab ich's dir eigentlich gesagt? Ich weiß nicht, wer mein Vater ist, und meine Mutter ist Putzfrau.«

»Das ist traurig«, sagte Bastien, der sich an den Kommentar erinnerte, den Neville sich nach der Erzählung seiner eigenen Kindheit erlaubt hatte.

»Versuch nicht, Streit anzufangen«, gab Neville zurück. »Das fehlt mir gerade noch.«
»Sind wir zum Proben hier?«, erkundigte sich Chloé. »Wenn nicht, gehe ich lieber nach Hause.«
Was tat sie übrigens in diesem Schlafzimmer, mit zwei Jungen, von denen zumindest einer ziemlich unberechenbar war? *E piei lou matin lou loup la mangé ...*
Ihr Unbehagen dauerte nicht lange an. Neville hatte wirklich die Absicht, an seiner Szene für den nächsten Montag zu arbeiten. Er wollte seinem Meister *Lorenzaccio* geben. Ja, seinem »Meister«, denn für Neville war Monsieur Jeanson das. Für die beiden anderen war er nur »der Schauspiellehrer«.
»Wir fangen an bei *Filippo, Filippo, ich war ehrlich*«, sagte er zu Chloé und gab ihr das Buch. »Soufflierst du Bastien, wenn er einen Hänger hat?«
Er drehte sich zu seinem Partner um.
»Wie heißt dein erster Satz?«
»Äh, das ist der mit dem Laster, mit der Krankheit ...«
Neville griff nach einem Stift auf dem Boden und ging drohend auf Bastien zu.
»Ich schlitze dir den Bauch auf, wenn du mir nicht deinen ersten Satz sagst.«
»Nein, nein, warte, ich weiß ihn, ich weiß ihn!«, schrie Bastien und tat, als hätte er panische Angst. »Das Laster ist heilbar. So was in der Art.«
Er tänzelte rückwärts, während Neville überlegte, wo er ihn mit seinem Stift treffen konnte.

»Aber es ist fies, einen unbewaffneten Menschen anzugreifen«, wandte Chloé ein.
Neville warf einen roten Buntstift auf Bastien.
»Da, nimm«, sagte er mit düsterer Stimme. »Der ist schon vom Blut der Unschuldigen gefärbt.«
Sie fielen übereinander her. Neville gelang es, Bastien den Stift in die Seite zu rammen, und der brach röchelnd zusammen.

BASTIEN: *Du, Renzo?*
NEVILLE: *Wer sonst, Herr?*

Das waren die Sätze aus dem 4. Akt, als Lorenzaccio den Herzog von Florenz erdolcht. Nachdem die beiden Jungen sich auf diese Weise in Stimmung gebracht hatten, konnten sie recht ordentlich proben.
Dann war Chloé an der Reihe, erst als Cherubim, dann als Lisette.
Um 16:30 Uhr waren wir alle drei hungrig und aßen etwas auf der Matratze.
Neville hatte nichts anderes anzubieten als eine angebrochene Schachtel Kekse und eine Flasche Milch.
»Eigentlich ist das super lecker«, befand Bastien mit einem zufriedenen Seufzen.
Neville streckte sich aus und murmelte, er sei vollkommen fertig. Dann begann er mit geschlossenen Augen und einer Stimme, die männlicher war als seine achtzehn Jahre, zu deklamieren:

Um unser Lager werden Düfte wehn,
Diwane tief wie Grüfte uns empfangen,
Auf Etageren fremde Blüten stehn,
Die unter schönern Himmeln aufgegangen ...

Gesättigt legte Bastien sich ebenfalls hin, Chloé danach, oder umgekehrt, egal.
Uns hatte dieselbe Müdigkeit überkommen, wir fühlten uns wohl, der Kopf tönte von den Sätzen, die wir gerade gesagt hatten und die uns nicht gehörten.
Wenn Bastien mit Chloé allein gewesen wäre, hätte er vielleicht etwas versucht, aber Neville lag zwischen ihnen wie das Schwert von König Marke, das die Leiber von Isolde und Tristan trennt.
»Was machen wir jetzt?«, fragte Chloé, immer noch davon überzeugt, dass jede Minute eines Tages genutzt werden müsste.
»Nichts«, antworteten die Jungen einträchtig.
Neville war es, der diese stille Zeit nutzte, um von seiner Kindheit zu erzählen, von jenem Gangstervater, den er sich ausgedacht hatte, und dem Gefängnis, in dem er ihn eines Tages wiedersehen würde. Während Bastien und Chloé ihm zuhörten, legten sie ihm eine Hand auf die Brust. Chloés Hand lag auf Bastiens oder umgekehrt, egal. Darunter schlug Nevilles Herz.
Was wir empfanden, konnte nur ein Dichter sagen.

Ein Abend rosa, mystisch blau erblüht,
Wir tauschen einen Blitz, der uns durchglüht
Wie langes Schluchzen, schwer von Abschiedsschmerzen;
Ein Engel später durch die Pforten schwebt ...

Aber das Geräusch der Eingangstür unterbrach Neville.
»Deine Mutter?«, fragte Bastien und richtete sich auf.
»Nein«, beteuerte Neville, obwohl es klar war.
Mit einem Mal besorgt, setzte er sich auf die Matratze. Zu dieser Zeit sollte Magali bei alten Leuten putzen. Ohne sich noch um seine Freunde zu kümmern, stürzte Neville aus dem Zimmer.
»Mama, bist du's?«
Bastien und Chloé, die ihm ins Wohnzimmer folgten, waren ziemlich überrascht, als sie eine kleine, magere, fast taumelnde Frau sahen, mit dunklen Ringen unter den Augen, die sich mit der Hand an den Hals fasste wie jemand, der erstickt.
»Mama, wo hast du deine Tasche hingestellt?«, fragte Neville. »Hast du deine Gesundheitskarte?«
»Sind das deine Freunde von der Schauspielschule?«, fragte sie. »Ich freue mich Sie kennenzulernen aber ich bin nicht allzu gut in Form wegen meinem Asthma das liegt an diesem Wetter und dann an den Reinigungsmitteln ...«
Die Worte drangen in einer Art kontinuierlichem Pfeifen aus ihrem Mund wie aus einem Luftballon.

»Schon gut, Mama, schon gut«, drängte Neville sie. »Wir gehen ins Krankenhaus. Ist deine Gesundheitskarte in der Tasche?«
Chloé und Bastien begriffen, dass sie störten. Sie verließen Neville und flüsterten ihm noch »Alles Gute« und »Bis morgen« zu.
»Verdammt, was hat der für ein Leben!«, kommentierte Bastien, als sie auf der Straße waren. »Da lebe ich doch im Vergleich in Disneyland.«

Als Jeanson am folgenden Montag seine übliche Frage stellte: »Was haben wir heute auf dem Programm?«, hob Neville die Hand.
»Willst du den Monolog von *Lorenzaccio* zeigen?«
»Mmm... ein bisschen weiter oben in der Szene«, brummte Neville.
Da er wenig Vertrauen in Bastien hatte, ging er nur ein paar Sätze weiter zurück.

FILIPPO: *Du machst mir Angst. Wie kann ein Herz groß bleiben mit solchen Händen?*

Da Bastien endlich sein Buch losgelassen hatte, konnte Neville ihn packen, zurückstoßen, ihn zum Zeugen seines eigenen Niedergangs machen.
»Warte, warte«, unterbrach ihn Jeanson. »Du hältst einen Schwatz mit Filippo, das ist sympathisch. Aber du vergisst uns. *Jetzt soll die Welt mal wissen, wer ich bin und*

wer sie ist. Indem du das sagst, forderst du uns heraus, du musst dich dem Publikum zuwenden.«

Neville hatte so viel Inbrunst in seinen Monolog gelegt, dass er noch immer zitterte.

»Du spuckst eine ganze Flut von Worten aus. Du scheinst keine Satzzeichen zu kennen.«

Neville riss die Augen auf, überrascht von dem Gedanken, dass seine Mutter so redete. Und Jeanson fuhr fort: »Jeder Satz, den Lorenzo sagt, ist von einem anderen Gefühl erfüllt. Er ist abwechselnd provokant, verzweifelt, spöttisch, stolz, verächtlich, niedergeschlagen, größenwahnsinnig. Und du servierst uns das alles in demselben tragischen Ton. Nein! In manchen Momenten ist Lorenzo fast vergnügt. *Wahrscheinlich töte ich Alessandro morgen, Gott sei Dank.* Im Grunde kennst du deinen Text zu gut, man sieht, dass er irgendwo geschrieben ist und du ihn aufsagst. Er dringt nicht aus dir hervor.«

»Aber Sie haben mir doch gesagt, ich soll mich nicht für Lorenzaccio halten!«, ereiferte sich Neville. »Und Sie haben mir gesagt, ich soll kein Gefühl hineinlegen!«

»Ja natürlich, ich habe nichts mit DEINEN Gefühlen zu schaffen!«, gab Jeanson in gleich heftigem Ton zurück. »Mich interessieren die Gefühle von Lorenzaccio. Hol die Figur nicht auf dein Level herunter! Dein Kummer, dein klägliches Leben – das ist doch allen hier völlig egal!«

Bastien, der sich wieder auf die Bank gesetzt hatte,

flüsterte Chloé seufzend zu: »Der lässt sich fertigmachen.«
Er litt mit Neville, der so viel gearbeitet hatte und von Jeanson kaltgemacht wurde.
»Das letzte Mal bist du besser damit zurechtgekommen. Du enttäuschst mich.«
In diesem Augenblick konnte alles geschehen. Neville war fähig, in Tränen auszubrechen, auf Socken davonzurennen, Jeanson zu schlagen, sich selbst zu schlagen.
»Kann ich noch mal anfangen?«
Ein kurzes Lächeln zog über Jeansons Gesicht.
»Langsam. Und indem du versuchst, das Gefühl in jedem Satz zu ändern. Los.«
Zehnmal, zwanzigmal ließ Jeanson ihn die ersten vier Sätze wiederholen. Alle waren genauso erschöpft wie Neville, und jeder hätte gern um Gnade gebeten. Dann gab es einen wunderbaren Moment, in dem Jeanson die Zügel locker ließ und Neville, der nicht mehr wusste, was er sagte, wo er war, nicht einmal mehr, wer er war, sich schmerzhaft seinen Weg bahnte bis zu dem Ausruf: *Aber ich liebe den Wein, das Spiel und die Mädchen!*
Er hatte sich zum Publikum gewandt, offen, den Kopf ein wenig nach hinten gelegt, die Arme ausgebreitet. Aufgewühlt. Aufwühlend.
»Er vergisst zu sagen, dass er auch die Jungen liebt«, flüsterte Bastien Chloé ins Ohr.

Jeansons Stimme ertönte.

»Das ist gut, hör da auf! Wir machen eine Pause.«

In der folgenden Stunde kamen andere Schüler dran, und Neville konnte wieder zu sich kommen. Als er sich nach dem Unterricht anzog, hörte er, wie er gerufen wurde.

»Monsieur Neville Fersenne!«

Mit einem einfachen Stirnrunzeln bedeutete er Bastien und Chloé, in seiner Nähe zu bleiben, dann ging er zu seinem Meister.

»Gerade läuft die Anmeldefrist für den Aufnahmewettbewerb der Pariser Schauspielschule«, sagte ihm Jeanson. »Ich hätte gern, dass du dich anmeldest.«

»Ich? Aber ich habe doch gerade angefangen zu lernen ...«

»Gut, dass du dir dessen bewusst bist. Es stimmt, dass man im Prinzip nur Schüler aus dem dritten Jahr zur Aufnahmeprüfung nach Paris schickt. Aber ich hätte gern, dass du dein Glück versuchst ... Und ihr beiden auch.«

Wir hatten uns ihm gegenüber zu einem Block zusammengeschlossen. Er warb uns also alle drei an.

»Ich bin jung«, protestierte Neville noch.

»Ja, aber weißt du, was der wackere Corneille sagt? *Zwar bin ich jung, doch niemals spart ein Held ...*«

»*... sich seine Mutbeweise auf, bis er genügend Jahre zählt*«, vervollständigte Neville.

»Das gibt's doch nicht«, klagte Bastien und tat, als würde er sich die Haare raufen. »Der lernt selbst wenn er nicht muss!«

12

Auf der Bühne muss man handeln

Bastien war in Hochstimmung. Zum ersten Mal in seinem Leben hatte er Zukunftspläne. Er würde die Aufnahmeprüfung für die Schauspielschule in Paris absolvieren, sie bestehen, mit Neville und Chloé in eine WG in Paris ziehen, und das große Leben würde beginnen! Der einzige Schatten auf diesem Bild: die Finanzierung. Aber Bastien beruhigte sich mit dem Gedanken, dass Chloés Eltern reich waren.

Im Internet hatte er ein paar Informationen über die Aufnahmeprüfung zusammengetragen, die er unverzüglich den anderen beiden überbrachte.

»Es gibt drei Durchgänge, im März, April, Mai. Jedes Mal sieben sie Bewerber aus. Am Anfang sind es ungefähr 1200 und am Ende 30.«

»Das ist ja ein Massaker«, kommentierte Neville.

»Wir kommen durch!«, rief Bastien, mit überbordendem Optimismus. »Jeanson hat letztes Jahr drei Schüler durchgebracht. Drei von dreißig, das ist doch enorm! Wenn er uns ausgesucht hat, dann doch, weil er an unsere Chance glaubt, oder?«

»Woraus bestehen die Prüfungen?«, fragte Chloé, die eine Woche Probeklausuren hinter sich hatte.
»Sehr einfach«, antwortete Bastien. »Man bereitet vier Szenen aus vier unterschiedlichen Stücken vor, was man will, allein oder mit Anspielpartner. Und die Auswahlkommission wählt zwei davon aus. Das dauert … Moment … mit allem Drum und Dran fünfzehn Minuten. Und ich hab mir die Mieten in den billigsten Vierteln angeschaut. Für eine Dreizimmerwohnung …«
»Bevor du drei Zimmer suchst, such lieber vier Szenen«, gab Chloé zu bedenken.
»Gute Antwort«, pflichtete Bastien bei. »Ich habe fast schon alle. Harpagon, Arlequin, Filippo, das sind schon drei.«
Chloé hatte bereits Julia, Charlotte, Lisette, Natalie, Nora und Cherubim ausprobiert. Aber auch wenn jede Rolle ihr etwas gegeben hatte, so war sie sich nicht sicher, ob sie jeder dieser Rollen etwas gegeben hatte. Neville wiederum hatte, abgesehen von Lorenzaccio, nichts anzubieten.
»Aber ihr dürft den Mut nicht verlieren«, bemerkte Bastien. »Jeanson wird schon irgendwas für euch finden!«
»Irgendwas?«, wiederholte Neville fragend.
»Na, Rollen, Szenen. Er ist das gewohnt.«
Die ganze Woche lief Bastien wie auf Wolken. Er erzählte sogar seinen Eltern von seinen neuen Ambitionen. Er würde der große komische Schauspieler seiner

Generation werden, worauf Madame Vion antwortete:
»Räum erst mal dein Zimmer auf.«
Monsieur Jeanson hatte uns gebeten, am nächsten Montag etwas früher zu kommen. Er erwartete uns im Sarah-Bernhardt-Saal und kramte in seiner Aktentasche.
»Ah, ja, sehr gut, setzt euch. Hier sind schon mal die Anmeldeunterlagen ... Ich hatte euch nicht gesagt, worin die Prüfungen bestehen. Es ist ein sehr strenges Auswahlverfahren. 1230 Bewerber im letzten Jahr.«
»Aber Sie haben drei Ihrer Schüler durchbekommen«, unterstrich Bastien, der auf der Bank saß und mit den Füßen zappelte.
Auf Jeansons Gesicht zeichnete sich Erstaunen ab.
»Wer hat dir das erzählt?«
»Eine Kundin meiner Eltern. Deren Enkelin Isaline hat ...«
»Sie hat sich im dritten Durchgang bewiesen«, unterbrach ihn Jeanson. »Und ich hatte seit ziemlich langer Zeit keinen anderen Erfolg als diesen.«
Wir saßen verwirrt da.
»Was glaubt ihr denn?«, fuhr Jeanson dann leicht gereizt fort. »Dass man nur mit den Fingern schnipsen muss, um auf die Pariser Schauspielschule zu kommen? Dort werden 30 Bewerber pro Jahrgang aufgenommen, fünfzehn Jungen, fünfzehn Mädchen, und sie sind nicht gut, sie sind ausgezeichnet. Aus dieser Schule sind die größten Schauspieler hervorgegangen,

angefangen bei Sarah Bernhardt, dann Gérard Philipe, Serge Reggiani, Jean Piat, Jean-Paul Belmondo, Nathalie Baye, Isabelle Huppert, Denis Podalydès ...«
Je stärker Jeanson sich ereiferte, desto kleiner wurden wir auf unserer Bank.
»Wir müssen uns also gar nicht bemühen«, stammelte Bastien.
»Doch, müsst ihr! Im Leben eines jungen Schauspielers ist das eine einzigartige Chance!«, erwiderte Jeanson ruhiger.
»Wir täten besser daran, zwei oder drei Jahre zu warten«, schlug Neville vor. »Wir haben Zeit ...«
»Nein!«
Jeansons Antwort kam wie aus der Pistole geschossen oder wie ein Schrei.
»Ihr ... ihr habt natürlich ... ihr habt natürlich Zeit.« Er hatte sich wieder gefangen, suchte aber nach Worten. »Aber ich ... ich habe keine ... Ihr seid ... meine letzte Chance, um ...«
»Oh! Gehen Sie dieses Jahr in Rente?«, fragte Bastien.
»Ja ... richtig. Ich gehe in Rente und ... hätte es gern gesehen ... Es hätte mir Freude gemacht ... Aber ihr seid frei, abzulehnen.«
»Ich werde es versuchen«, sagte Neville.
Bastien und Chloé sahen sich an.
»Wir werden es alle drei versuchen«, fügte Bastien bekräftigend hinzu. »Wir unterstützen uns.«
Sein Optimismus kam gleich danach zurück: »Und

außerdem muss ich nur noch eine Szene finden. Drei habe ich schon.«

»Wie das?«, fragte ihn Jeanson, den Bastien immer noch überraschen konnte.

»Na, also, erstens habe ich den Monolog im *Geizigen*.« Jeanson schüttelte den Kopf.

»Das ist abgedroschen. Molière, Harpagon! Den gibt's an jeder Ecke.«

»Ach? Und meine Szene mit Lisette?«

»Die gilt vor allem für Chloé.«

»Und Lorenzaccio?«

»Aber da bist du nur der Anspielpartner für Neville.« Bastien schwieg verdrossen.

»Übrigens müsst ihr auch eine Szene in Alexandrinern zeigen, das ist Pflicht«, informierte uns Jeanson. Alexandriner! Der Schrecken aller Schauspieler!

»Die Sache ist gestorben«, sagte Neville.

Jeanson schien unsere Reaktion zu amüsieren.

»Aber ihr habt ja gesagt: Man muss es versuchen. Einer von euch ist vielleicht der Gott oder die Göttin des Alexandriners.«

»Die muss man auswendig lernen«, sagte Bastien seufzend.

»Leider ja«, erwiderte Jeanson barsch. »Beim Alexandriner kann man nicht mogeln. Aber generell kann man nicht mogeln, wenn man Schauspieler ist ... Also?«

Geräusche aus dem Treppenhaus informierten uns, dass unsere Mitschüler eintrafen.

»Soll ich die Anmeldungen Ronan, Diane und Samuel anbieten?«, fragte Jeanson verächtlich.
Mit derselben Bewegung streckten wir alle drei die Hand aus. Er verteilte die Unterlagen und sagte leise: »Redet hier mit niemandem darüber. Was ich da mache, entspricht nicht den Regeln.«
Dann ignorierte Jeanson uns bis zur Pause, in der er uns in sein kleines Büro winkte.
»Wann habt ihr unter der Woche Zeit?«, fragte er, seinen Kalender in der Hand.
»Jeden Tag, jede Stunde des Tages«, antwortete Neville.
»Genauso«, fügte Bastien hinzu. »Aber Chloé hat einen sehr vollen Terminkalender, sie besucht den Vorbereitungskurs für die Uni ...«
Jeanson hob die Hand, um ihn zum Schweigen zu bringen.
»Ich habe euch nicht gebeten, mir euer Leben zu erzählen.«
Er legte zusätzlich zum Montag zwei weitere Termine pro Woche fest. Da der erste Durchgang des Auswahlverfahrens in vier Monaten erfolgte, hatte der Countdown begonnen.
»Ich werde euch von einem Treffen zum nächsten Aufgaben geben«, sagte er. »Aber aufgepasst, ich bin nicht dazu da, euch eure Texte abzufragen.«
Er sah Bastien an, damit der sich den folgenden Satz auch richtig einpräge.

»Ich lasse euch an den Texten arbeiten, die ihr gelernt habt.«

Dann gab er uns unsere erste Rolle, ohne genauer zu sagen, welche Szene wir zu spielen haben würden.

»Neville, in *Phädra* von Racine bist du Hippolyte. Bastien, in *Cyrano von Bergerac* hast du die Titelrolle. Chloé, in *Der Apoll von Bellac* von Giraudoux bist du Agnès.«

Er verabredete sich mit uns für den kommenden Mittwoch, 15 Uhr, im Talma-Saal, dem Saal mit einer richtigen Bühne.

Am nächsten Tag brachte Neville die drei Stücke, die wir in vierundzwanzig Stunden zu lesen hatten, zu den Lacoutures. Die größte Katastrophe brach über Bastien herein.

»Verdammt, was für ein dickes Buch!«

»Sei still und lies«, antwortete Chloé.

»Der Bastien, der will nie arbeiten«, sagte die kleine Clélia in moralisierendem Ton.

»Ja, und du machst jetzt deine Rechenaufgaben«, erwiderte ihre Schwester.

Im Wohnzimmer trat Stille ein, während Clélia ihre Hausaufgaben machte und wir lasen. Plötzlich begann Bastien zu lachen.

»Psst«, machten die anderen.

»Aber das ist doch nicht meine Schuld. Der Typ ist schuld … wie heißt der?«

Bastien sah nach dem Namen des Autors auf dem Umschlag und nannte ihn: »Edmond Rostand.«

Bald hatte er wieder einen Lachkrampf. Der Monolog, in dem Cyrano sich über seine große Nase mokierte, gefiel Bastien so sehr, dass er seine Begeisterung mit den anderen teilen musste.
»Hört mal, hört mal zu! Er redet von seiner Nase.

CYRANO: ... *Sind Sie Vogelfreund, mein Bester,*
　und sorgten väterlich mit dieser Stange
　Für einen Halt zum Bau der Schwalbennester?«

»Du störst«, merkte Neville an, der in Hippolytes Qualen versunken war.
Es wurde wieder still. Manchmal wälzte Bastien sich auf dem Boden vor Lachen. Chloé, die immer wieder einen Blick auf die Uhr warf, wollte den anderen mitteilen, dass Madame Lacouture bald kommen würde, das aber in Alexandrinern:
»Sechs Uhr hat's geschlagen, am Kirchturm dort oben. Die Mutter wird kommen ... Verdammt, ein Reim auf oben?«
»Loben«, schlug Bastien vor.
»Droben«, versuchte Neville.
»Toben!«, rief die Kleine.
»Danke, Clélia«, beglückwünschte Chloé sie und vervollständigte ihren Alexandriner: »Die Mutter wird kommen, bestimmt wird sie toben.«
»Klarmachen zum Gefecht«, murmelte Neville und sammelte seine Sachen ein.

»Aber die Mama ist doch lieb«, fragte Clélia unsicher.

»Ja«, beruhigte Chloé sie. »Aber sie mag Jungs nicht so sehr.«

»Also das stimmt«, räumte die Kleine ein. »Ich hab ihr extra nicht gesagt, dass ich einen Verliebten hab.«

»Du hast einen Verliebten? In deinem Alter?«, rief Bastien und verdrehte streng die Augen.

»Los, verschwinde«, sagte Chloé und schob ihn zur Tür.

Als im Hause Lacouture wieder Ruhe eingekehrt war, wollte Clélia ihre Neugier befriedigen.

»Welchen von den beiden magst du lieber?«

Wenn es eine Frage gab, die Chloé umgehen wollte, dann diese.

»Ich weiß es nicht.«

»Liebst du sie beide?«

»Das ist nicht möglich.«

»Doch, das ist möglich«, widersprach Clélia. »Das hat Neville gesagt. Selbst drei Verliebte sind möglich.«

»Ja, aber das ist die Meinung von Neville. Neville ist … Neville ist eine Art Cherubim.«

»Liebt er alle Frauen?«

»Und auch die Jungen«, fügte Chloé hinzu, ohne darauf zu achten, mit wem sie sprach.

»Ach ja?«, fragte Clélia in einem Ton, der zeigte, dass sie froh war, als Zugabe auch diese Information zu bekommen.

»Und du?«, erkundigte sich Chloé. »Welchen magst du lieber?«
»Ich mag beide lieber, weil Bastien, der ist so lustig, aber Neville der ist soo schön.«
»Na, bei mir ist es genauso«, entschied Chloé.
Die beiden Schwestern klatschten sich ab, ohne etwas zu sagen, während die Stimme von Mama, die bestimmt gleich tobte, zu ihnen drang.
»Kinder, seid ihr da?«

Wir trafen uns am nächsten Tag um 15 Uhr vor der geschlossenen Tür zum Talma-Saal wieder. Dort hatten wir als Kinder *Romeo und Julia* gespielt.
»Damals mochte ich dich nicht so sehr«, sagte Bastien verwundert und betrachtete Chloé.
Um 15:10 Uhr hatte Neville die Idee, die Türklinke herunterzudrücken.
»Es ist offen ... und keiner da.«
Wir setzten uns in die Dunkelheit und warteten auf Jeanson. Als wir uns um 15:30 Uhr gerade gesagt hatten, er habe uns vergessen, kam Jeanson mit langsamen Schritten herein.
»Ich bitte um Entschuldigung, ich bin zu spät.«
Es war eine Feststellung, keine Erklärung. Etwas schwerfällig setzte er sich in die erste Reihe.
»Chloé, stellst du bitte einen Stuhl in die Mitte der Bühne und setzt dich? Bastien, kannst du das Rampenlicht anmachen?«

Chloé setzte sich auf den Stuhl und schien auf weitere Anweisungen zu warten. Da nichts kam, fragte sie, was sie tun solle.

»Nichts«, antwortete Jeanson. »Du erprobst die Situation, dass du im Rampenlicht sitzt, während dir Menschen zusehen.«

Durch nichts konnte Chloé sich so schnell unbehaglich fühlen wie durch solche Worte. Auf der Stelle bedauerte sie, dass sie statt der üblichen Hose einen Rock angezogen hatte. Sie stellte sich vor, dass man unten im Zuschauerraum ihre Unterwäsche sehen konnte. Sie zog an ihrem Rock, drückte die Beine zusammen, wand sich auf ihrem Stuhl, drehte sich zur Seite und hörte plötzlich, wie Bastien lachte. Was für ein Idiot! Sie verschränkte die Arme vor der Brust, versteckte halb das Gesicht hinter einer Strähne, war sich sicher, dass sie in ein paar Sekunden vor lauter Schwitzen Schweißflecken unter den Achseln bekommen würde. Schließlich rief sie: »Was soll ich denn tun?«

»Hast du einen Kalender oder so etwas?«, fragte Jeanson sie.

»Ja, in meiner Tasche.«

»Hol ihn und setz dich wieder hin.«

Als das geschehen war, schlug Jeanson Chloé vor, in ihrem Kalender zu blättern. Chloé gehorchte und begann Sätze zu lesen, ohne sie zu verstehen. Plötzlich entdeckte sie, dass sie am Freitag eine Spanisch-Klau-

sur hatte, die sie vergessen hatte. Daraufhin sah sie nach, ob sie nicht noch etwas übersehen hatte, und fuhr sich mit der Hand durchs Haar, um die Strähne nach hinten zu schieben, die sie beim Lesen störte.
»Seht ihr, wie natürlich sie jetzt ist«, sagte Jeanson im Halbdunkel des Zuschauerraums. »Vorhin war sie lächerlich. Was hat sich geändert?«
»Sie ist beschäftigt«, antwortete Bastien.
»Ganz genau. *Auf der Bühne muss man handeln.* Damit vermeidet ihr zwei schwere Nachteile: euch lächerlich zu machen und unkonzentriert zu sein.«
Daraufhin bat Jeanson Neville und Bastien, zu Chloé auf die Bühne zu gehen, ohne ihnen irgendeinen weiteren Hinweis zu geben. Sie taten ein paar ungeschickte Schritte auf den Brettern, sahen sich um, sahen nichts, woran sie sich hätten festhalten können. Neville setzte sich im Schneidersitz hin, zog sein Tabakpäckchen hervor, sein Zigarettenpapier und begann einfach, sich einen Joint zu drehen. Bastien ging mit offenen Armen auf Chloé zu: »Soll ich dir zeigen, wie man Tango tanzt?«
Nach ein paar Sekunden, als Chloé so gut sie konnte auf Bastiens Füßen lief und Neville seinen Joint anzündete, klatschte Jeanson in die Hände, mehr wie ein Lehrer als wie ein Zuschauer.
»Wie fühlt ihr euch auf der Bühne?«, fragte er.
Unsere drei Antworten erreichten ihn gleichzeitig: »Gut. Nicht schlecht. Ganz gut.«

Während dieses ersten Treffens erklärte Jeanson uns unsere künftigen Rollen.

Von Zeit zu Zeit sah Chloé unauffällig auf dem Display ihres Handy auf die Zeit. 18:00 Uhr, 18:10 Uhr ...

Endlich entschloss sich Jeanson, uns zu sagen, an welchen Szenen wir arbeiten würden.

»Neville. 2. Akt, 2. Szene. Hippolyte erklärt sich Aricie.«

»*Dich flieh ich, wo du bist; dich find ich, wo du fehlst*«, murmelte Neville.

»Das ist doch nicht wahr! Der hat das schon gelernt«, rief Bastien und tat verzweifelt.

»Du erarbeitest die Duellszene zwischen Cyrano und dem Vicomte«, sagte ihm Jeanson.

»Wie? Aber ich hab noch nie gefochten!«

»Neville auch nicht, denke ich«, antwortete Jeanson gelassen. »Und er ist dein Gegner. Chloé, du gibst mir die ersten Szenen aus *Der Apoll von Bellac*. Du wirst zwei Anspielpartner brauchen.«

Sie hatte gerade erneut einen flüchtigen Blick auf ihr Handy geworfen. 18:30 Uhr!

»Ja«, sagte sie zerstreut. »Zwei Anspielpartner.«

»Ronan und Samuel, ist dir das recht?«

Sie riss die Augen auf.

»Das war ein Witz«, sagte Jeanson mit düsterer Stimme. »Sei bei der Sache.«

»Entschuldigung, aber meine Eltern werden ...«

Er hob die Hand, wie er es schon einmal getan hatte.

»Das interessiert mich nicht. Bleib konzentriert. Das ist die Grundlage des Berufs. Und jetzt guten Abend.«
Er blieb sitzen, während wir unsere Sachen zusammenpackten und hinausgingen. Es kam uns ein bisschen seltsam vor, ihn allein im Dunkeln zurückzulassen.

»Was kann ich nur erfinden?«, jammerte Chloé. »Ich sollte um 17:30 Uhr zu Hause sein!«
Wir liefen zügig über die Place Sainte-Croix.
»Übertreib einfach«, riet ihr Bastien. »Je dicker die Lüge, desto eher wird sie geschluckt.«
Ausnahmsweise einmal wollte Neville die Stimme der Vernunft spielen.
»Weißt du, Chloé, früher oder später wirst du es ihnen sagen müssen.«
»Ja, aber was sage ich ihnen?«

13

Sagen Sie ihnen, dass sie schön sind

»Wir waren so in unsere Referatsvorbereitungen vertieft, dass wir ganz die Zeit vergessen haben!«
»Ach ja? Und worum geht es?«, wollte Monsieur Lacouture wissen.
»Um die Kabeljaufischerei in Kanada 1730.«
Bastien hatte nicht unrecht, je dicker die Lüge, desto leichter wird sie geschluckt. Andererseits hatte auch Neville recht, Chloé würde ihren Eltern sagen müssen, dass sie sich für die Aufnahmeprüfung bei der Schauspielschule in Paris angemeldet hatte.
Noch am selben Abend begann sie im Bett halblaut ihre Rolle zu lernen.

AGNÈS: *Ich habe Angst vor Männern ... Wenn ich sie nur sehe, wird mir schon schwach ...*

Madame Lacouture steckte den Kopf durch die angelehnte Tür: »Schläfst du nicht?«
»Nein ... nein ... Der Kabeljau, ich seh mir das noch mal an.«

Der Apoll von Bellac handelte von einem jungen Mädchen auf der Suche nach einer kleinen Anstellung. Aber der einfache Umstand, sich an einen Türsteher zu wenden, um einen Termin zu bekommen, versetzte sie in Furcht und Schrecken. Ein Herr, der aus Bellac stammte, lieferte ihr das Rezept, das einzig mögliche Rezept, um keine Angst mehr vor Männern zu haben.

DER HERR AUS BELLAC: *Kennen Sie's nicht, so bedeutet das ein Leben in Schmutz und Elend. Wenden Sie's an, und Sie werden Königin über alle sein!*

Beim Lesen des Stückes von Jean Giraudoux hatte Chloé den Eindruck, Monsieur Jeanson habe ihr das Rezept mitteilen wollen.

DER HERR AUS BELLAC: *Sagen Sie ihnen, daß sie schön sind!*
AGNÈS: *Daß sie schön sind, gescheit, sensibel?*
DER HERR AUS BELLAC: *Nein! Nur schön.*

Das war das Geheimnis. Den Männern, allen Männern, auch den hässlichen, den humpelnden, den pustelbedeckten, den Türstehern, sagen, dass sie schön sind.

AGNÈS: *Sie werden es mir nicht glauben.*
DER HERR AUS BELLAC: *Alle werden sie's glauben. Alle glauben sie's von vornherein.*

Agnès übte zuerst, indem sie einem Schmetterling und einer Lampe sagte, dass sie schön seien. Dann ging sie zu einem furchterregenderen praktischen Fall über, dem schrecklichen Türsteher. In dieser Nacht träumte Chloé, dass sie die Kabeljaufischerei beiseiteließ und ihrem alten, fettleibigen Geschichtsprofessor erklärte: »Sie sind schön.« Er gab ihr 19 von 20 Punkten.

Am nächsten Abend überließen Monsieur und Madame Lacouture, die bei Kollegen eingeladen waren, höchst ungewöhnlicherweise Chloé die Aufsicht von Clélia. Als Chloé sah, dass ihr Vater ebenso ungewöhnlicherweise Anzug und Krawatte trug, kam ihr eine Idee.
»Du bist schön so!«, rief sie.
Monsieur Lacouture, dem die ersten Haare ausgingen und der einen leichten Bauch bekam, brauchte einen Moment, bis er seiner ältesten Tochter antwortete.
»Ja ... Der Anzug ... Das macht gleich was her.«
(*Alle werden sie's glauben, alle glauben sie's von vornherein*, flüsterte der Herr aus Bellac Chloé zu, die beschloss, noch etwas hinzuzufügen.)
»Du wirst sie alle beeindrucken!«
Monsieur Lacouture verbrachte einen hervorragenden Abend. Noch am nächsten Tag war er ganz aufgekratzt.
An dem Abend entschloss sich Chloé, von der Schauspielschule in Paris zu erzählen. Den Haupteinwand sprach sie gleich selbst an.

»Dadurch verpasse ich im März einen Tag Unterricht.«

Sollte sie die erste Hürde nehmen, wäre es immer noch Zeit, ihre Eltern in das Geheimnis der drei Durchgänge einzuweihen.

»Du hast dich also einfach so für die Aufnahmeprüfung angemeldet, ohne uns davon zu erzählen?«, fragte Madame Lacouture erstaunt und verkniffen.

»Du siehst doch, dass ich euch davon erzähle«, antwortete Chloé mit reizender Unaufrichtigkeit.

Da Monsieur Lacouture schwieg, setzte seine Frau den Angriff allein fort.

»Und was erhoffst du dir davon?«

»Nichts Bestimmtes. Ich will wissen, was ich kann. Aber ich werde den Vorbereitungskurs nicht aufgeben. Ich bin in der Lage, beides zu machen.«

Da das ungewöhnliche Schweigen ihres Mannes anhielt, sah Madame Lacouture ihn fragend an.

»Nun, Chloé weiß, was sie tut«, sagte er schließlich. »Sie ist kein Kind mehr. Sie ist … äh … eine junge Frau.«

Da hörte man die Stimme von Clélia aus ihrem Schlafzimmer, die nach ihrem Papa rief.

»Sie will ihre Gutenachtgeschichte«, sagte er, als er aufstand und ging, als hielte er die Diskussion für beendet.

»Papa!«, rief Chloé ihm hinterher. »Erzähl ihr *Die Ziege von Monsieur Seguin.*«

»Meinst du?«

»Das war in dem Alter meine Lieblingsgeschichte.«

Das nächste Arbeitstreffen mit Jeanson war für den folgenden Samstag von 14 bis 17 Uhr festgelegt worden. Unterdessen hatten Bastien und Neville schon eine Fechtstunde bei dem Lehrer absolviert, der damals die Degenkämpfe zwischen den Capulets und Montagues angeleitet hatte. Für die beiden Partner ging es nicht darum, Olympiasieger zu werden, sondern einen Kampf darzustellen, ohne sich ein Auge auszustechen. Chloé hoffte, Monsieur Jeanson würde sie Agnès spielen lassen, auf die sie sich vorbereitet hatte. Aber Jeanson schien an diesem Samstag nur mit Neville in der Rolle von Hippolyte beschäftigt.

»Du spielst also Aricie«, sagte er der leicht verunsicherten Chloé. »Ich weiß, dass du die Rolle nicht gelernt hast. Aber du hast nur ... vier ... fünf ... sieben ... elf Verse zu sprechen. Ich habe dir ein paar gestrichen. Die Hauptsache ist im Grunde, dass du auf der Bühne bist.«

Jeanson hätte Chloé genauso gut als Staffage bezeichnen können. Er wandte sich Neville zu.

»Kannst du deine Rolle?«

»Ja, aber ich habe die Zeit gestoppt. Die Szene dauert sechs Minuten.«

»Das ist ein bisschen lang«, räumte Jeanson ein. »Aber die Kommission wird dich die Szene zu Ende spielen lassen, wenn du überzeugend bist … Chloé, ich sage dir noch mal, worum es in der 2. Szene geht. Aricie steht auf Hippolyte, aber sie ist ein wohlerzogenes Mädchen, sie möchte, dass der Junge, der total verklemmt ist, sich als Erster offenbart. Neville, du kommst von rechts. Sobald du einen Fuß auf die Bühne gesetzt hast, fängst du an: *Eh' ich von dannen gehe, Königin,* du willst Aricie zurückhalten, du streckst die Hand nach ihr aus.«

HIPPOLYTE (tritt auf): *Eh' ich von dannen gehe, Königin,*
Künd ich das Los dir an, das dich erwartet:

Jeanson ließ Neville seinen Monolog sprechen, ohne ihn zu unterbrechen.
»Sehr gut«, sagte er. »Das ist es überhaupt nicht. Bei dir klirren die Reime so diskret wie die Sporen eines Reiters.«
Eine halbe Stunde lang wiederholte Neville den Monolog, manchmal stampfte er genervt mit dem Fuß auf. Jeanson hatte Prinzessin Aricie vergessen, die sich im grellen Licht die Beine in den Bauch stand. Chloé war etwas verärgert und fragte schließlich, ob sie sich im Zuschauerraum neben Bastien setzen könne. Aber Jeanson antwortete schneidend: »Und was meinst du, wem Hippolyte dann erklären soll: *Den schweren Bann, der auf dir lag, vernicht ich, Du kannst fortan frei schalten*

mit dir selbst? Etwa dem Vorhang? Mit dir redet er, mit dir, und du tätest gut daran, ihm zuzuhören!«
»Ja, aber ich werd' allmählich müde.«
»Was?«
Mit wirklich verärgertem Gesicht ging Jeanson auf Chloé zu. Chloé bekam Angst, aber spürte die tröstliche Anwesenheit des Herrn aus Bellac neben sich.
»Ihre Wut steht Ihnen gut«, sagte sie hastig.
»Hmm?«
(Na, los, flüsterte der Herr aus Bellac ihr zu, bemüh dich noch ein kleines bisschen, Agnès. Sag ihm …)
»Sie sind schön«, sagte sie mit schwankender Stimme.
Jeanson sah sie fassungslos an, er errötete beinahe.
»Das … Darum … geht es nicht«, stammelte er.
Dann hellte sein Blick sich auf, und er fing an zu lachen.
»Da wäre ich doch beinahe drauf reingefallen! Die ist teuflisch, die Kleine …«
Er packte sie herzlich am Arm.
»Wir werden sehen, was du als Aricie lieferst. Das ist eine Scheinheilige ganz in deiner Art. *Erstaunt, beschämt, von allem, was ich höre …* Sie spielt die Dumme, sie muss diesem ›leicht scheuen‹ Prinzen eine Erklärung abtrotzen.«
Während Chloé ihre wenigen Sätze sagte, gab Jeanson Neville mit Zeichen zu verstehen, er solle sich der jungen Aricie nähern.

HIPPOLYTE: *Ich, Königin, dich hassen!*
JEANSON: *Schon gut, begrenzen wir den Schaden. Chloé, hast du beschlossen, den armen Jungen einzuschläfern? Sag ihm wenigstens mit den Augen: Wie schön Ihr seid! Also los, wir fangen noch mal an.*
ARICIE: *Erstaunt, beschämt, von allem, was ich höre ...*

Chloé leierte ihre Alexandriner so zurückhaltend herunter wie zu Zeiten von Madame Labanette. Neville sah zu seinem Meister und verzog skeptisch das Gesicht.
»Das wird nicht reichen«, sagte Jeanson. »Könnten wir Diane fragen, ob sie Anspielpartnerin sein kann?«
Er wollte eine Trotzreaktion bei Chloé provozieren. Stattdessen reagierte Neville.
»O nein!«, rief er und stotterte vor Erregung. »Wir ... wir ... wir haben beschlossen, dass wir drei ... alle drei ...«
Jeanson hob die Hand, um ihm zu sagen, er solle sich beruhigen.
»Schon gut, ich habe verstanden.«
Mit geschlossenen Augen rieb er sich einen Moment die Stirn, als wollte er so eine Idee hervorrufen lassen.
»Also«, sagte er plötzlich. »Zieht Schuhe und Strümpfe aus. Beide.«
Chloé, die den Anblick bloßer Füße bei anderen nicht ertrug, ertrug es noch weniger, in der Öffentlichkeit selbst barfuß zu sein. Am Strand mochte das noch ge-

hen. Aber im Schwimmbad wurde es lächerlich, und auf der Bühne war es fast schon obszön. Neville hatte schon Turnschuhe und Strümpfe ausgezogen, ohne zu diskutieren.

»Also, Chloé, beeilst du dich? ... Neville, zieh dein Dings aus, dein ... T-Shirt.«

Neville runzelte die Stirn, aber gehorchte und stand mit bloßem Oberkörper da. Jeanson stellte sie einen Meter voneinander entfernt einander gegenüber. Ohne ihre Stiefeletten mit Absatz schien Chloé unsicher.

»Wir gehen zu Hippolytes Geständnis über«, erklärte Jeanson. »*Ich bin zu weit gegangen* ... Wenn du das sagst, Neville, dann gehst du auf Chloé zu, sie weicht ein bisschen zurück. *Ich seh', dass die Vernunft der Macht den Vorrang lässt.* Du gehst noch näher auf sie zu. Chloé, du siehst Hippolyte an, du denkst: Mein Gott, wie er mir gefällt! Und du streckst den Arm aus, um ihn am direkten Kontakt zu hindern. Also, wir versuchen es so.«

Neville begann ein wenig linkisch seinen langen Monolog, vergaß hier eine Diärese, dort etwas, während Jeanson seine jungen Schauspieler führte.

»Chloé, sieh ihn an. Ja, genau, ein bisschen unauffällig. Streck ihm den Arm entgegen. Nähere dich ihr, Neville. *Ja, Königin, du siehst mich vor dir stehen* ... Chloé, ja, genau, du hast Angst vor der Wirkung, die du auf ihn hast. *Sechs Monde trag ich schon* ... Da, leg die Hand auf ihn. Um ihn zurückzuweisen. *Vielleicht schämst du dich*

deines Werks, da du mich hörst, und dich beleidigt meine wilde Liebe? ... Streichel ihn. Doch, los, Chloé.«
Jeanson war bei ihnen, zwischen ihnen, vor ihnen, er allein war sich dessen bewusst, was gerade geschah.
»Streichel seine Haut.«
Chloé fuhr verschämt, verzweifelt mit den Fingerspitzen über Nevilles Brust und spürte den Schauder, der sie durchfuhr. Er verhaspelte sich bei seinen letzten Alexandrinern.

HIPPOLYTE: *Welch seltsam Sklavenbande biete ... ich auch dem Herz dir an ...*
JEANSON (flüstert): *Du sagst zwar Blödsinn, aber es ist trotzdem super.*

Er hatte gerade entdeckt, was die Kommission mitreißen würde, dieses verliebte Duo von Chloé und Neville, die Arglosigkeit der einen, die angesichts des gewaltigen Sex-Appeals des anderen den Kopf verlor. Oder umgekehrt.
»Wir werden die Szene proben, damit ihr sie beherrscht, aber wir proben sie nicht zu oft«, erklärte er, »damit ihr sie nicht zu sehr beherrscht. Und«, fügte er recht konfus hinzu, »es wäre besser, ihr würdet euch auch nicht ganz beherrschen.«
Als wir auf der Straße waren, fragten wir uns immer noch, was Jeanson hatte sagen wollen.

Als Chloé zu Hause ankam, spürte sie, dass ein Gewitter in der Luft lag. Madame Lacouture musste ihren Mann darauf hingewiesen haben, dass Chloé nie zu Hause war, dass sie sich Gott weiß wo und mit Gott weiß wem herumtrieb. Chloé schlich sich in ihr Zimmer, wo Clélia sofort auftauchte.

»O je, o je, die Eltern sind ziemlich anstrengend!«, beklagte sich die Kleine und hielt sich die Hände über die Ohren.

Ohne zu antworten, begann Chloé, die Verse von Aricie vorzutragen, was eine andere Methode war, sich die Ohren zuzuhalten.

»Was ist das für eine Geschichte?«, wollte Clélia wissen.

»Oh, das ist eine Tragödie, die geht schlecht aus.«

»Papa hat mir auch eine Tragödie vorgelesen«, sagte die Kleine entrüstet. »Das war die Geschichte von der Ziege von Monsieur … Dingsbums. Ich dachte, die Ziege würde den Wolf töten. Aber dann ist sie gefressen worden! Das ist doch keine Geschichte für Kinder!«

Chloé hob den Blick von ihrem Text und lächelte ihre kleine Schwester an.

»Die Ziege von Monsieur Seguin hat eine gute Zeit in den Bergen gehabt.«

»Ja, aber sie ist gestorben«, murrte Clélia.

»Weil sie dumm war. Wenn man von zu Hause wegläuft, dann nicht, um den Wolf zu besuchen, sondern um sich mit Freunden zu treffen.«

»Das ist nicht dumm«, stimmte Clélia zu.
Wie alle kleinen Mädchen, die eine große Schwester haben, war Clélia bereits der Ansicht, man habe sie an einer ziemlich kurzen Leine angebunden.

14

Der Klau hätte größer sein können

Bislang hatte Bastien Eltern, Lehrer und Freunde mit seinen Witzen und seiner selbstsicheren Art für sich eingenommen. Jetzt machte er niemandem mehr etwas vor. Mehrmals pro Woche wurde er von Neville und Chloé runtergeputzt: »Lern doch endlich deine Rolle!«
Und von Jeanson abgekanzelt: »Bastien, du musst einverstanden sein. Einverstanden, dich anzustrengen.«
Die anderen schienen nicht zu begreifen, was für einen Schmerz, einen physischen Schmerz es für ihn bedeutete, wenn er fleißig sein, sich konzentrieren, auswendig lernen musste. Die sechzig Alexandriner von Cyrano, die Rolle von Arlequin, die von Filippo ... Sein Kopf würde explodieren. Und doch: Als Diane, die auf der Suche nach einem Partner war, ihn am Telefon bedrängte, willigte er ein. Aus zwei Gründen. Der erste war, dass Diane nichts anderes forderte, als dass er die wenigen Sätze von Arnolphe laut vorlas. Der zweite war, dass er das Bedürfnis, das schreck-

liche Bedürfnis verspürte, bedauert oder bewundert zu werden beziehungsweise beides. Daher spielte er Diane den völlig mit Arbeit überlasteten Jungen vor.
»Hast du gerade Prüfungen?«, fragte sie ihn naiv.
»Nein, nein, die Schauspielschule macht mir zu schaffen. Ich werd's dir erzählen.«
Das tat er dann zwischen zwei Sätzen von *Die Schule der Frauen*.

ARNOLPHE: *Und was ist sonst gescheh'n?*
AGNÈS: *Mein Kätzchen ist gestorben.*
ARNOLPHE: *Wie schade – tut mir leid,*
   Doch alle sind wir sterblich – für jeden kommt die Zeit...
DIANE: *Ach, übrigens, du wolltest mir was von der Schauspielschule erzählen.*
BASTIEN: *Ach ja! Ich, also wir, bereiten uns auf die Aufnahmeprüfung für die Schauspielschule in Paris vor, und das ist echt Schinderei.*

Bastien wollte sich besonders in Szene setzen und ihr von all seinen Rollen und dem Fechttraining erzählen. Aber Diane interessierte etwas ganz anderes.
»Mit wem bereitest du dich vor? Mit Neville?«
»Und Chloé ... und Jeanson.«
»Jeanson?«
Da erinnerte Bastien sich an die Warnung des Lehrers: »Redet mit niemandem von hier darüber. Was ich da

mache, entspricht nicht den Regeln.« Aber es war zu spät. Diane wollte mehr wissen und bombardierte Bastien mit Fragen.

»Macht ihr das außerhalb des Unterrichts? Aber trotzdem in der Schauspielschule? Verlangt er nichts dafür? Wie viele Stunden pro Woche? Hat er euch gesagt, warum er euch ausgesucht hat?«

»Gut, proben wir weiter?«, fragte Bastien fast flehend.

»Ja, das wäre eine gute Szene für den ersten Durchgang. Kannst du da mein Anspielpartner sein?«

Bastien wurde es heiß und kalt. Was hatte er da getan? Er erzählte weder Neville noch Chloé davon und hoffte, am nächsten Montag würde nichts passieren. Aber in der Zigarettenpause sah er, wie Diane auf Jeanson zuging, und hörte sie fragen: »Entschuldigen Sie, Monsieur, verteilen Sie die Anmeldeunterlagen für die Aufnahmeprüfung bei der Schauspielschule in Paris?«

»Das macht die Verwaltung«, antwortete Jeanson zerstreut.

»Ich würde mich gerne bewerben und mich bei Ihnen auf die Aufnahmeprüfung vorbereiten.«

Neville und Chloé, die gerade den Raum verlassen wollten, sahen sich verstohlen an, während Bastien sich betreten verdrückte.

»Ihr Vertrauen ehrt mich«, erwiderte Jeanson leicht sarkastisch. »Aber ich bereite nur die im dritten Jahr vor, und dieses Jahr hat keiner das erforderliche Niveau.«

»Und Bastien, Neville und Chloé, haben die das Niveau?«, fragte Diane mit zitternder Stimme.
Ronan und Samuel hatten das gehört und kamen ebenfalls zu Jeanson. Es wurde laut. Jeanson lehnte es ab, sein Verhalten zu erklären, Ronan und Samuel argumentierten, sie hätten genau wie wir das Recht, sich dieses Jahr auf die Aufnahmeprüfung vorzubereiten. Vor allem Samuel, der bereits zweiundzwanzig war, wurde sehr wütend, er redete von Bevorzugung. Neville wollte seinem Meister zu Hilfe eilen und zeigte sogar die Fäuste.
»Nur die Ruhe, nur die Ruhe«, mahnte Chloé und hielt ihn am Arm zurück.
Jeanson fällte unvermittelt seine Entscheidung.
»Gut, Sie haben gewonnen.«
Ronan, Diane und Samuel glaubten, er sei einverstanden, auch ihnen kostenlose Zusatzstunden zu geben.
»Ich werde dieses Jahr niemanden für die Aufnahmeprüfung vorbereiten«, fügte Jeanson hinzu. »Jetzt lassen Sie mich in Ruhe. Wir haben Pause, ich bin müde.«
Er ließ sich auf seinen Stuhl fallen, als werfe er einen Sack Kartoffeln auf den Boden. Seine Schüler begriffen, dass er das Gespräch abgebrochen hatte, und verließen einer nach dem anderen den Raum. Neville tat, als würde er ihnen folgen, dann drehte er um.
»Monsieur?«
»Nein. Du gehst auch. Ich hatte euch gewarnt. Ihr solltet den anderen nichts davon sagen.«

»Aber ich habe nichts gesagt, Monsieur.«

»Es hat zwangsläufig einer von euch dreien geredet.«

»Das kriege ich raus.«

Neville führte die beiden anderen auf die Place Sainte-Croix und wiederholte, was Jeanson gesagt hatte.

»Ich war's«, sagte Bastien ohne Umschweife. »Ich habe mich mit Diane unterhalten, und es ist mir rausgerutscht.«

»Es ist dir rausgerutscht?«, rief Neville. »Hast du nicht gemerkt, dass dieses Mädchen um uns rumkreist wie ... wie ein Geier? Die hat dich zum Reden gebracht, du armer Irrer!«

Während er Bastien beschimpfte, verpasste er ihm einen heftigen Stoß.

»Jetzt kannst du dich mit Diane auf die Aufnahmeprüfung vorbereiten, oder?«, fuhr er fort. »Und mit ihr schlafen. Das willst du doch, oder?«

Bei jedem ›oder?‹ stieß er Bastien die Faust gegen die Schulter.

»Ist gut, Neville«, unterbrach ihn Chloé. »Du wirst uns keine Eifersuchtsszene machen, oder?«

Als sei es genau das, hörte Neville mit einem Mal auf.

»Ich gehe mich bei Jeanson entschuldigen«, versprach Bastien.

»Und was bringt uns das?«, entgegnete Neville. »Er kann nicht mehr im Talma-Saal mit uns arbeiten. Die andern werden uns im Auge behalten. Kapierst du das? Es ist aus, und zwar durch deinen Mist.«

»Hör auf, Neville«, mahnte Chloé noch einmal.
Bastien zuckte resigniert mit den Schultern.
»Er hat recht. Ich hab Mist gebaut ... Können wir trotzdem weiter zusammen proben?«
»Mit Jeanson waren unsere Chancen winzig«, erwiderte Neville. »Ohne Jeanson sind sie gleich null.«
»Wir könnten bis zum dritten Jahr warten«, schlug Chloé ihm vor.
»Aber dann ist Jeanson in Rente!«
Bastien und Chloé argumentierten, dass Jeanson nicht der einzige Lehrer der Schauspielschule war.
»Doch, für mich ist er der einzige«, antwortete Neville melodramatisch.
»Aber was willst du? Dass ich mich umbringe?«, entgegnete Bastien noch melodramatischer.
»Gut. Bevor wir uns alle drei Hand in Hand in die Loire stürzen, könnten wir vielleicht noch mal mit Jeanson reden?«, schlug Chloé vor.
Die Jungen, die sich ihrer Lächerlichkeit bewusst wurden, grinsten beide.
»Okay«, sagte Neville. »Ich weiß, dass Jeanson nach dem Unterricht an der Haltestelle République die Straßenbahn nimmt. Wir folgen ihm, Bastien entschuldigt sich, und ... wir versuchen, ihn von seinem Entschluss abzubringen.«
Die Fortsetzung nach der Pause war unangenehm. Jeanson grollte auf seine Weise. Er machte ein schläfriges Gesicht, während zwei seiner Schüler *Rameaus*

Neffe von Diderot zeigten, war schroff zu Samuel bei dessen Wiederholung des Galilei-Monologs und schickte alle eine Viertelstunde vor Schluss weg.
Wie Verräter im Hinterhalt erwarteten wir ihn versteckt neben der Kirche Saint-Aignan. Er ging an uns vorbei, ohne uns zu sehen, und entfernte sich durch die Rue de la République. Wir gingen auf ihn zu, als er im Wartehäuschen an der Straßenbahnhaltestelle saß. Als er uns entdeckte, zuckte er zusammen.
»Ja, was macht ...«
»Ich möchte mich entschuldigen«, stammelte Bastien.
»Das war ... Ich ... Das war ich.«
»Das dachte ich mir schon«, antwortete Jeanson.
»Selbst schuld. Jetzt kann ich nichts mehr machen.«
Chloé öffnete den Mund, aber Jeanson ließ ihr keine Zeit, etwas zu sagen.
»Nein! Es ist nutzlos. Es war sowieso zu viel Arbeit für mich.«
In der Ferne hörten wir das leise Klingeln, das die Ankunft der Straßenbahn ankündigte.
Von einer Art panischen Angst gepackt, kniete sich Neville mit einem Knie auf den Boden.
»Ich flehe Sie an, Monsieur, ich brauche ... Es muss ... Ohne Sie ...«
»Wer hat mir diesen Verrückten auf den Hals gehetzt!«, eiferte sich Jeanson. »Steh auf! Die Straßenbahn kommt.«
»Ich werf mich davor«, drohte ihm Neville.

»Herrgott nochmal, du ... Mit diesen drei Irren habe ich's ja gut getroffen. Es reicht, Neville. Wir proben bei mir. Steh auf, verdammt!«
Neville sprang auf, während die Straßenbahn bremste und anhielt.
»Bei Ihnen?«
»Ja, bei mir. Mittwoch. Seht zu, wie ihr meine Adresse rausfindet, ihr seid ja so schlau.«
»Yes!«, rief Neville triumphierend und sah der Straßenbahn hinterher, in die Monsieur Jeanson gerade eingestiegen war.
Dann verkündete er übergangslos: »Ich begleite dich nach Hause, Chloé. Ich muss mit dir reden.«
»Und ich?«, fragte Bastien verwundert.
»Kusch!«
Bastien ließ sich fortschicken und revoltierte nur mit einem Tritt gegen eine leere Bierdose.
»Du redest mit ihm wie mit einem Hund?«, fragte Chloé, der das missfiel.
»Er mag das.«
Sie liefen schweigend, und Chloé begann sich zu wundern.
»Wolltest du nicht mit mir reden?«
»Doch.«
Chloé dachte plötzlich an Hippolyte, dem Aricie ein Geständnis abtrotzen musste. War Neville verliebt?
»Wir sind bald bei mir zu Hause«, sagte sie.
»Ich weiß.«

Er rang sich erst vor ihrer Tür durch, zu sprechen.

»Es geht um Diane.«

»Um Diane«, wiederholte Chloé überrascht.

»Ja, Diane. Zuerst hat sie es mit mir versucht, jetzt mit Bastien. Da er blöd ist, besteht die Chance, dass es funktioniert.«

Chloé ließ ihn nicht präzisieren, was Diane versucht hatte, und sagte nur, sie verstehe nicht, inwiefern sie etwas damit zu tun habe.

»Ich bin noch nicht fertig«, erwiderte Neville. »Diane hat nicht das geringste Interesse an Bastien. Sie will sich nur zwischen uns drängen. Sie ist nicht die Einzige in Jeansons Kurs, die wir nerven. Aber sie ist gefährlich.«

»Gefährlich? Für Bastien?«

»Hör zu, was ich sage! Im Prinzip hat sie es auf uns alle drei abgesehen.«

»Ich habe in Linguistik gerade das ›Zweierprinzip‹ kennengelernt«, witzelte Chloé. »Aber ich muss dir gestehen, dass mir das ›Dreierprinzip‹ nicht ganz klar ist.«

»Pfff, diese Elitestudenten«, sagte Neville und seufzte. »Das ›Dreierprinzip‹!«

Er ließ sie grußlos stehen.

Bastien, der dafür sorgen musste, dass ihm verziehen wurde, gelang es am nächsten Tag, Jeansons Adresse herauszubekommen, indem er seinen Charme bei der Hausmeisterin der Schauspielschule spielen ließ.

»Das müsst ihr mir hoch anrechnen. Ich mag keine Frauen mit Bart.«

Am Mittwoch um 15 Uhr standen wir in der Fußgängerzone vor einem alten Fachwerkhaus, das nicht durch ein elektronisches Türschloss geschützt wurde. Unser Lehrer wohnte im zweiten Stock. An der Wohnungstür stand einfach nur JEANSON.

»Er hat keinen Vornamen«, bemerkte Bastien.

»Klingel«, befahl ihm Neville.

»Warum ich?«

Wir waren alle drei eingeschüchtert.

»Verdammt.« Neville überwand sich und drückte auf die Klingel.

Ein paar Sekunden verstrichen.

»Vielleicht hat er es nicht gehört?«, vermutete Chloé.

Aber auf der anderen Seite knackte es im Schloss, und während die Tür sich öffnete, hatten wir den Eindruck, auf der Schwelle zu einem Märchen zu stehen.

»Na, ihr habt den Weg also gefunden?«, empfing uns Jeanson.

Er führte uns durch einen düsteren Flur, in der eine Pendeluhr die Stunden schlug. In seinem Wohnzimmer waren alte, klobige Möbel zur Wand geschoben worden, um in der Mitte einen großgeblümten, geschmacklosen Teppich frei zu machen, der uns als Bühne dienen würde.

Neville zog sich die Schuhe aus, sofort gefolgt von seinen Freunden.

»Ich wollte mir gerade einen Tee machen«, sagte Jeanson. »Weitere Interessenten?«
Wir lehnten höflich ab.
Bastien sah sich bereits um. An den Wänden hingen eine Menge Zeichnungen und Aquarelle, die die Ufer der Loire zu allen Jahreszeiten zeigten. Vom selben Künstler gab es auch ein großes, unvollendetes Gemälde, das eine Hängebrücke zeigte. Auf dem Kaminsims sah man nur ein einziges Schwarzweißfoto, das drei weder schöne noch hässliche kleine Mädchen der Größe nach aufgereiht mit bravem Gesicht und rundem Kragen zeigte. Jeanson kam mit einer Tasse in der Hand aus der Küche zurück.
»Sind das Ihre Töchter?«, fragte Bastien.
»Ich habe euch hierherkommen lassen, weil ich keinen anderen Ort anzubieten hatte«, antwortete Jeanson.
Das bedeutete, dass wir zu dem, was uns umgab, keine Fragen stellen sollten.
»Fassen wir zusammen«, sagte er. »Im ersten Durchgang wirst du, Neville, Lorenzaccio, Hippolyte und der Herr aus Bellac sein. Es fehlt dir noch eine Rolle. Ich schlage dir den Prinzen von Homburg vor.«
Er machte eine Handbewegung, als würde er uns jene Hoheit vorstellen, die gerade das Wohnzimmer betreten hatte.
»Bastien«, fuhr Jeanson dann fort, »du bist Cyrano de Bergerac, Arlequin und Harpagon.«
»Aber ich dachte, das sei zu bekannt ...«

»Wir haben keine Zeit, etwas anderes zu suchen«, unterbrach ihn Jeanson. »Vor allem angesichts der Geschwindigkeit, mit der du arbeitest. Für deine letzte Szene habe ich …«
Er stellte seine Tasse etwas riskant auf den Rand eines Regalbretts und griff nach einem Buch.
»… den *Ball der Diebe* ausgesucht. Das ist von Jean Anouilh. Du bist Gustave, Anfängerdieb und Philosoph.«
Er schien das Buch ungezielt aufzuschlagen, aber der Einband war an dieser Stelle sicher kaputt, und er las:
»Als der liebe Gott die Diebe erfunden hat, musste er sie ja um etwas bringen. Er hat ihnen die Achtung der ehrenwerten Leute genommen. Im Grunde ist das nicht schlimm. Der Klau hätte größer sein können.«
Die Bemerkung amüsierte vor allem Neville. Jeanson streckte Bastien das Buch hin und beendete die Rollenverteilung mit Chloé.
»Und du bist Agnès, du bist Lisette und du wirst Bastiens Opfer im *Ball der Diebe*.«
Chloé war verwundert, dass dieselbe Szene für zwei Kandidaten möglich war.
»Ja, weil es verschiedene Kommissionen für die Mädchen und für die Jungen gibt«, erklärte uns Jeanson.
»Und es fehlt mir noch eine Rolle in Alexandrinern«, forderte Chloé.
»Das ist richtig, die suche ich dir. Ich versuche, euch Programme zusammenzustellen, mit denen ihr euch

wohl fühlt. Ich weiß, dass der Begriff Rollenfach heute aus der Mode gekommen ist, aber in eurem Alter kann man nicht gegen sein Aussehen und sein Temperament gehen. Neville ist ein jugendlicher Liebhaber, Bastien ein Diener und du, Chloé, bist eine junge Sentimentale. Nicht wahr, du bist doch jung und sentimental?«, scherzte er.

Es gibt Tage, die sind unvergesslich. An diesem Mittwoch schwebte bei Monsieur Jeanson ein Duft von verwelkten Blumen in der Luft. Der Teppich unter unseren bloßen Füßen war dick und in seinen vier Wänden herrschte eine goldene Stille.
Um fünf bot Jeanson uns etwas angetrocknete Madeleines und abgestandene Limonade an. Wir waren den ganzen Nachmittag fleißig. Und brav wie die geheimnisvollen kleinen Mädchen auf dem Foto.
In der Tür hielt Jeanson Chloé am Arm zurück.
»Chimène.«
»Chimène?«
»*Der Cid*. 3. Akt, 4. Szene.«

15

— *Rodrigo, wer hätt es geglaubt?*
— *Chimène, wer vorausgesagt?*
— *Dass unser Glück so nahe war! Dass es so rasch zerrinnt*

Seit ihrem letzten Asthma-Anfall verkürzte Madame Fersenne ihre Arbeitstage. Sie war spätestens um 17 Uhr zu Hause und konnte dann ihren Sohn auf der anderen Seite der Wand hören, wie er leierte oder brüllte, je nachdem, ob er seine Rollen auswendig lernte oder spielte.
Seit ein paar Tagen hatte Neville Angst, wenn er in seinem Zimmer allein war. Warum hatte Jeanson ihn ausgesucht? Er glaubte, dass er nicht das erforderliche Niveau hatte, er würde sich vor einer Kommission aus Schauspielern, Regisseuren und berühmten Pariser Lehrern lächerlich machen. Um sich zu beruhigen, fasste er seine Trümpfe zusammen: ein angenehmes Äußeres, eine tiefe Stimme, ein Gedächtnis ohne Fehl und Tadel. Er machte keine Anfängerfehler bei den Diäresen mehr, verband die Verse, wie Jeanson es ihm beigebracht hatte, er atmete an der richtigen Stelle,

um am Ende des Monologs nicht außer Atem zu sein, er blieb nicht mehr stocksteif an der Rampe stehen. Jeden Rat, den Jeanson ihm gegeben hatte, hatte er sich zunutze gemacht. Aber je mehr er die Technik beherrschte, desto weniger Ergriffenheit spürte er. Er erinnerte sich an seine Begeisterung, als er noch auf dem Gymnasium gewesen war und sich laut Gedichte vorgesprochen hatte, er erinnerte sich, wie er ernsthaft mit Lorenzaccio geweint hatte, wie er sich das Buch an die Brust gedrückt hatte – und jetzt war er wie aus Stein. Er sah sich im Spiegel beim Spielen zu, er hörte zu, wie er redete, und sagte sich erschrocken: Ich fühle nichts mehr. Ich tue so, als sei ich verliebt wie Hippolyte. Ich tue so, als sei ich verzweifelt wie Lorenzaccio. Aber mein Herz zittert nicht mehr, meine Kehle ist nicht mehr wie zugeschnürt, ich bin nicht mehr ergriffen. Jeanson würde es irgendwann merken, oder, noch schlimmer, Neville würde es gelingen, ihn zu täuschen. Nein, er musste mit ihm reden, er musste ihm die Wahrheit sagen. Ihm sagen: Ich bin kein Schauspieler, ich bin ein Betrüger.

Als er an einem Donnerstag dem großen Spiegel gegenüberstand, der ihm sein Bild in ganzer Größe zurückwarf, fasste er seinen Entschluss. Wenn seine Mutter, die immer noch krank war, nach dem Abendessen einschlafen würde, würde er sie allein lassen und zu Jeanson laufen.

Er kam erst um 21:30 Uhr an dem alten Fachwerkhaus an. Alle Lichter hinter den Fenstern waren erloschen. Ging auch Monsieur Jeanson schon so früh zu Bett? Selbst schuld, er würde ihn wecken. Aber er konnte noch so lange klingeln, kein Geräusch drang aus der Wohnung. Er schlich sich bis zu dem rauen Fußabtreter und blieb dort niedergeschlagen sitzen, den Rücken an die Tür gelehnt. Gerade döste er ein, als er Schritte auf der Treppe hörte. Er hatte keine Zeit aufzustehen.

»Aber … was machst du denn da?«, fragte Jeanson erstaunt.

»Sie kommen spät nach Hause«, antwortete Neville und richtete sich auf.

»Das ist ja eine interessante Bemerkung«, sagte Jeanson und versetzte der Eingangstür einen Stoß. Er bedeutete Neville, vor ihm hineinzugehen, warf seine Schlüssel in ein Kästchen im Flur, machte im Wohnzimmer eine kleine Lampe mit vergilbtem Schirm an und setzte sich dann mit einem müden Seufzen.

»Nun?«

Neville sah sich um. Die Möbel standen wieder an ihrem Platz, die Bühne war verschwunden. Dabei hatte er den ganzen Weg über an den großen Teppich mit Blumenmuster gedacht, auf dem er sich auf die Knie werfen würde, um seine Unwürdigkeit zu gestehen.

»Ich werde die Aufnahmeprüfung nicht machen«, sagte er.

»Ach ja? ... Willst du dich nicht setzen?«
»Es nutzt nichts.«
»Sich hinzusetzen?«
»Die Aufnahmeprüfung zu machen.«
»Spielst du eigentlich öfter mal spätabends bei anderen Leuten die Diva?«
»Monsieur Jeanson!«
In dem vollgestellten Wohnzimmer fand Neville immerhin ausreichend Platz, um die leidenschaftliche Geste zu machen, die er in Gedanken vorbereitet hatte, und er kniete vor seinem Meister nieder.
»Es ist schrecklich. Ich finde nichts wieder. Meine Gefühle! Wenn ich zu Hause meine Rollen spiele, dann tue ich nur so als ob ... Ich verstehe nicht mal mehr die Worte, die ich sage, ich empfinde nichts mehr. Hier ist alles tot.«
Er drückte sich die Hand aufs Herz, und als würde damit ein mechanischer Effekt ausgelöst, schossen ihm Tränen in die Augen.
»Es stimmt schon: Mangelnde Empfindsamkeit ist sicher dein Hauptproblem«, erwiderte Jeanson. »Vielleicht setzt du dich lieber hin zum Weinen?«
Mit einer jähzornigen Schulterbewegung wischte Neville sich über die Wange, dann setzte er sich im Schneidersitz auf den Teppich und blickte zu seinem Meister auf.
»Bist du allein, wenn du zu Hause übst?«, fragte ihn Jeanson.

»Ja, ich weiß, Sie haben gesagt, das soll ich nicht, aber ich stelle mich vor einen Spiegel, um es zu sehen.«
»Was zu sehen?«
»Die Wirkung.«
»Auf wen? Auf dich? Aber du bist doch nicht dein Zuschauer! Du sollst dich innerlich beobachten, nicht äußerlich. Sonst wirst du wie die Schauspieler, die an derselben Stelle zur selben Zeit dieselben Gesten machen, die ›argg‹ gurgeln, bevor sie sterben, und sich die Hand über die Augen legen, um zu zeigen, dass sie gerade weinen. Neville, wenn du zu Hause übst, dann begnüg dich damit, den Text zu lernen. Kein Spiegel, keine Faxen. Du musst mit deinen Partnern vor einem Publikum spielen. Siehst du, heute Abend hast du mir die schöne Darstellung eines jungen Mannes geliefert, der von Zweifeln gequält wird.«
»Aber … Aber es stimmt, Monsieur Jeanson, es stimmt!«
»Natürlich stimmt es, und es war auch sehr gut gespielt. Der Beweis: Ich hätte beinahe geweint.«
Neville gab etwas von sich, was trotz der Tränen klang wie ein Lachen.
»Ich war heute Abend im Theater«, fuhr Jeanson fort. »Ich habe ein Stück gesehen, das von ziemlich bekannten Schauspielern gespielt wurde. Und auf dem Nachhauseweg dachte ich an dich … Du wirst all diese Leute weit übertreffen.«
»Monsieur!«, rief Neville, als bäte er um Gnade.

»Hör mir zu. Es ist mir ein Mal in meinem Leben passiert, dass ich auf das Talent von jemandem gewettet habe ...«

Er zögerte kurz, dann wischte er die Vergangenheit mit einer Handbewegung beiseite.

»... kurz, von jemandem, der es nicht verdiente. Ich habe ausreichend dafür bezahlt, um nicht in Versuchung zu geraten, es noch einmal zu machen. Also, hör mir gut zu: Ich habe absolutes Vertrauen in dein Talent.«

»Das macht mir Angst«, jammerte Neville.

»Heute Abend schon. Aber morgen früh wirst du aufwachen und denken: Ich habe Talent, Jeanson hat es mir gesagt. Und das wird dich den ganzen Tag tragen ... Und die Tage danach. Was ist das da für ein knatterndes Dings?«

»Oh, entschuldigen Sie. Das ist mein Handy«, stammelte Neville und zog das Telefon aus der Jeanstasche.

»Mama? Schläfst du nicht? ... Ich bin noch mal raus. Aber du? Bist du krank? Ich komme nach Hause, mach dir keine Sorgen. Ich komme. Aber natürlich, alles in Ordnung ... Ja, gut.«

Er beendete das Gespräch und verzog entschuldigend das Gesicht.

»Das war meine Mutter ... Sie hat Asthma-Anfälle.«

»So wie andere Panikanfälle.«

Neville stand auf, ihm war leicht schwindlig.

»Dein Vater ...«, begann Jeanson.

Er ließ den Satz in der Schwebe. Es war absolut ungewöhnlich, dass er sich für das Privatleben seiner Schüler interessierte.
»Ich habe keinen. Also ... ich kenne ihn nicht.«
»Geschwister?«
»Nein.«
»Umso besser!«, rief Jeanson hart.
Angesichts von Nevilles überraschter Miene schwächte Jeanson seine Reaktion ab.
»Ich meine, das ist besser für deine Mutter. Hm ... weniger Sorgen. Na, also, geh jetzt wieder zu ihr. Mach die Tür hinter dir zu. Und schau in keinen Spiegel mehr, außer um dich zu rasieren. Versprochen?«
Neville antwortete mit einem glücklichen Lachen und sprang die Treppenstufen hinunter.

Einige Schritte von dort entfernt wälzte sich in derselben Nacht jemand im Bett hin und her und stellte sich immer wieder dieselbe Frage: Habe ich das erforderliche Niveau?
»Aber absolut. Sie haben absolut das Niveau.«
Nicht Jeanson hatte Chloé beruhigt, es war ihre Französischlehrerin gewesen.
»Ich habe Ihnen 15 Punkte gegeben«, hatte sie ihr am Ende ihrer Arbeit über einen Auszug aus Balzacs *Die Lilie im Tal* gesagt. »Sie verstehen absolut, was man von Ihnen erwartet.«
Im Lauf der Wochen hatten sich Chloés Noten verbes-

sert, und in manchen Fächern, vor allem Geschichte und Französisch, »erhöhte« sie, wie es im Jargon des Vorbereitungskurses hieß. Woher kam also diese Angst?

Am nächsten Tag schlug sie in der ersten freien Minute den *Cid* auf. Jede Rolle, die Jeanson ihr vorgeschlagen hatte, hatte sie in ihrer Selbstkenntnis weitergebracht. Sie war sich sicher, dass es mit Chimène genauso sein würde. 3. Akt, 4. Szene.

»Puu!«, rief sie, als sie einen Monolog von dreißig Alexandrinern sah.

»Worum geht es da?«, fragte Clélia, die sich wie immer ins Zimmer ihrer großen Schwester geschlichen hatte.

Als Erstes musste Chloé ihr die Bedeutung eines Ehrenduells zu Zeiten von Corneille erklären. Dann versuchte sie, die Handlung zusammenzufassen.

»Der Vater von Chimène hat dem Vater von Rodrigo ein paar Ohrfeigen verpasst. Chimène und Rodrigo lieben sich, sie wollen heiraten. Aber der Vater von Rodrigo ist zu alt, um zu kämpfen, und zwingt deshalb seinen Sohn, seine Ehre zu rächen, und Rodrigo tötet seinen Gegner im Duell. Chimène ist gezwungen, vom König den Kopf des Mörders ihres Vaters zu verlangen.«

»O je, schon wieder eine Tragödie!«, kommentierte Clélia, die die depressive Neigung der französischen Literatur allmählich erboste.

»Eine Tragikomödie«, verbesserte Chloé. »Denn am Ende ist die Liebe stärker als alles!«
»Haben sie geheiratet?«
»Und sie bekamen viele Kinder«, erfand Chloé, um ihre kleine Schwester vollkommen zufriedenzustellen.
Im Grunde bestand die einzige Tragödie darin, dreißig Alexandriner in sich reinkriegen zu müssen.

CHIMÈNE: *Du zeigtest dich als meiner wert: Denn du schufst meine Not;*
   mich deiner wert zu zeigen ist an mir, durch deinen Tod.
CLÉLIA (gähnt): *bla, bla, bla.*

War Corneille so einschläfernd, oder war es Chloés Art, sich von der Musik der Verse wiegen zu lassen? Und erneut ging ihr die Frage durch den Kopf: Habe ich das erforderliche Niveau? Denn das war ihre eigentliche Sorge.
Das Ende der 4. Szene war lebendiger, und Chloé wusste: Im Duo von Chimène und Rodrigo würde Neville glänzen. Neville, ja. Und sie? Nun war es aber sie, über die die Kommission urteilen würde. Da es ihr nicht an Phantasie mangelte, fühlte sie sich in den Prüfungsraum in der Rue du Conservatoire 2 versetzt, in die Schauspielschule, vor eine Kommission aus Pariser Größen. Was würde man über sie denken, wenn man sie auf die Bühne treten sehen würde? Hübsches Mäd-

chen ... Dann würde sie den Monolog von Chimène sprechen. Sehr lieb, würden die Kommissionsmitglieder denken und gähnen, sie hat ihren Text gelernt.

CHIMÈNE: *Rodrigo, wer hätt es geglaubt?*
RODRIGO: *Chimène, wer vorausgesagt?*
CHIMÈNE: *Dass unser Glück so nahe war! Daß es so rasch zerrinnt.*

Eine Fußnote informierte über die Bedeutung des Wortes »Glück« in diesem Zusammenhang. Dieses Glück, das in Reichweite schien und doch in diesem wie ein Liebeslied traurigen und zugleich sanften Wortwechsel verschwand, ließ Chloé Tränen in die Augen treten. Es war von ihr die Rede, von ihr und dem Glück, dass sie in Reichweite geglaubt hatte und auf das sie verzichten musste.

»Monsieur Jeanson ...«
»Also wirklich ...«
Chloé stand vor dem alten Fachwerkhaus, wo sie am Ende von Jeansons Unterrichtstag auf die Rückkehr des Lehrers gewartet hatte.
»Willst du mich sprechen?«
»Ich brauche nicht lange. Ich will Ihnen nur sagen, dass ich nicht an der Aufnahmeprüfung teilnehmen werde.«
»Also wirklich«, wiederholte Jeanson.

Er zögerte, sie hoch in seine Wohnung zu bitten. Allein, unter vier Augen.
»Darf man erfahren, warum?«, fragte er und suchte in seiner Aktentasche nach den Schlüsseln.
»Weil ich das erforderliche Niveau nicht habe. Und das wissen Sie.«
»Das weiß ich?«
»Sie haben Bastien und mich dazu gedrängt, uns anzumelden. Aber Sie wissen, dass wir nicht das Niveau haben.«
Er hielt in der Bewegung inne und ließ die Hand in der Tasche.
»Und warum hätte ich das tun sollen, junge Frau?«
»Damit Neville sich nicht allein vorbereitet. Damit wir ihn unterstützen.«
Chloés Stimme zitterte vor Erregung, aber sie stand fest vor Jeanson.
»Da an der Ecke ist ein Café«, sagte er und schloss seine Tasche wieder. »Können wir uns einen Moment Zeit nehmen, um diese Sache zu klären?«
»Zehn Minuten. Meine Eltern erwarten mich zum Abendessen.«
Diesmal wandte Jeanson nicht ein, dass ihr Leben ihn nichts angehe. Er nickte schweigend, und einen Augenblick später saßen sie sich an einem Cafétisch gegenüber.
»Hast du mit Neville darüber gesprochen?«, fragte er.

»Nein. Auch nicht mit Bastien. Ich werde ihnen erklären, dass ich aufhöre, weil ich zu viel zu tun habe.«
Chloé wunderte sich, dass Jeanson weder versuchte, sie über ihren Irrtum aufzuklären, noch sich zu rechtfertigen. Das ähnelte nicht den Erwachsenen, die sie kannte.
»Verzichtest du auch darauf, ihnen als Partnerin zu dienen?«, wollte er wissen.
Darauf verzichten, Bastien und Neville als Partnerin zu dienen, bedeutete, auf die Proben zu verzichten und damit auf die schönsten Momente ihres Lebens. Sie hatte Tränen in den Augen.
»Ich kann Diane fragen, ob sie dich ersetzt«, fuhr Jeanson fort. »Das Problem ist nur, wenn sie einwilligt, dann wird sie auch die Aufnahmeprüfung machen wollen.«
Und auf diese Weise würde Diane bekommen, worauf sie aus war. Chloés Platz zwischen Neville und Bastien.
»Chloé, sieh mich an«, sagte Jeanson behutsam. »Bitte ... Sieh diesen müden alten Mann an.«
Sie tat es.
»Ich habe mich dir gegenüber nicht richtig verhalten. Du könntest mir dafür böse sein. Jetzt hör mir zu. Neville ist gestern zu mir gekommen. Er steht kurz davor, aufzugeben. Er hat kein Vertrauen in sich. Ich glaube nicht, dass er einen Partnerwechsel akzeptieren würde.«

Chloé, die sogar auf ihr Schamgefühl verzichtete, ließ den Tränen freien Lauf.
»Aber kann ich denn wirklich …?«
»Aricie sein? Ja. Chimène sein, nein.«
Jeanson zog eine Packung Taschentücher aus seiner Ledertasche und streckte sie Chloé hin.
»Ich will für Neville kein Klotz am Bein sein«, schniefte sie, nachdem sie sich geschnäuzt und den Anflug eines Lächelns wiedergefunden hatte.
»Neville wird es aus drei Gründen schaffen«, antwortete Jeanson. »Drei Gründe, die ich dir nennen werde, sie heißen: Bastien, du und ich.«
Als Chloé sich von Jeanson verabschiedete, zögerte sie nur eine winzige Sekunde, bevor sie ihn auf beide Wangen küsste. Das war ihre Art, dem müden alten Mann zu sagen: Ich leide, ich leide unter meinen verlorenen Illusionen, aber ich bin Ihnen nicht mehr böse.

Da die Welt klein ist, vor allem in einer Kleinstadt, begegnete Chloé zwei Tage später Diane vor dem Strumpfhosen-Regal im Einkaufszentrum. Nach dem Austausch des üblichen »Wie geht's? Was machst du?« hatte Chloé das Bedürfnis, ihre Mitschülerin loszuwerden.
»Okay, dann bis Montag in der Schule.«
»O nein«, erwiderte Diane. »Ich setz keinen Fuß mehr zu Jeanson.«
»Ach? Hörst … Hörst du auf?«

»Ich hab keine Lust, die Zeit mit einem Versager zu verplempern.«

»Von wem redest du?«, fragte Chloé verdutzt.

»Ich hab es dir gerade gesagt. Von Jeanson. Ich nehme Unterricht in Paris bei einem Lehrer, der super Ergebnisse bei den Aufnahmeprüfungen hat.«

Chloé deutete ein Nicken an und versuchte, sich zu verdrücken. Aber Diane musste sich noch rächen.

»Jeanson kennt nur alten Kram«, fuhr sie fort, »Molière, Marivaux ... Von Hollywood, dem *Actors Studio*, James Dean, Angelina Jolie, Nicolas Cage weiß er nicht mal, dass es sie gibt! Na ja, ist ja eure Sache, wenn ihr mit ihm weitermachen wollt.«

»Ja, tatsächlich, das ist unsere Sache«, antwortete Chloé.

Sie verließ Diane mit dem Lächeln der Lacoutures, dem Ersatz für Gift und Fleischermesser. Aber es war geschehen: Chloé fragte sich jetzt, ob Jeanson eigentlich selbst das erforderliche Niveau hatte.

16

Ein Kuss, ein trauliches Gelübde nur,
Ein Rosenpünktchen auf dem i der Liebe

»Echt gut«, sagte sich Bastien und klappte den *Ball der Diebe* zu.

In der Szene, die er spielen sollte, brach Gustave, der junge Dieb, nicht nur in das Haus von Juliette ein, sondern fesselte sie, knebelte sie, bevor er Mitleid mit ihr bekam, sie losband und ihr den Knebel wieder abnahm. Und da änderte sich die Situation: Juliette, ein junges Mädchen aus guter Familie, flehte den Dieb an, sie zusammen mit seiner Beute mitzunehmen.

GUSTAVE: *Aber wissen Sie, was für einem Leben Sie sich aussetzen?*
JULIETTE: *Ja. Küssen Sie mich.*

Bastiens Lieblingspassage – die er sich dreimal halblaut vorlas – war in Wirklichkeit die folgende Szenenanweisung: *Sie küssen sich lange.* Er hatte Chloé einmal auf die Lippen geküsst, um Neville nachzumachen, aber nur flüchtig. *Sie küssen sich lange.* Bei dem Adverb wurde ihm warm. Er liebte Chloé, er wusste, dass sie Neville bewunderte, dass Neville von Aricie angetan war, aber dass er auch ein Auge auf Bastien geworfen hatte. Nichts von all dem störte ihn, Arlequin ist offen und unbeschwert.

Bei der ersten Gelegenheit lieh Bastien Neville den *Ball der Diebe*, dann fragte er ihn, was er von der Szene hielt.

»Jeanson sucht sehr körperliche Szenen für dich aus«, antwortete Neville und gab ihm sein Buch zurück.

»Ja, aber hast du gesehen? Ich werde Juliette küssen. Das steht da. *Sie küssen sich lange.*«

»Du träumst. Chloé wird das nicht wollen.«

»Aber sie muss! Das steht in ihrer Rolle. Wie will sie das vermeiden?«

»Ich werd ihr als Zweitbesetzung dienen.«

Bastien lachte gutmütig.

»Proben wir unser Duell?«, fragte er voller Begeisterung.

»As you want.«

Um außerhalb des Fechtunterrichts zu üben, verwendeten sie Stöcke in der Größe eines Degens.

DER VICOMTE: *Was soll das?*
CYRANO: *Aeh, mir kribbelt's in der Klinge.*

Neville zog seinen Stock und rief: »Gut!« Die weitere Szene bestand aus einem Gefecht, begleitet von Ale-

xandrinern, das mit der Niederlage von Neville und dem Triumphschrei von Cyrano endete.
»*Denn beim letzten Verse stech ich!* Tadam! Ich habe schon wieder gewonnen«, sagte Bastien und warf den Stock zur Seite.
»Ja, nur hast du die Hälfte deiner Verse verschluckt. Und wenn du sagst: *Abseits werf ich meinen Hut* anstelle von *meinen Filz*, dann reimt sich das nicht mehr auf *Auch den Mantel, denn nun gilt's.*«
»Na, dann sage ich das nächste Mal eben: *auch den Mantel, das tut gut*«, erwiderte Bastien mit unerschütterlich guter Laune.
Als Chloé sie etwas später im *Barillet* traf, verkündete Bastien zum großen Erstaunen der anderen: »Ach übrigens, es ist so weit! Ich habe angefangen zu arbeiten.«
»Äh?«
»Was?«
»Ich habe den Monolog von Harpagon gelernt. Auswendig!«
»Und, wie ist es?«, fragte Chloé.
»Man fühlt sich gut. Danach. Ich glaube, ich arbeite jetzt öfter.«
»Vorsicht, übertreib's nicht«, mäßigte ihn Neville.
Wie üblich hatten Chloé und Bastien eine Cola bestellt, Neville ein Bier.
»Kann ich was Blödes sagen?«, erkundigte sich Bastien.

»Andernfalls würdest du uns enttäuschen«, ermutigte ihn Chloé.
»Gut. Also ... ich liebe euch mehr als alles auf der Welt.«
Es herrschte mehrere Sekunden Stille.
»Normal«, sagte Neville schließlich. »Schließlich haben wir dich aus dem Dreck gezogen.«

Chloé musste den anderen beiden an diesem Mittwoch bei Jeanson ihren Entschluss mitteilen, die Aufnahmeprüfung nicht zu machen. Sie hoffte, dass Neville kein Riesendrama daraus machen würde. Sie war überrascht, dass Bastien heftiger reagierte.
»Warum hörst du auf? Das ist wegen deinen Eltern, oder? Bist du sicher, dass du das nicht bereuen wirst? Du hast doch schon ziemliche Fortschritte gemacht. Stimmt schon, am Anfang warst du ziemlich verklemmt ...«
»Bastien, du bist plump«, unterbrach ihn Neville, den nur eine einzige Sache interessierte. »Spielst du nicht mehr Aricie?«
»Das kommt drauf an. Ich habe mit Monsieur Jeanson darüber gesprochen«, sagte Chloé, die sich Hilfe von ihm erhoffte.
Aber Jeanson blieb stumm, sein Gesicht ausdruckslos, er ließ seine Schüler sich untereinander aussprechen.
»Wenn ihr findet, dass ich nicht in der Lage bin, euch

als Partnerin zu dienen, dann ...«, fuhr Chloé fort, die Mühe hatte, die Worte auszusprechen, »... dann könnt ihr jemanden ... jemanden anderen fragen.«
Bastien schrie vor Schreck auf. »Nein! *Ball der Diebe* geht nur mit dir!«
Neville, der nur zu gut verstand, woran Bastien dachte, versetzte ihm einen Tritt gegen den Knöchel, um ihn zum Schweigen zu bringen.
»Ich weiß, dass ein Schauspieler in der Lage sein muss, seinen Partner zu wechseln«, sagte er seinerseits. »Aber ich bin kein Schauspieler. Noch nicht. Wenn du also gar nicht mehr spielen magst, Chloé, dann höre ich auch auf.«
Jeanson zuckte vor Sorge zusammen und wollte den Dingen nicht ihren Lauf lassen.
»Gut, fassen wir zusammen. Chloé ist einverstanden, eure Partnerin zu sein, wenn sie nicht viel zu sagen hat. Aricie und Lisette sind spielbar. Falls nötig, streiche ich den Text zusammen.«
»Und im *Ball der Diebe*«, fragte Chloé, die das Stück noch nicht gelesen hatte, »nimmt die Rolle mich da auch nicht zu sehr in Beschlag?«
»Kommt darauf an, was du unter ›in Beschlag nehmen‹ verstehst«, erwiderte Neville und lachte.
Die Fußtritte zwischen den Jungs wurden heftiger, und Jeanson musste die Partie abpfeifen.
»Gut, wer will drankommen?«
»Ich, Harpagon! Den hab ich jetzt drauf!«

Bastien verwendete einen Ausdruck von Jeanson, den er mit aller Macht zufriedenstellen wollte.

Zwei oder drei Wochen zuvor hätte Chloé sein Spiel toll gefunden. Aber sie hatte begriffen, dass es bei der Aufnahmeprüfung auf Perfektion ankommen würde. Bastien reihte Worte aneinander, redete immer schneller, erstickte das Ende der Sätze, ihm fehlte es an Genauigkeit in den Gesten, und man sah in seinen Augen, dass er manchmal nach dem Text suchte.

»Na, also, du kommst gut zurecht«, beglückwünschte ihn Jeanson. »Jetzt du, Neville.«

Chloé verspürte einen Stich im Herzen. Jeanson verlor keine Zeit mehr damit, Bastien an sich arbeiten zu lassen, er konzentrierte jetzt all seine Anstrengungen auf seinen Schützling. Chloé hatte das Bedürfnis, Bastien, der so zufrieden mit sich schien, zu warnen, dass Jeanson ihn ins Messer laufen ließ. Aber mit welchem Recht hätte sie das getan? Die Prüfung war zu Bastiens einziger Perspektive geworden, zu der einzigen Sache, die ihn vorankommen ließ.

An diesem Tag arbeitete Jeanson an Lorenzaccio, Hippolyte und dem Prinzen von Homburg, also an Neville, Neville und noch mal Neville. Ab und zu erinnerte er sich an dessen Partner, aber nur, um die beiden auf Trab zu bringen. Vor allem Bastien wurde zusammengestaucht.

»Man sieht, dass du nicht zuhörst, wenn Lorenzo mit dir redet!«, rief Jeanson ihm zu.

»Doch ... Ich höre zu. Aber gleichzeitig sage ich mir im Geist meinen Text, ich hab Angst, ihn zu vergessen.«

»Aber wenn du WIRKLICH zuhören würdest, würdest du Lorenzo antworten, ohne nach deinen Worten zu suchen, denn im Theater ist es wie in der Liebe: Man braucht den anderen. Also, wir fangen noch mal an bei *Was für ein Abgrund! Was für ein Abgrund tut sich auf!*«

Jeanson unterbrach Neville mitten in seinem Monolog, obwohl er richtig drin war.

»Nein, nein, nein! Bastien, was machst du da?«

»Ich? Aber ... nichts. Er redet, er redet ...«

»Aber du hörst ihm nicht zu!«, schimpfte Jeanson. »Das wird einen katastrophalen Eindruck auf die Kommission machen. Stell dir vor, wie Chloé sich während der Liebeserklärung von Hippolyte die Nägel feilt. Das ist dasselbe!«

Das Bild brachte Bastien zum Lachen, und er kam auf eine ebenfalls katastrophale Idee. Als Neville seinen Monolog wieder aufnahm, zog er einen kleinen Kamm aus der Tasche, um sich zu kämmen. Jeanson heulte auf und riss ihm den Kamm aus der Hand.

»Mach das noch einmal, und ich verpasse dir zwei Ohrfeigen!«

Jeanson hatte Sinn für Humor, aber nicht für plumpe Scherze. Bastien schrieb sich das hinter die Ohren und hörte zu.

Am Ende der Probe informierte Jeanson uns, dass er am kommenden Samstag sicher später kommen würde.
»Aber probt ohne mich. Sprecht euch ein, während ihr auf mich wartet. Hier ...«
Er hatte gerade einen Schlüssel von seinem Bund abgezogen und hielt ihn Neville hin.
»Gib ihn mir am Samstag zurück.«
Neville schloss die Faust um den Schlüssel, als hätte er die Absicht, ihn für immer zu behalten.

Wir hatten am nächsten Samstag ein merkwürdiges Gefühl, als wir die Wohnung von Jeanson betraten, ohne vorher zu klingeln. Die Möbel waren zur Seite geschoben worden, um die Bühne frei zu machen.
»Habt ihr gesehen?«, sagte Bastien. »Das Foto ist verschwunden.«
»Welches Foto?«, fragte Neville, der zu sehr mit sich beschäftigt war, um solche Dinge zu bemerken.
»Na, das Foto mit den kleinen Mädchen auf dem Kamin.«
Bastien inspizierte weiter das Wohnzimmer, verschob hier eine Muschel, sah sich dort den Titel eines Buches an.
»Was meint ihr, wie viele Zimmer es gibt?«, fragte er und schielte in den Flur.
Chloé antwortete ihm mit einer Gegenfrage: »Kennst du die Geschichte von Blaubart?«
»Ho, ho, Madame, Sie haben mein kleines Kabinett be-

trrreten«, rief Bastien mit bedrohlichem Rollen des ›r‹. »Sie werrrden sterrrben!«
Er ging in den Flur, und die anderen folgten ihm mit Blicken, ohne ihn zur Ordnung zu rufen.
»Oh, Neville, schau mal!«, rief Bastien mit einer Überraschung in der Stimme, die nicht gespielt war.
Er hatte die Tür zu Jeansons Schlafzimmer geöffnet. Es war fast leer, ein Bett, Bücher. Wie das von Neville.
»Bist du sicher, dass er nicht dein Vater ist?«, fragte Bastien ihn.
»Mach die Tür zu. Schnell.«
Als wir ins Wohnzimmer zurückkamen, hatten wir bei dem Gedanken, dass wir bei dieser Indiskretion hätten erwischt werden können, alle drei Herzklopfen.
»Hast du den *Ball der Diebe* gelesen?«, erkundigte Bastien sich bei Chloé.
»Ja, ganz nett.«
»Magst du die Szene mit mir spielen?«
»Ja.«
»Es stört dich also nicht?«, fragte Bastien hartnäckig weiter und warf dabei einen Blick auf Neville.
»Nein. Wenn du mir nicht weh tust.«
»Dir weh tun?«, wiederholte Bastien verblüfft.
»Wenn du mich fesselst.«
Die beiden Jungen fingen an zu lachen. Chloé starrte einen nach dem anderen an.
»Glaubt ihr, ich hätte euer Theater nicht kapiert? Es ist wegen dem Kuss, oder? Ich weise dich drauf hin, dass

der nach dem letzten Satz kommt, Bastien, da wirst du schon mal deine Rolle bis dahin lernen müssen.«

»Wenn die Lehrer mich mit solchen Argumenten motiviert hätten, wäre ich ein guter Schüler geworden«, antwortete Bastien.

»Das stimmt, ein Küsschen von Madame Plantié hätte mich gereizt«, sagte Neville.

Anstatt zu üben, fingen wir an, uns von unserer Schulzeit zu erzählen. Wir saßen auf dem Teppich im Kreis, stießen uns ab und zu spielerisch mit den Füßen. Die Zeit verging, Jeanson kam nicht, und es wurde immer seltsamer, zu dritt dort zu sitzen.

»Kennt ihr das Spiel *Ich hab noch nie*?«, fragte Bastien plötzlich.

»Was?«, fragte Chloé verständnislos.

»Dieses Spiel. Du sagst einen Satz wie ... Ich hab noch nie ... ich weiß nicht ... in die Badewanne gefurzt.«

»Super«, kommentierte Neville.

»Ich hab dir gerade gesagt, dass ich das noch nie gemacht habe. Aber wenn einer von euch das schon gemacht hat, muss er die Hand heben. Das ist so ein bisschen wie *Wahrheit oder Pflicht*.«

»Let's try«, begann Neville. »Ich hab noch nie mit jemandem geschlafen.«

Chloé und Bastien sahen sich an. Hoben nicht die Hand. Neville zeigte sein unnahbares Lächeln.

»Und bei dir stimmt das?«, fragte ihn Bastien argwöhnisch.

»Dass ich Jungfrau bin? Ja. Aszendent Skorpion.«
»Idiot!«, schimpfte Bastien. »Gut. Jetzt bin ich dran. Ich hab noch nie einen Jungen angemacht.«
Chloé schob die Hände unter die Oberschenkel, aber Neville hob die Hand.
»Na bitte«, sagte Bastien, ein wenig gerächt.
»Ich sehe, dass ihr arbeitet«, sagte eine vertraute Stimme.
»Ups!«, machte Bastien bei dem Gedanken, was wir gerade gesagt hatten und was Jeanson, der heimlich hereingekommen war, wahrscheinlich gehört hatte.
Er durchquerte mit schleppenden Schritten das Wohnzimmer. Es war, als sei der alte Mann immer müder. Auch wir waren erschöpft, als wir uns später an der Straßenbahnhaltestelle verabschiedeten.
»*Ich schäme mich so, Juliette, ich schäme mich ganz furchtbar*«, sagte Bastien.
»Was ist das?«, erkundigte Chloé sich.
»Das ist mein letzter Satz in meiner Szene. Du antwortest mir darauf: *Das macht nichts. Küss mich.*«
»Und sie küssten sich«, herrschte Neville sie an.
»Macht schnell, da kommt meine Straßenbahn.«
Tatsächlich war das leise Klingeln der Straßenbahn zu hören, die gleich um die Ecke kommen würde. Chloé näherte sich Bastien oder umgekehrt, und ihre Lippen berührten sich flüchtig. Das war nicht das *lange*, das der Autor vorgesehen hatte, aber es war schon mal was.

»Und ich?«, forderte Neville.
Chloé küsste ihn auch. Ihr war schwindlig.
»Ich hab noch nie zwei Jungen gleichzeitig geliebt«, sagte Bastien hinter ihrem Rücken.
»Ich setze aus«, erklärte Neville und steckte die Hände in die Taschen.
Aber Chloé hob ihre.

17

Es fehlt ihm an Blut

Es blieb noch ein Monat bis zum ersten Durchgang der Aufnahmeprüfungen, der für Montag, den 19. März, anberaumt worden war, und seit Chloés Rückzug fehlte Neville eine Szene. Eine Szene, die Jeanson nicht fand.
Eines Montags nach unserem Unterricht im Sarah-Bernhardt-Saal gab er uns dann unauffällig zu verstehen, wir sollten bleiben.
»*Die Menschen sterben und sie sind nicht glücklich*«, sagte er zu Neville und hielt ihm ein Buch hin.
»*Caligula?*«, fragte Neville erstaunt, als er den Titel des Stückes las. »Aber das ist doch ein Bad Boy?«
»Er war nur ein etwas spaßiger Kaiser«, antwortete Jeanson. »Jedenfalls ist das eine Rolle für einen jugendlichen Helden, Gérard Philipe hat ihn gespielt.«
Das Stück von Camus begann mit dem Tod von Drusilla, der Schwester und zugleich Geliebten von Caligula. Wenn das so anfängt, dachte Chloé, bittet mich Clélia hoffentlich nicht, ihr die Geschichte zu erzählen …

Jeanson hatte zwei kurze Szenen mit Caligula und seinem Vertrauten Hélicon ausgesucht, die den zunehmenden Wahnsinn des jungen römischen Kaisers zeigten. Die erste Szene fand sich im 1. Akt.

HELICON: *Ja, du warst lange fort.*
CALIGULA: *Es war schwer zu finden.*
HELICON: *Was denn?*
CALIGULA: *Was ich haben wollte.*
HELICON: *Und was wolltest du haben?*
CALIGULA (ungezwungen): *Den Mond.*

Zwischen dem 1. Akt und dem 3. Akt, in dem sich die zweite von Jeanson ausgewählte Szene fand, beraubte Caligula bei seiner mörderischen Suche nach dem Unmöglichen reiche Senatoren, vergewaltigte ihre Frauen, ließ Greise unter langsamer Folter sterben, vergiftete aus Spaß, erwürgte zum Vergnügen.
»Das ist eine Art Lorenzaccio, der durchdreht«, fasste Neville zusammen, nachdem er das Stück gelesen hatte.
In beiden Szenen sollte Neville barfuß spielen, denn während Hélicon versuchte, ihn vor einer Verschwörung gegen ihn zu warnen, lackierte der Kaiser sich die Zehennägel rot, zum großen, stummen Grauen von Chloé.

CALIGULA (damit beschäftigt, seine Zehennägel rot zu lackieren): *Dieser Lack taugt wirklich nichts. Aber um zum Mond zurückzukehren …*

Neville hielt inne, den Nagellackpinsel in der Hand, plötzlich von einem Gedanken erfasst.
»Wenn ich Hippolyte nach Caligula spiele, habe ich lackierte Nägel, das macht einen schlechten Eindruck bei einem Krieger.«
Monsieur Jeanson nahm den Einwand ernst. Er hatte vorgesehen, ihn beide Rollen barfuß spielen zu lassen, und Neville würde am Tag der Aufnahmeprüfung sicher nicht die Zeit haben, den Lack zu entfernen.
»Hör zu, die Kommission überlässt fast immer den Bewerbern die Wahl der ersten Szene. Du spielst als Erstes Hippolyte. Das ist deine beste Rolle.«
»Und ich?«, fragte Bastien. »Was spiele ich als Erstes?«
»Du? Äh …«
Es war offensichtlich, dass Jeanson nicht daran gedacht hatte.
»Nun, du … *Das Spiel von Liebe und Zufall*. Ja, genau, Arlequin.«
In beiden Fällen würde Chloé ihre Partnerin sein und sich darauf vorbereiten müssen.
Sie lehnte es ab, ihre Eltern in der zweiten Woche der Februarferien in den Skiurlaub zu begleiten, was den Ton beim Abendessens etwas schärfer werden ließ.

»Aber das ist doch kein Drama!«, rief Clélia, die Arme zum Himmel erhoben, womit sie allgemeines Gelächter am Esstisch auslöste.

Monsieur und Madame Lacouture ließen ihre Tochter also frei entscheiden. Sicherlich beruhigte sie der Umstand, dass Chloé darauf verzichtet hatte, selbst an der Aufnahmeprüfung teilzunehmen. Während Madame Lacouture Pullover und Mützen einpackte, startete sie mehrere Versuche, herauszufinden, ob Bastien oder der schöne Neville womöglich die Gunst ihrer Tochter genoss. Aber Chloé tat, als verstünde sie es nicht.

Eines Mittags traf sie sich mit Bastien und Neville, die im *Barillet* einen Hamburger aßen, und konnte ihnen endlich erklären: »Sie sind weg. Ich bin frei!«

»Frei?«, wiederholte Neville wie ein Echo. *»Man ist immer auf Kosten eines anderen frei. Das ist ärgerlich, aber normal.«*

»Das ist aus *Caligula*«, erklärte Bastien Chloé. »Wir reden den ganzen Tag lang Caligula.«

Neville presste die Ketchup-Flasche über seiner Hand zusammen, dann zog er einen roten Streifen über die Wange und rief: *»Es fehlt ihm an Blut!«*

»Wie du siehst«, bemerkte Bastien müde, »hat Jeanson eine supertolle Idee gehabt.«

Neville Caligula spielen zu lassen, in dem Spannungszustand, in dem er sich befand, war dasselbe, wie ein Streichholz über einer Benzinpfütze anzuzünden.

»*Man stirbt, weil man schuldig ist. Man ist schuldig, weil man ein Untertan von Caligula ist. Nun ist aber ein jeder Caligulas Untertan.*«
»Jetzt hör doch damit auf«, befahl ihm Bastien. »Da, guck mal, Chloé, ich hab den Schlüssel.«
Er legte den Schlüssel zu Jeansons Wohnung auf den Tisch.
»Er überlässt ihn uns für die ganze Woche. Wir werden uns auf seinem Blumenteppich wälzen können.«
Wir liebten diesen runden Teppich, der ebenso abscheulich wie flauschig war.
»*Folglich ist ein jeder schuldig. Woraus sich ergibt, dass ein jeder stirbt.*«
»Soll ich dir eine Cola bestellen?«, schlug Bastien Chloé vor und versuchte, so zu tun, als würde Neville nicht existieren.

Jeanson hatte uns gesagt, dass wir in seiner Abwesenheit zwischen 10 und 17 Uhr bei ihm üben könnten, er selbst würde danach mit uns proben. Uns erwarteten lange Arbeitstage. Jeanson hatte Neville verboten, ohne ihn an Hippolyte zu arbeiten. Das war die Rolle, von der sich unser Lehrer bei der Prüfung am meisten versprach, und er wollte nicht, dass Neville hinsichtlich Sprechweise oder Interpretation schlechte Angewohnheiten annahm. Ansonsten waren wir frei, unsere Arbeit einzuteilen, wie wir wollten.
Als wir die Wohnung von Jeanson betraten, stürzten

wir uns als Erstes auf den Teppich, wälzten uns und riefen:

»*Ich stech dich ab, du Schwein!*«

»*Wenn ich nicht töte, fühle ich mich einsam!*«

»*O meine Rache! Schon lange wachsen deine Nägel!*«

Neville und Bastien, die vage Grundkenntnisse hatten – der eine im Ringkampf, der andere im Judo –, versuchten, sich zu überwältigen.

»Au, au, au«, quietschte Chloé, nachdem sie einen Ellbogenstoß an die Schläfe bekommen hatte.

»Oh, tut mir leid, tut mir leid«, sagte Bastien, der übrigens nicht dafür verantwortlich war.

»*Es gibt keine tiefe Leidenschaft ohne eine gewisse Grausamkeit*«, fügte Neville zur Entschuldigung hinzu.

Die Wahrheit dieser Maxime trat vor uns ans Licht, als wir beschlossen, den *Ball der Diebe* zu proben. Denn wie sollte man das Folgende spielen, ohne etwas Grausamkeit:

GUSTAVE (springt auf sie zu): *Sie, was sagen Sie da? Sie wissen zu viel.*

JULIETTE: *Oh, tun Sie mir nichts.*

GUSTAVE: *Ruhe! Nur für alle Fälle.*

(Er fesselt sie an einen Stuhl.)

Bastien hatte einen Strick von zu Hause mitgebracht und holte einen Stuhl aus der Küche.

»Bastien, wenn du sagst: *Sie, was sagen Sie da*, nimmst

du dein Seil«, erklärte Neville, der als Regisseur einsprang. »*Sie wissen zu viel*, du drehst ihr den Arm in den Rücken. *Tun Sie mir nichts*, du schlingst das Seil um ihre Handgelenke. Eins, zwei und drei. Let's go!«
Nach dem zehnten Versuch gelang es Bastien, die Bewegungen miteinander zu verbinden, während Chloé sich kraftlos wehrte.
»Also wirklich, Chloé! Nicht in diesem lahmen, mädchenhaften Ton«, warf Neville ihr vor.
»Wie, lahm?« Sie regte sich sofort auf.
Er ahmte sie gespreizt nach.
»*Oh, tun Sie mir nichts …*«
»So habe ich es nicht gesagt!«
»Doch!«
»Nein! … Bastien?«
Feige gab Bastien zu verstehen, dass er keine Meinung hatte.
»Doch, du wirst sehen, ich fessle dich«, eiferte sich Neville. »Und du reagierst!«
»Na, dann los!«, provozierte ihn Chloé.
Neville tat, wie es im Text stand: Er sprang auf sie zu. Dann drehte er ihr den Arm auf den Rücken und umschlang sie mit dem Seil, bevor er sie brutal auf ihren Stuhl drückte. Chloé wehrte sich mit Überzeugung und rief: »Jetzt hör auf, du tust mir weh! Dieser Typ ist doch bescheuert!«
»Das steht nicht im Text«, merkte Bastien an und tat, als würde er es in seinem Buch überprüfen.

»Was mache ich dann?«, fragte Neville, ganz außer Atem. »Ich knebele sie, oder?«

Etwas besorgt sah Bastien Chloé fragend an. Neville riss ihm das Buch aus den Händen.

»Aber ja, er knebelt sie! Und er sagt: *Versuchen Sie nicht, mich weich zu stimmen, bei mir verfängt das nicht!* Wenn man das nicht mit ein bisschen Brutalität macht, ist man nicht glaubwürdig.«

»Spielst *du* Gustave?«, erkundigte sich Chloé, während sie ihre Fesseln fallen ließ.

»Nein, aber Bastien ist zu lasch«, antwortete Neville und verzog angewidert das Gesicht. »Er versucht es bei den Mädchen auf die weiche Tour!«

»Verdammt, Caligula geht mir auf den Sack!«, rief Bastien und stürzte sich auf Neville, was nun gar nicht mehr in der Szene vorgesehen war.

Chloé kam ihm zu Hilfe.

»Halt ihn, ich habe das Seil!«

Zusammen stürzten sie Neville auf den Teppich und fingen an, ihm die Beine zu fesseln. Er lachte zu sehr, um sich zu verteidigen.

»Was macht ihr da eigentlich?«

Jeanson hatte ein besonderes Talent für unauffällige Auftritte im falschen Moment.

»Wir proben gerade den *Ball der Diebe*«, antwortete Bastien sehr ernsthaft, was Nevilles Lachen noch verstärkte.

»Drei Verrückte«, murmelte Jeanson und ging in den

Flur, während der Lachkrampf sich von Neville auf Bastien und von Bastien auf Chloé übertrug.
Als Jeanson mit einer Tasse Tee in der Hand zurückkam, hatten wir uns beruhigt.
»Genug Zeit verloren«, sagte er. »Hippolyte, Aricie, auf die Plätze!«
Gefügig zog Neville sich sein T-Shirt aus, was für ihn einen Identitätswechsel bedeutete.
Später redete Jeanson noch mal über den Tag der Prüfung mit uns.
»Ihr müsst einen Tag vorher in Paris ankommen. Habt ihr eine Bleibe? Nein? Ich habe darüber nachgedacht. Ich werde euch bei Madame Delvac unterbringen, in der Rue Charlot. Sie hat zwei Zimmer, die sie euch für die Nacht zur Verfügung stellen wird.«
»Wer ist Madame Delvac?«, fragte Bastien, ziemlich sicher, sich wieder eine Abfuhr zu holen.
»Meine Schwester«, antwortete Jeanson barsch.

Als wir auf der Straße waren, merkten wir, dass es Nacht wurde und kalt war.
Bastien und Neville hatten die Absicht, zusammenzubleiben.
»Zusammen essen und schlafen«, sagte Neville doppeldeutig.
»Bei mir zu Hause ist niemand«, sagte Chloé.
Bastien, der das als Einladung nahm, schlug vor, im Carrefour Pizza zu kaufen. An der Kasse, an der seine

Mutter ihres Amtes waltete, stellte Bastien betont lässig seine Freunde vor.

»Hello, Mama! Das hier sind meine Partner von der Schauspielschule, Neville und Chloé.«

Madame Vion warf ihnen einen Blick zu, der frei von jeder Neugier war.

»Wir machen die Aufnahmeprüfung zusammen«, erinnerte Bastien sie.

»Ach ja?«, sagte seine Mutter. »17 Euro 20.«

Beim Verlassen des Ladens drückte Chloé tröstend Bastiens freie Hand.

»Ich bin's gewohnt«, sagte er ohne Bitterkeit. »Aber trotzdem danke.«

Als sie die Wohnung betraten, beeilte sich Chloé, ein paar Lampen anzumachen, als wollte sie mögliche Gespenster vertreiben.

»Kann ich mich umsehen?«, fragte Bastien.

»Nur zu. Ich mache die Pizzen heiß.«

Als sie die beiden Jungs in exakt dem Ton ihrer Mutter zu Tisch rief, erhielt sie nur von Bastien Antwort.

»Wo ist Neville?«

»Weiß nicht.«

Sie fanden ihn im Zimmer von Clélia, wo er intensiv damit beschäftigt war, mit dem viktorianischen Puppenhaus zu spielen.

»Wer ist hier mädchenhaft?«, mokierte sich Chloé.

Aber das Lachen blieb ihr im Halse stecken, als sie entdeckte, dass alle Playmobilfiguren, von der Köchin

bis zum Opa, recht zweifelhafte Stellungen eingenommen hatten und selbst der Regenschirm eine Aufgabe gefunden hatte. Übrigens hatte die Amme das Baby in den Ofen gesteckt und die Mutter war gerade dabei, ihre Tochter mit einer Säge zu zerstückeln.
»Die armen Playmooos!«, blökte Bastien.
»*Du bist rein im Guten, wie ich rein bin im Bösen!*«, deklamierte Neville, bevor er hinzufügte: »Ich hab Riesenhunger!«
Trotzdem nahm er sich vor dem Essen noch die Zeit, seine Mutter anzurufen, erkundigte sich nach ihrem Gesundheitszustand, nach ihrer Stimmung und was es bei ihr zum Abendessen gab. Chloé und Bastien lächelten sich an, sie sahen erleichtert, dass Caligula zu menschlicheren Gefühlen zurückgekehrt war.
Zum Schlafen schlug Bastien, der wenig Lust hatte, die Nacht allein mit Neville zu verbringen, vor, im Wohnzimmer Matratzen auf den Boden zu legen.
Unser nächtliches Beisammensein begann mit einer Runde *Ich hab noch nie*, was uns aber bald schon zu sehr einschränkte. Wir mussten uns keine Fallen mehr stellen, nichts mehr entlocken. Wir wollten miteinander reden. In dieser Nacht kamen die Geheimnisse, die wir in uns verschlossen hatten, an die Oberfläche. Gegen vier Uhr morgens ließ uns die Übermüdung nach und nach verstummen.
Chloé machte die Lampe aus. Im tiefen Dunkel hörte man das metallische Geräusch einer Gürtelschnalle,

die geöffnet wird, das Rascheln von Kleidung, die jemand auszieht und beiseite wirft, dann ein Gähnen, ein Seufzen.

Der helle Tag weckte uns.
Bastien und Neville hatten in ihren Shorts geschlafen, Chloé ebenfalls in ihrer Unterwäsche.
»Ich schreib dir was auf den Rücken, und du errätst, was es ist«, sagte Bastien zu ihr. »Darf ich dich grade mal plattmachen?«
Das war an Neville gerichtet, der zwischen ihm und Chloé geschlafen hatte.
»Nur zu«, antwortete er.
Mit der Fingerspitze zeichnete Bastien »Ich liebe dich« auf Chloés Haut, und Neville fügte »Ich auch« hinzu.
»Der Klassiker«, sagte Chloé, die es leicht herausgefunden hatte. »Wollt ihr duschen?«
Als sie das Bad betrat, warf sie einen rein informativen Blick zur Duschkabine mit Milchglasscheibe. Die beiden Jungen standen schon unter einem dampfenden, spritzenden Wasserstrahl. Sie bürstete sich das Haar, während sie sich im dreiteiligen Spiegel betrachtete. Sie erkannte sich kaum.
»Ich mache Kaffee.«
In Nevilles T-Shirt, das sie neben dem Bett gefunden hatte und das ihr fast bis zum Knie ging, lief sie durch die Wohnung. Als die Jungen zu ihr kamen, küssten beide sie auf eine Wange.

»Wir holen Croissants!«, verkündeten sie, halbnackt und auf die Küchenfliesen tropfend.

Wer hat nicht einmal in seinem Leben den Lauf der Zeit anhalten wollen? Für uns war es an diesem sonnigen Morgen, der nach Seife und Kaffee roch und von dem wir uns wünschten, er würde ewig andauern.

18

*Ich möchte wissen, ob die Regel
aller Regeln nicht darin besteht,
Vergnügen zu bereiten*

Am Samstag, dem 17. März, gab es bei Jeanson eine letzte Probe.

»Das geht am Montag sehr schnell«, warnte er uns. »Zehn Minuten, und die Sache ist entschieden. Aber zehn Minuten genügen für Hippolyte.«

In den letzten Tagen hatte Jeanson alles auf die Rolle von Hippolyte in *Phädra* gesetzt. *Durch eine stärkre Macht mir selbst entrissen* ... Diese Verwirrung, die Neville Gänsehaut verursachte und von der Chloe erfüllt schien, würde sich wie ein Feuer bis in die Kommission verbreiten.

Die Zeit war gekommen, Abschied zu nehmen. Jeansons letzte Worte richteten sich ganz allein an Neville.

»Du darfst nicht den Text in dir suchen, sondern nur das Gefühl, das dich drängt, ihn zu sagen. Damit die Worte dir über die Lippen kommen, weil du sie nicht mehr zurückhalten kannst.«

NEVILLE: *Umsonst bekämpf ich dich, bekämpf ich mich.*
JEANSON: *Ja, so ist es. Ich liebe euch, ich habe nicht die Worte, es euch zu sagen, aber ich sage sie dennoch.*
NEVILLE: *Denk dir, ich sprech' zu dir in einer fremden Sprache.*

Zwischen dem Meister und seinem Schüler war es wie ein Duett zweier Verliebter. Bastien wagte nicht einzuwenden, dass die Kommission Neville vielleicht nach einer anderen Szene fragen würde. Jeanson, den die Rührung überkam, machte es kurz: »Also, Kinder. Montag gebt ihr ALLES.«

Es war keine Kleinigkeit gewesen, Monsieur und Madame Lacouture zu überzeugen, Chloé nach Paris fahren und bei einer Madame Delvac übernachten zu lassen, von der man noch nie etwas gehört hatte. Jeanson höchstpersönlich musste Monsieur Lacouture anrufen, um es zu erklären. Nach diesem Telefongespräch sagte Chloés Vater entschieden: »Der Mann ist sehr in Ordnung.«
Jeanson hatte großen Eindruck auf ihn gemacht. Am frühen Sonntagnachmittag begleitete die komplette Familie Lacouture Chloé zum Bahnhof.
»Na, ich hätte doch mitkommen können«, sagte Madame Lacouture noch mal bedauernd auf dem Bahnsteig. »Wir hätten uns ein Hotelzimmer genommen. Eigentlich ist diese Madame Delvac …«

»Mama, ich fahre jetzt … Meine Freunde sind schon im Zug.«

»Frag den Schaffner, wenn du nicht weißt, wo die Toilette ist.«

»Mama!«

Chloé war nie Zug gefahren. Bei den Lacoutures reiste man immer im Auto, mit der Musik aus *Émilie jolie* im Hintergrund.

Die Rue Charlot in Paris befand sich in einem sehr angesagten Viertel. Madame Delvac wohnte in einer Wohnung, die zu groß für sie war, wie sie uns erklärte, als sie uns in zwei aneinander angrenzende Zimmer führte, in denen sich jeweils ein Doppelbett befand.

»Hier für Sie, Mademoiselle«, sagte unsere Gastgeberin. »Und nebenan für die Herren.«

Die Herren wechselten einen spöttischen Blick, aber antworteten nicht.

Madame Delvac, die eine gewisse Ähnlichkeit mit ihrem Bruder hatte, schien viel jünger als er und von deutlich besserer Gesundheit. War sie Witwe oder geschieden? Hatte sie Kinder? Nichts deutete darauf hin. Sie lebte mit einer Perserkatze in einer weißbeigen Wohnung mit Designermöbeln, meilenweit von dem provinziellen und überfrachteten Wohnzimmer unseres Lehrers entfernt.

Mit der ihm eigenen Indiskretion sah Bastien sich das

Wohnzimmer an und blieb vor einer Fotowand stehen.
»Ah, die kleinen Mädchen!«, entfuhr es ihm laut.
Madame Delvac, die Chloé gerade über die Prüfung ausfragte, drehte den Kopf zu Bastien.
»Ach, das Foto?«, fragte sie.
Es war das Bild, das Jeanson unserem Blick entzogen hatte.
»Das sind meine Schwestern und ich. Ich bin die größte der drei«, fügte Madame Delvac hinzu.
»Und warum ist Monsieur Jeanson nicht auf dem Foto?«, fragte Neville.
»Vielleicht hat er es aufgenommen …? Wissen Sie, er ist zehn Jahre älter als ich. Für Jeanson waren wir ›die Kleinen‹.«
»Und warum nennen Sie ihn Jeanson?«, fuhr Neville in aggressivem Ton fort. »Hat er keinen Vornamen?«
»Aber …«
Madame Delvac lachte damenhaft.
»Sie sind wirklich neugierig. Jeanson mag seinen Vornamen nicht.«
Bastien, der die Stimmung ein wenig angespannt fand, schlug vor, einen Spaziergang durch das Viertel zu machen.
»Kommen Sie nicht später als 22 Uhr zurück«, sagte Madame Delvac. »Jeanson hat mich beauftragt, Sie früh ins Bett zu schicken!«
Als wir auf der Straße waren, bat Chloé Neville darum,

sich zu bemühen, etwas höflicher zu Madame Delvac zu sein.

»Die nervt mich«, zischte er. »So eine alte Schachtel.«

Aber Nevilles schlechte Laune verflog, sobald er den Asphalt der Großstadt unter den Füßen spürte.

»Hier will ich leben.«

Für Bastien war es einfach: »Im Herbst mieten wir uns eine Wohnung, Chloé geht an die Uni, wir zwei auf die Schauspielschule.«

»Bastien Vion, die Lösung für all Ihre Probleme«, kommentierte Chloé ironisch. »Und wovon leben wir?«

»Von deinem Charme«, antwortete ihr Neville.

Blödsinn zu reden ermöglichte uns, zu vergessen, warum wir dort waren.

Aber um 22:30 Uhr breitete sich im Zimmer von Chloé, das »die Herren« besetzt hatten, Unbehagen aus.

»Mir liegt ein Elefant auf dem Bauch«, teilte Neville mit.

»Mir steckt eine dicke Gräte in der Kehle«, erwiderte Bastien und versuchte zu schlucken.

Halb ausgezogen legte Neville sich wie gewöhnlich zwischen die beiden anderen.

»Machen wir einen Textdurchlauf?«, schlug Chloé vor.

Den Begriff hatte Jeanson uns beigebracht. Ein Textdurchlauf war das reine Aufsagen unseres Textes ohne

Intonation, nur um zu überprüfen, dass man den Text konnte.

Bastien begann mit seinem Monolog, den er monoton herunterleierte. *Diebe! Diebe! Totschlag! Mord!* Aber er blieb hängen.

»*Ich bin außer mir. Ich* … verdammt, ich weiß nicht, wie's weitergeht. Mama, ich weiß gar nichts mehr! Ich will nach Hause!«

»Du hast kein Zuhause, und deine Mutter liebt dich nicht«, erinnerte ihn Neville, als sei das ganz offensichtlich.

»Das ist kein Grund, zu versuchen, mich aus dem Bett zu werfen.«

»Aber das machst du doch selbst!«, protestierte Neville. »Du hast so große Angst, deine Jungfräulichkeit zu verlieren, dass du dich am Rand zusammenrollst!«

»Chloé, leg dich in die Mitte«, forderte Bastien. »Neville ist böse zu mir.«

Das Knarren des Parketts auf der anderen Seite der Tür rief uns zur Ordnung.

»Das ist sie«, flüsterte Neville, als handele es sich um den Geist von Lady Macbeth.

»Ich habe Angst«, sagte Bastien ganz leise. »Chloé, komm.«

Chloé stieg über Nevilles Körper, der brav unter ihr wegglitt und so Bastien neben derjenigen liegen ließ, die er liebte.

»Neville«, flüsterte Bastien.
»Siehst du? Du kannst auf mich nicht verzichten.«
»Ich würde gern schnell Lorenzaccio proben.«
»Warum?«
»Ich weiß nicht. Einfach so. Los, fang an mit *Filippo, Filippo, ich war ehrlich.*«
Gewiegt von der Rezitation schlief Chloé ein.

Als sie sich, noch ganz verschlafen, streckte, spürte sie links von sich den Körper von Bastien, aber nichts auf ihrer rechten Seite.
»Bastien?«
»Mmmmh ...«
»Weißt du, wo Neville ist?«
»Mmmh ... im andern Bett ...«
Neville, der in dieser Enge nicht hatte schlafen können, war schließlich ins Nachbarzimmer ausgewandert.
Wir trafen uns zum Frühstück wieder, kurz geduscht, eilig angezogen, mit müden Gesichtern. Madame Delvac kam zu uns in die Küche, bereits herausgeputzt, so wie die Hollywoodschauspielerinnen, die schon mit geföhnten Haaren aus dem Bett steigen.
»Der Kaffee ist gerade fertig«, sagte sie. »Die Marmelade ist selbstgemacht ... Was ist mit Ihnen?«
Sie wandte sich an Neville, der sich mit schmerzvollem Gesicht die rechte Schulter massierte.
»Ich muss mir was gezerrt haben.«
Für jemanden, der im Laufe des Vormittags vielleicht

fechten musste, war das eine eher schlechte Nachricht. Madame Delvac holte Tabletten und eine Tube Salbe aus ihrer Hausapotheke.
»Ziehen Sie Ihr T-Shirt aus«, befahl sie Neville, der vor Empörung zusammenzuckte.
Aber da er nichts Vernünftiges zu entgegnen hatte, fügte er sich schließlich, und während er sich, rittlings auf seinem Stuhl sitzend, massieren ließ, frühstückten Bastien und Chloé über ihre Kaffeeschalen gebeugt, ohne einen Ton von sich zu geben.
»Sie hätten sich ein bisschen reifer zeigen können«, schloss Madame Delvac, während sie die Tube zuschraubte. »Am Abend vor einer Prüfung so einen Radau zu veranstalten, wie Sie es gemacht haben ...«
Derart versorgt und ausgeschimpft, wartete Neville, bis Madame Delvac ihm den Rücken zuwandte, um »alte Schachtel!« zu murren, was weder angemessen noch zeitgemäß war.
An der Tür sagte uns unsere Gastgeberin, sie wünsche uns kein Glück, weil Schauspieler abergläubisch seien.
Chloé bedankte sich sehr überschwänglich, wie es bei den Lacoutures üblich war, Bastien ließ sich sogar zu einem Küsschen hinreißen, und Neville behielt denselben übellaunigen Gesichtsausdruck bei.
»Denken Sie daran, die Kommission anzulächeln«, riet ihm Madame Delvac, womit sie sich einen letzten mörderischen Blick zuzog.
Um Neville jegliche körperliche Anstrengung zu er-

sparen, lud Bastien sich die Sporttasche auf, in der sich die Requisiten befanden, Degen, Seil, Hüte, Nagellack.
Bastien sollte um 10 Uhr drankommen. Er hatte ernsthafte Lücken gehabt, der *Ball der Diebe* war kaum richtig durchgearbeitet, bei *Cyrano* verhedderte er sich in seinen Versen. Neville kam um 15 Uhr dran. *Caligula* war sein schwacher Punkt. Er hatte den Ton der Figur nicht gefunden, spielte ihn mal feminin, mal kindlich. Chloé wiederum wäre als Julia ein Desaster, als Lisette passabel, aber eine ergreifende Aricie. Kurz gesagt, alles war möglich.

In der Rue du Conservatoire 2 herrschte lebhaftes Treiben, aber es war nicht die ganze Masse der 1300 Bewerber da, die wir uns vorgestellt hatten, da die Vorsprechtermine des ersten Durchgangs über zwei Wochen verteilt waren. Trotzdem gab es vor den Listen, die in der Eingangshalle ausgehängt waren, Gedränge, weil jeder seinen Namen suchte. Chloé, die sich zum Schwarzen Brett durchgeschlängelt hatte, kam zurück, um Bastien zu informieren.
»Du bist bei der Kommission 2, in der Studiobühne Georges-Leroy. Das ist im ersten Stock.«
Die Formalien waren dieselben wie bei jeder Prüfung. Ein Assistent kontrollierte die Einladung und fragte nach einem Ausweis.
»Sie bleiben hier, bis ich Sie rufe.«

»Hier« war in diesem Falle ein breiter Treppenabsatz, wo die Bewerber darauf warteten, dass die Tür zur Studiobühne für sie aufging. Ein Paar auf einer roten Bank hielt sich an der Hand, die Lippen des Jungen bewegten sich leise. Letzte Überprüfung. Neville begann, auf und ab zu gehen und dabei die Schultern zu bewegen.
»Monsieur Da Silva«, rief der Assistent, während drei junge Leute aus der Tür kamen.
Das Paar stand auf, das Mädchen zögerte, weiterzugehen.
»Ja, ja«, ermunterte sie der Mann. »Das ist der Bewerber mit seiner Anspielpartnerin.«
Die Tür schloss sich hinter ihnen. Nach ein paar Sekunden hörten wir Gebrüll, das aus der Studiobühne Georges-Leroy drang. Chloé dachte daran, was Clélia gesagt hätte und musste lächeln: Schon wieder eine Tragödie!
Erstaunt schreckten wir zusammen, als die Tür wieder aufging. Die Darbietung von Monsieur Da Silva hatte kaum fünf Minuten gedauert. Der Assistent ließ uns keine Zeit, uns Fragen zu stellen.
»Monsieur Vion.«
Das Erste, was wir beim Betreten des Raums sahen, war die hellerleuchtete Bühne. Die Kommission saß im Halbdunkel des Zuschauerraums. Es waren fünf, jeder hinter einem nur von einer kleinen Lampe erhellten Pult.

»Treten Sie ein, treten Sie ein«, sagte eine herzliche und sehr alte Stimme. »Gehen Sie auf die Bühne, Monsieur ... wo habe ich meinen Zettel hingelegt? ... Ja. Monsieur Da Silva.«

»Nein, nein«, flüsterte eine Stimme in der Dunkelheit. »Das war der davor. Wir sind bei Vion.«

»Ja, das sagte ich. Vion. Monsieur Vion ... Ach? Schüler von Jeanson. Ich kannte mal einen Jeanson.«

Bastien hatte die Bühne betreten, mit gespielter Lässigkeit, die Hände in die Taschen gesteckt, dann war ihm eingefallen, dass man das nicht tut.

»Sie wollen also Schauspieler werden?«, fragte ihn der Vorsitzende der Kommission mit seiner großväterlichen Stimme.

»Äh ... ja«, antwortete Bastien irritiert.

»Gut, gut, gut. Was ... ja ... Was wollen Sie spielen?«

Später erfuhren wir, dass der Vorsitzende von Kommission 2 früher einmal ein begabter Regisseur gewesen war, der noch ab und zu in die Schauspielschule eingeladen wurde, von dem aber alle wussten, dass er vertrottelt war. Bastien begriff, dass man ihm die Entscheidung überließ, und hätte beinahe vor Freude gebrüllt. Aber er beherrschte sich, tat, als zögere er angesichts der Vielzahl von Rollen, die er spielen konnte, und sagte dann ruhig: »*Das Spiel von Liebe und Zufall.* Die Rolle des Arlequin.«

»Ach, Marivaux!«, rief der Opa. »Ich erinnere mich, dass ich 1951 ...«

»Ähemm, ähemm«, machte ein anderes Kommissionsmitglied.

»Ach, ja, richtig, die Uhr tickt. Na dann, auf, Monsieur Léon ... Nein. Vion.«

Chloé war bereits zu Bastien auf die Bühne gegangen, sie hatte so weiche Knie, dass sie über eine Stufe gestolpert war. Sie verschwand mit ihm hinter dem Wandschirm, der als Kulisse diente.

»Bleib cool«, flüsterte er ihr mit einem schalkhaften Lächeln zu. Von der Stimmung ihres Partners beruhigt, betrat Chloé die Bühne und trat an die Rampe, während sie kokett mit einem Fächer spielte.

LISETTE: *Ich kann kaum glauben, daß Ihnen das Warten so schwer fällt, Monsieur; Sie spielen nur aus Galanterie den Ungeduldigen ...*

Neville, der unten sitzen geblieben war, verdrehte die Augen. Chloé hatte wieder ihren lahmen Ton. Aber dank eines Arlequins, der unbeholfen und zugleich temperamentvoll war, fand auch Lisette sehr schnell in die Rolle.

LISETTE: *Er ist unersättlich! Also gut, Monsieur, ich liebe Sie.*

Wir hörten deutlich, wie der alte Vorsitzende sagte: »Sie ist bezaubernd«, während seine Nachbarin »Pst,

psst« flüsterte. Die Kommission ließ sie die Szene bis zum Ende spielen.
»Danke, Monsieur Léon«, sagte der Opa. »Danke, Mademoiselle. Für mich genügt das. Marivaux ist doch wirklich bezaubernd.«
Kurz, alles bezauberte ihn, und als wir wieder vor der Tür standen, waren wir immer noch verblüfft.
Bastien wandte sich an Neville.
»Wie fandst du's?«
»Du hast dich geirrt, du hast gesagt: *Ich sollte nur vor Ihren Knien reden* anstatt *Ich dürfte nur auf Knien mit Ihnen reden.*«
»Aber das sind doch Kleinigkeiten!« Chloé explodierte. »Außerdem haben sie den Text nicht vor sich.«
»Just kidding. Ihr wart ... gut. Wirklich. Alle beide.«
»Sie sind bezaubernd, Sie haben uns bezaubert«, sagte Bastien mit der Stimme des Opas.
»Warte ab, bis du fertig mit der Schauspielschule bist, bevor du dich über die Leute lustig machst«, empfahl ihm Chloé.
Auf der Straße zog sie die beiden anderen in Richtung der großen Boulevards in der Nähe und fing an, sehr redselig alles zu kommentieren, die Theaterplakate, die Speisekarten der Restaurants, die Preise der Klamotten in den Schaufenstern. Bastien verdrückte einen Nutella-Crêpe. Beide ließen den Druck von sich abfallen.
»Werdet nicht unkonzentriert«, bemerkte Neville besorgt. »Ich war noch nicht dran.«

»Aber Opa wird dich bezaubernd finden«, wollte Bastien ihn beruhigen.

»Vielleicht habe ich ja eine andere Kommission.«

Da fiel Chloé ein, dass sie am Schwarzen Brett nicht nach dem Namen Neville Fersenne gesucht hatte, woraufhin dieser nur noch eines im Kopf hatte: Zu wissen, vor wem er spielen würde.

»Da stehst du«, rief Bastien, als er wieder vor den Aushängen stand. »Kommission 3. Studiobühne Pierre-Aimé-Touchard. Oh, guck mal! Diane hat dieselbe Kommission wie du.«

Die Bewerber für die Kommission 3 mussten in der großen Halle warten, die mit den Säulen, Steinplatten am Boden und roten Samtbänken an den Eingang eines Theaters erinnerte. In einer Ecke hinter der großen Treppe probte Diane mit ihrer Partnerin. Bastien, dem Rachsucht völlig fremd war, wollte sie gerade begrüßen gehen, als Chloé ihn am Handgelenk packte.

»Nein!«

»Was hat sie dir getan?«, fragte Bastien mit amüsiertem Blick.

»Dir werde ich was tun, wenn du hingehst«, drohte Chloé mit dumpfer Stimme. »Du brauchst mich gar nicht so anzusehen, ich bin nicht eifersüchtig!«

»Aber ich habe doch gar nichts gesagt«, erwiderte Bastien und lachte jetzt ganz offen.

»Hört auf, ich versuche, mich zu konzentrieren«, klagte Neville.

Er hatte sich auf eine Bank gesetzt, die Hände zwischen den Oberschenkeln, mit rundem Rücken, gesenktem Kopf, geschlossenen Augen. Atme ein. Atme aus. Atme ein.

»He! Der Typ hat dich gerade gerufen«, rief Bastien. »Du bist dran!«

»Wir sind dran«, wies Neville ihn zurecht und stand langsam auf.

Er trieb dahin, ihm war übel, und er hatte keine Kraft. Wo würde er die Energie finden, um zu rufen: »*Ich, Königin, dich hassen!*«? Er drückte seinen Partnern die Hand. Man braucht den anderen, im Theater wie in der Liebe.

Als wir das Studio Pierre-Aimé-Touchard betraten, sahen wir uns nach der Bühne um, ohne sie zu finden. Es gab nur einen mit Kreide auf den Holzboden gezeichneten Kreis. Das war die Fläche, auf der man vor einem langen Tisch spielen sollte, hinter dem die fünf Kommissionsmitglieder in einer Reihe saßen, fünf Männer mit verschlossenen Gesichtern.

»Neville Fersenne?«, fragte der Vorsitzende dieses Tribunals.

»Ja, Monsieur.«

»Lorenzaccio, Prinz Friedrich von Homburg, Hippolyte, Caligula«, zählte der Vorsitzende auf, als seien das die anderen Vornamen des Bewerbers.

Er hielt kurz inne. Wir hatten ihn erkannt, es war ein ziemlich bekannter Filmregisseur.

»Ihre Auswahl ist eher klassisch«, sagte er. »Interessiert Sie das zeitgenössische Theater nicht?«
»Ich habe davon nichts gelesen«, antwortete Neville in seiner knappen Art.
»Diese jungen Leute sind formidabel!«, kommentierte der Vorsitzende, als sei er begeistert. »Ohne falsche Scham stehen sie zu ihrem Unwissen. Nun, Monsieur, der Sie so hochmütig Ihre Zeitgenossen ignorieren, sehen wir, was Sie in *Lorenzaccio* geben.«
Wir standen zu dritt in einer Reihe, und dieselbe Erschütterung durchfuhr uns. Es kam selten vor, dass der Vorsitzende dem Bewerber die erste Szene vorgab.
Chloé ging und setzte sich auf die Seite. Bastien und Neville zogen sich hinter den Wandschirm zurück.
»Wir fangen bei *Du machst mir Angst* an«, flüsterte Neville, der sich entschloss, die Szene abzukürzen.
Als er seinen Partner ansah, merkte er, dass der gerade Panik bekam. Bastien fühlte sich plötzlich für Nevilles Hoffnungen, für seine Zukunft verantwortlich.
»Atme ein, atme aus«, murmelte Neville. »Let's go.«
Sie traten nebeneinander vor.

FILIPPO: *Du machst mir Angst. Wie kann das Herz nur bleiben mit solchen Händen.*

Das war nicht der Text! Bastien hätte sagen müssen: *Wie kann das Herz groß bleiben …* Neville packte ihn am Ärmel.

LORENZO: *Komm, gehen wir zu dir nach Hause zurück, und versuchen wir, deine Kinder zu befreien.*

Was geschah danach? Neville erfuhr es nie. Die Sätze gingen hin und her, dann kam der berühmte Ausruf: *Aber ich liebe den Wein, das Spiel und die Mädchen, verstehst du?* Wandte Neville sich ans Publikum, das heißt an diese Kommission aus Verklemmten, sich selbst darbietend in einer Bewegung des Körpers, die er schon fünfzigmal wiederholt hatte? Er spürte sich selbst nicht, er beherrschte nichts mehr.

LORENZO: *In zwei Tagen werden die Menschen vor dem Tribunal MEINES Willens erscheinen.*

Mit seiner Art, die letzten Worte seines Monologs zu sprechen, schien Neville seinen Richtern die Stirn zu bieten. Sie blieben stumm. Dann: »Danke, Monsieur«, sagte der Vorsitzende in eisigem Ton. »Das war alles.«
Neville ging hinaus, eingerahmt von Bastien und Chloé. Er tat ein paar Schritte auf die Straße, bekam so etwas wie einen Schluckauf und drückte die Zähne in die geballte Faust, um nicht zu schluchzen.
»Ich hasse diesen Kerl«, sagte er röchelnd.
»Das ist ein Idiot, aber das ist nicht schlimm«, stammelte Bastien. »Die sind zu fünft in der Kommission. Wenn die anderen vier dir eine gute Note geben ...«

»Du warst unglaublich, Neville!«, rief Chloé, die abrupt aus ihren Gedanken auftauchte.
»Unglaublich? Was meinst du mit ›unglaublich‹?«, fragte Neville heftig.
»Einfach nur das, unglaublich«, beharrte Chloé. »Als ich klein war, dachte ich, es würde genügen, dass ich mich auf eine Bühne stelle, um jemand anderes zu sein. Das hat nie funktioniert! Aber du, du WARST vorhin Lorenzaccio.«
Neville wirkte verärgert.
»Aber das soll ich doch nicht machen! Jeanson sagt, dass ...«
»Aber vergiss, was Jeanson sagt«, widersprach Bastien ungeduldig. »Die Kommission ist auf dich abgefahren. Und das ist es, was zählt.«
Eines unserer Handys begann zu vibrieren.
»Es ist deins, Neville«, sagte Chloé. »Das ist mit Sicherheit Jeanson.«
Tatsächlich war er es.
»Und ... Hippolyte?«
»Nein, Lorenzaccio.«
»Ah – verdammt!«
Jeanson fing sich wieder.
»Ist es gut gelaufen? Hast du noch eine zweite Szene gespielt?«
»Nein. Nur eine. Aber Bastien auch.«
»Und was haben sie gesagt?«
»Bei Bastien haben sie ...«

»Nicht bei Bastien, bei dir!«, rief Jeanson genervt.
»›Danke, das war alles.‹«
An Neville gedrängt, hatte Chloé das Gespräch verfolgt. Sie protestierte.
»Hör auf, Jeanson in Panik zu versetzen … Es ist supergut gelaufen!«, rief sie, damit Jeanson sie hörte. »Er hat sie beeindruckt!«
»Aber du, du, Neville, wie hast du dich gefühlt?«, insistierte Jeanson.
»Ich weiß nicht … Ich war ganz drin.«
»Ganz drin?«, wiederholte Jeanson unschlüssig.
Er musste sich mit diesem Ausdruck begnügen, denn Nevilles Handy hatte soeben den Geist aufgegeben.

Aus Sorge, wir könnten unseren Zug verpassen, kamen wir eine halbe Stunde zu früh am Bahnhof an. Wir saßen auf unseren Rucksäcken, warteten ab und erzählten uns, was wir gerade erlebt und gefühlt hatten.
Plötzlich hielt Bastien mitten in einer sehr gelungenen Imitation des eingebildeten Vorsitzenden der Kommission 3 inne und verharrte mit offenem Mund und aufgerissenen Augen, so wie man lernt, Verblüffung zu spielen.
»Was ist denn mit dir los?«, fragte Chloé und sah in dieselbe Richtung wie er. »Oh! Madame Delvac?«
In der Tat kam gerade die Schwester von Monsieur Jeanson auf uns zu, immer noch ganz Pariser Dame.

»Ich dachte mir schon, dass Sie den 18:27 Uhr nehmen würden«, sagte sie, als würde das ihre Anwesenheit auf dem Bahnsteig erklären. »Wie ist es gelaufen?«
»Nicht allzu schlecht«, antwortete Bastien.
Madame Delvac drehte sich zu Neville und bat ihn in ihrem weltgewandten Ton, ob sie ihn einen Augenblick allein sprechen könne.
»Nein«, erwiderte er grob.
»Ich versichere Ihnen, dass es unerlässlich ist«, erklärte Madame Delvac und forderte ihn mit einer Handbewegung auf, ihr zu folgen.
Zum großen Erstaunen von Bastien und Chloé entfernten sie sich Richtung Zeitungskiosk.
»Was ist das denn für eine Geschichte?«, murmelte Chloé.
Madame Delvac und Neville waren ein Stückchen weiter stehen geblieben und tauschten ein paar Sätze aus, die sicherlich keine Freundlichkeiten waren.
»Oh, verdammt«, ächzte Bastien. »Siehst du, was ich sehe?«
»Was denn?«
»Hast du nicht gesehen, dass er was aus der Tasche genommen und Madame Delvac gegeben hat? Der ist wirklich irre. Die Schwester von Jeanson bestehlen!«
Bastien und Chloé brauchten Neville nicht auszufragen – als er im Zug saß, gab er seelenruhig zu, dass er einen Ring an sich genommen hatte, der im Bad in einem Schälchen gelegen hatte.

»Ich hätte nicht gedacht, dass dieses alte Biest das merken würde«, sagte er mit bitterem Lachen. »So viel Kohle, wie die hat ... Ein Ring mehr oder weniger!«
Auch wenn Bastien und Chloé an die kleinen Eigenarten von Neville gewöhnt waren, sie waren dennoch schockiert. Zehn Minuten lang konnten sie nichts sagen und betrachteten durch das Abteilfenster eine Bahnlandschaft, die nichts Verlockendes hatte.

19

*Du hast es fast geschafft,
du musst es hinkriegen.
Wenn du es nicht hinkriegst,
enttäuschst du mich sehr.*

Da Magali Fersenne nicht zuhörte, wenn man mit ihr redete, hatte sie nichts von den Modalitäten der Aufnahmeprüfung begriffen, die ihr Sohn absolvierte.
»Und?«, fragte sie am Dienstagmorgen beim Frühstück. »Hast du es geschafft?«
»Ich habe keine Ahnung, Mama. Ich bekomme die Ergebnisse am nächsten Montag.«
»Und dann weißt du, ob du gewonnen hast?«, fragte Magali weiter, die die Aufnahmeprüfung mit *Frankreich sucht den Superstar* verwechselte.
»Nein, Mama. Von 1300 Bewerbern bleiben 200 übrig. Wenn ich dazugehöre, fahre ich zum zweiten Durchgang.«
»Und wenn du dann gewinnst, bist du …«
»Nein, Mama. Dann wird noch mal ausgesiebt. Von den 200 behalten sie 60. Und dann gibt es einen dritten Durchgang, der …«

»O je, o je, ich versteh überhaupt nichts mehr«, unterbrach ihn Magali. »Und was gewinnst du dann am Ende?«

»Nichts«, antwortete Neville, der spürte, dass gleich seine Kraft nachlassen würde. »Ich mache das, um Schüler an der Pariser Schauspielschule zu werden.«

»Aber das geht doch nicht, Neville!«, rief Magali, die endlich begriff, was das bedeutete. »Dafür haben wir doch kein Geld!«

»Monsieur Jeanson wird mir bei der Wohnungssuche helfen«, murmelte Neville.

»Und ich?«, rief Magali wie ein kleines Mädchen, das weder aus noch ein weiß.

»Aber du ... du hast dein Leben hier. Ich komme jedes Wochenende nach Hause.«

»Und nachts? Wenn ich einen Anfall kriege ... schon letzte Nacht hätte ich beinah den Rettungswagen gerufen und wir haben doch sowieso kein Geld für eine lange Ausbildung und außerdem ist das Leben in Paris unerschwinglich und ich kann dir das nie bezahlen mit meinen Putzjobs das ist ja schön für deine Freunde mit reichen Eltern ...«

»Mama, sei ruhig«, flehte Neville und faltete die Hände.

»Ich bin verbraucht, hat mir der Doktor gesagt, verbraucht, ich mit meinem Alter das tut schon weh wenn man sowas hört das Klima in Paris die Luftverschmutzung das ist alles nichts für mich und du hast das von mir das macht dich noch krank …«

Unvermittelt verließ Neville die Küche und dann die Wohnung. Was seine Mutter ihm gerade gesagt hatte, wusste er alles. Bastien und Chloé hatten die finanziellen Möglichkeiten, er nicht. Und um seine Situation noch hoffnungsloser zu machen, hatte er es sich mit seiner idiotischen Tat bei Madame Delvac verscherzt. Idiotisch und unverständlich, selbst für ihn. Er hatte mehrere Ringe gesehen, die zwischen Armreifen in einem hübschen Porzellanschälchen lagen. Er hatte sich den Schmuck ausgesucht, der ihm am wertvollsten erschien, einen von Diamanten umschlossenen Rubin in einer altmodischen Fassung. Madame Delvac hatte ihm am Bahnhof gesagt, der Ring sei ein Familienschmuckstück, eine Erinnerung an ihre Mutter.

»Sie haben gut gewählt«, hatte sie ihm mit ihrer perlenden Stimme gesagt, als sie den Ring in ihre Handtasche gesteckt hatte.

Dabei hatte er nicht einmal die Absicht gehabt, ihn zu verkaufen. Er hatte ihn gestohlen, weil die Frau reich war und Jeanson arm. Ja, das war es. Er hatte Jeanson rächen wollen. Seine Handlung war komplett sinnlos, aber das war tatsächlich die Erklärung. Er beschloss, zu seinem Meister zu gehen und ihm alles zu gestehen.

Als Neville bei Jeanson klingelte, war der gerade dabei zu telefonieren.

»Es stört dich also nicht zu sehr, am Montag zur Schauspielschule zu gehen?«, fragte er und bedeutete Neville, hereinzukommen. »Es wäre lieb, wenn du mich anrufen würdest, sobald du die Ergebnisse hast.«
Neville zuckte entsetzt zusammen. Sie war am Apparat, die alte Schachtel! Sie würde ihn denunzieren, bevor er Zeit hätte, es zu gestehen.
»Wenn sie angenommen sind?«, sagte Jeanson gerade. »Na, dann müssen sie wieder nach Paris und ... Das wäre perfekt, wenn du sie wieder aufnehmen könntest. Übrigens steht Neville gerade vor mir.«
Jeanson teilte ihm mit, dass Madame Delvac ihm schöne Grüße ausrichten ließ.
»Ach?«, sagte Neville überrumpelt.
Die alte Schachtel hatte also nicht gepetzt.

Und sie war es auch, die sich am Montag darauf um 10 Uhr vormittags zu den Schwarzen Brettern begab, an denen die Namen der Kandidaten aushingen, die erfolgreich die erste Runde bestanden hatten. Kommission 2: Vion, Bastien. Es war der letzte Name. Kommission 3: Fersenne, Neville.
»Beide sind durch? Beide?«, wiederholte Jeanson.
Er war glücklich, konnte seine Überraschung aber nicht ganz vor uns verbergen. Neville, ja. Aber Bastien?
»Jetzt wird es ernst«, warnte er. »Im ersten Durchgang sortiert man die Amateure und Muttersöhnchen aus.

Wer dann noch in der Arena bleibt, ist deutlich motivierter!«

Die Prüfung blieb gleich. Die Bewerber mussten zwei Szenen ihrer Wahl spielen, es konnten die aus dem ersten Durchgang sein. Die Kommission bestand aus etwa zehn Personen aus der Welt des Theaters und Lehrern der Schauspielschule. Wir hatten noch drei Wochen, um uns vorzubereiten. Drei Wochen, um dieselben Worte zu wiederholen, dieselben Gesten. Aber wie sagte Jeanson?

»Im Theater wie in der Liebe ›kannst du mir hundertmal die Arme öffnen, es ist immer das erste Mal‹.«

Und doch gab er uns unter dem Vorwand, er habe zu viel an seiner Schauspielschule zu tun, in diesen drei Wochen keinen Privatunterricht mehr.

Am Montag, dem 16. April, nahmen wir erneut den Zug nach Paris und schämten uns ein wenig, nach dem, was geschehen war, wieder zu Madame Delvac zu fahren. Sie empfing uns mit derselben lieblichen Laune.

Sie nannte Bastien und Chloé beim Vornamen, redete Neville aber mit »Monsieur Fersenne« an. Übrigens konnte sie ihn nennen, wie sie wollte, er antwortete ihr nicht. Da er sich zunehmend rüpelhaft aufführte, nahm Bastien ihn mit zum Pizzaholen.

»Er ... Er ist nicht immer so«, stammelte Chloé, die allein mit Madame Delvac im Wohnzimmer geblieben war. Sie wollte ihn verteidigen: »Er hat kein leichtes Leben.«

Madame Delvac reagierte zunächst mit einem Lachen.

»Er ist ein Halunke«, sagte sie dann. »Aber ich hatte eine englische Freundin, die eine sehr hübsche Redensart kannte: ›Reformed rakes make the best husbands.‹«

Chloé runzelte die Stirn, ohne zuzugeben, dass ihre Englischkenntnisse nicht ausreichten, um es zu verstehen.

»Reuige Halunken werden die besten Ehemänner«, übersetzte Madame Delvac für sie.

Beide lachten ein verschwörerisches Frauenlachen.

»Jeanson hält große Stücke auf ihn«, fügte Madame Delvac hinzu. »Diese Aufnahmeprüfung gibt ihm die Kraft, durchzuhalten.«

Das Klingeln des Telefons unterbrach das Gespräch, dann kamen die Jungen und brachten die Pizzen, und Chloé blieb mit dem Satz beschäftigt, der ihr den Appetit verdarb: Diese Aufnahmeprüfung gibt ihm die Kraft, durchzuhalten.

Warum hatte sie das nicht früher begriffen? Jeanson, dieser alte Mann, dieser gealterte Mann mit dem aschfahlen Teint, der immer erschöpfter war, war krank.

Nach dem Abendessen ließ Neville seine Partner wissen, dass er gerne allein schlafen würde.

»Ich komme morgen um 9 Uhr dran. Da will ich in Form sein.«

Bastien beeilte sich, ihm recht zu geben. Um 11 Uhr zog er sich mit Chloé ins Nachbarzimmer zurück. Auf dem Bett lag neben zwei Kopfkissen auch eine Nackenrolle, die Chloé längs legte.
»Das ist Neville«, sagte sie und zeigte darauf.
»Er hat abgenommen.«
Jeder hatte also seine Betthälfte, und beide legten sich halb ausgezogen hin. Chloé merkte, dass sie nicht die Kraft hatte, für sich zu behalten, was sie gerade über Jeanson herausgefunden hatte.
»Krank?«, wiederholte Bastien.
Er blieb einen Moment nachdenklich. »Ja, das würde einiges erklären.«
»Zum Beispiel, dass er uns die letzten Wochen keinen Privatunterricht mehr gegeben hat.«
»Und dass er uns die Aufnahmeprüfung dieses Jahr machen lässt.«
Bastien richtete sich auf einem Ellbogen auf und starrte Chloé über die Nackenrolle hinweg an.
»Du hast doch Neville nichts gesagt?«
»Nein. Ich will ihn nicht durcheinanderbringen.«
»Ja, denn Jeanson ist sein Gott.«
Bastien legte sich wieder auf den Rücken. Ein paar Sekunden später hörte Chloé ihn lachen.
»Was hast du?«
»Nichts. Wenn Neville das mit dem Nackenkissen erfährt, legt er mich um.«
»Ah … so. Das war ein Plan von euch beiden?«

265

»Ja. Er hat mir diese Nacht den Platz überlassen.«
»Super«, erwiderte Chloé verkniffen.
»Sei nicht beleidigt. Ich wollte nur eine Gelegenheit haben, dir zu sagen, dass ich dich liebe, damit es nicht Arlequin oder Neville sind, die es für mich sagen. Ich liebe dich, Chloé, und das meine ich ernst. Und das sag ich nicht nur, damit du mit mir lernst ... Verdammt, ich rede schon in Versen!«
Mit geschlossenen Augen stellte Chloé sich Bastiens Gesicht vor, seinen direkten Blick, seine kindlichen Rundungen, seine Sommersprossen, das Gesicht desjenigen, den sie lieben würde ... vielleicht.
»Wir werden abwarten, bis das alles zu Ende ist«, sagte sie. »Diese Prüfungen. Und dann gebe ich dir Antwort.«
»Ist gut«, sagte Bastien und schluckte seine Enttäuschung runter.
Als wir am nächsten Morgen um 8 Uhr gerade zur Schauspielschule aufbrechen wollten, kam Madame Delvac im Morgenmantel zu uns in den Flur.
»Jeanson hat mich gerade angerufen«, sagte sie. »Er drückt Ihnen die Daumen ... Monsieur Fersenne, Sie sollten Ihren Kragen nicht zumachen, er erdrosselt Sie ja.«
»Wieso mischt die sich immer ein?«, knurrte Neville zwischen den Zähnen.
Dennoch knöpfte er, kaum war er im Treppenhaus, sein Hemd oben auf. Er war in seinem solchen Stress-

zustand, dass Bastien und Chloé es vorzogen, den gesamten Weg über nicht mit ihm zu sprechen.

Die Schauspielschule von Paris verbirgt in ihrem Inneren zwei Juwele, von denen eines der Louis-Jouvet-Saal ist, eine sehr alte Bibliothek, die in ein Theater verwandelt wurde, vollständig holzvertäfelt vom Boden bis zur Decke. Die Bewerber für den zweiten Durchgang treten dort durch eine Doppeltür auf, die so hoch wie ein Kirchenportal ist, und stehen dann direkt unter den Scheinwerfern den Zuschauerrängen gegenüber. Dort sitzt die von wenigen Lämpchen erhellte Auswahlkommission.
Der diesjährige Kommissionsvorsitzende, ein Avantgarde-Regisseur, hatte eine Theorie, die er den anderen Mitgliedern der Kommission vorführen wollte. Er behauptete, man könne die Bühnenpräsenz eines Schauspielers an der Art ermessen, in der er das Telefonbuch vorliest. Folglich wurde Neville, der sich innerlich darauf vorbereitete, Alexandriner zu sprechen, gebeten, das Telefonbuch des Departements Loiret zu nehmen, das ihm der Assistent hinhielt, und auf einer zufällig aufgeschlagenen Seite die Lektüre zu beginnen.
»Robert, Pierre, Rue du Colombier 2, 02 38 usw.«
Neville, der kein besonders geübter Leser war, stolperte über einen gewissen Ropovietski, Athanase, aber seine Stimme blieb warm, voll, männlich, und diese eigenartige Übung beruhigte seine Nerven.

Dann bat der Vorsitzende ihn, Lorenzaccio zu spielen, was er tat, aber angesichts der Zeit kam Hippolyte ein weiteres Mal nicht zum Zug!

Als Neville sich wieder draußen auf der Straße befand und seine Frustration bei Monsieur Jeanson ablassen wollte, stieß er auf den Anrufbeantworter. Bastien, dessen Vorsprechen um 14 Uhr stattfand, lieh sich in einem Café die Gelben Seiten und las mit allerhand bizarren Akzenten daraus vor, was Neville wieder zum Lachen brachte.

Als Bastien seinerseits auf der Bühne des Louis-Jouvet-Saales stand, forderte der Vorsitzende, der seines Experiments überdrüssig war, ihn direkt auf, Arlequin zu spielen. Das war Bastiens beste Rolle, und Neville, der in der vordersten Sitzreihe saß, freute sich auf ein paar gute Minuten. Er merkte sehr schnell, dass es Bastien an Schwung fehlte, was unmittelbar dazu führte, dass Chloé begann, falsch zu spielen.

»Verdammt«, murmelte Neville und biss sich in die Finger.

Das Ganze war nicht schlecht, aber auf diesem Level des Wettbewerbs reichte es nicht mehr aus. Der Vorsitzende wollte Bastien sicher eine zweite Chance geben und bat ihn, den Monolog von Harpagon zu spielen. Bastien schob die Hände in die Gesäßtaschen seiner Jeans und antwortete in vollständig unbekümmertem Ton: »Ich spiele Ihnen lieber *Der Sohn des Lebensmittelhändlers*. Das ist ein anderer Monolog.«

»Ach ja?«, sagte der Vorsitzende, der gerne andere überraschte, aber nicht gerne selbst überrascht wurde. »Und von wem ist das?«
»Von mir.«
Bastien nutzte die Verblüffung, die er hervorgerufen hatte, und begann mit seinem denkwürdigen Sketch, den er kürzlich noch verbessert hatte. Neville schämte sich in Grund und Boden und versteckte das Gesicht hinter den Händen. Einige Lacher waren zu hören, vor allem weibliche, aber Bastien wurde recht bald vom Vorsitzenden unterbrochen, dessen Ton zu entnehmen war, dass er weder das Improvisieren noch die Unverschämtheit des Bewerbers schätzte. Auf der Straße sprang Neville Bastien fast an die Gurgel.
»Du bist doch wahnsinnig! Warum hast du das gemacht?«
»Just for fun, wie du sagen würdest«, erwiderte Bastien lachend.
»Du hast dich selbst ins Aus gespielt«, erklärte ihm Chloé.
»Ganz genau. Aber das ist besser, als rausgeschmissen zu werden.«
Aber Neville nahm die Sache tragisch, er fühlte sich verraten.
»Hör auf mit deinen großen Worten«, fuhr Bastien ihn an. »Ich habe nicht das erforderliche Niveau, ich hab es nie gehabt, frag Jeanson, was er darüber denkt.«
Chloé begriff, dass Bastien nicht auf Jeanson herein-

gefallen war. Optimistisch und vertrauensvoll, ja, das war er – aber nicht naiv.

Während der Zugfahrt blieb Neville mürrisch, trotz aller Anstrengungen von Bastien, ihn aufzuheitern. Er schmollte. Und Chloé wurde etwas klar: Der Kindische der beiden Jungen war Neville.

Als Neville am späten Nachmittag wieder zu Hause war, wurde er noch weiter entmutigt. Seine Mutter hatte versucht, ihn auf dem Handy zu erreichen und ihm dann eine in chaotischer Schrift hingekritzelte Nachricht auf dem Küchentisch dagelassen: *Asthma-Anfall, ich hab den Krankenwagen gerufen diesmal glaub ich dass ich draufgeh.* Er warf seinen Rucksack auf den Boden und machte sich auf den Weg ins Krankenhaus, wo der diensthabende Arzt der Notaufnahme ihn beruhigte. Madame Fersenne war in Panik geraten, aber die Situation war unter Kontrolle.

Die nächsten beiden Tage schloss Neville sich in seinem Zimmer ein, rauchte Joints und rezitierte Rimbaud. Er hatte Weinanfälle, schmiss Bastien und Chloé raus. Als Jeanson ihn besorgt anrief, sagte er, er habe eine Grippe bekommen.

»Pass auf deine Stimmbänder auf. Heißer Tee, Honig und Zitrone«, empfahl ihm der arme Monsieur Jeanson, der nicht ahnte, dass Neville beschlossen hatte, alles hinzuschmeißen. »Morgen gibt es die Ergebnisse. Ich rufe dich an, sobald ich sie habe.«

»Ja, danke«, brummte Neville.
Madame Delvac traf um 9 Uhr in der Schauspielschule ein. Kein Vion, Bastien auf der letzten Zeile des Schwarzen Bretts. Diane war weitergekommen. Und Neville.
»Ich wusste es! Ich wusste, dass du dazu fähig bist!«, rief Monsieur Jeanson begeistert, als er ihn anrief. »Dein Erfolg ist zum Greifen nah.«
Nevilles Schweigen irritierte ihn.
»Hast du immer noch Halsschmerzen?«
»Nein.«
Jeanson begriff, dass etwas nicht stimmte.
»Was ist los? Bekommst du auf der Zielgeraden Panik?«
»Nein. Ich habe keine Lust mehr.«
»Was erzählst du da?«
»Erst hat Chloé aufgegeben. Und dann Bastien. Wir hatten ausgemacht, dass wir das zu dritt durchziehen. Und jetzt stehe ich ganz allein da.«
»Aber sie begleiten dich nach Paris. Sie wollen, dass du es schaffst, sie wollen es genauso sehr wie ich.«
Voller Verbitterung ließ Neville alles raus: seine kranke Mutter, die ihn brauchte, das selbst für Lebensmittel fehlende Geld, die zu lange Ausbildung, Paris, das nur für Reiche da war.
»Hör mir mal zu, hör mir mal zu«, versuchte Jeanson ihn zu beruhigen. »Ich hatte das alles mehr oder weniger geahnt. Aber ich werde nicht zulassen, dass

du dein Leben verpfuschst, wie ich meines verpfuscht habe.«

Jeanson hörte nur noch Nevilles keuchenden Atem.

»Hörst du mir zu?«

»Ja.«

Jeanson hatte diese Geschichte, seine Geschichte, noch nie jemandem erzählt.

Er war der Sohn einer Madame Jeanson, die mit achtundzwanzig Jahren Witwe geworden war und sehr bald ein zweites Mal geheiratet hatte, einen deutlich älteren Mann. Mit diesem Mann hatte sie drei Töchter gehabt, deren großer Bruder Jeanson geworden war. Unter dem Namen Jeanson begann er gerade eine Schauspielerkarriere in einem Pariser Theater, als sein Stiefvater starb und eine Frau hinterließ, die mit der Situation nicht fertig wurde. Von heute auf morgen hatte Jeanson sich seiner Mutter und seiner drei Halbschwestern angenommen. Um ein regelmäßiges Einkommen zu gewährleisten, war er erst Schauspiellehrer bei einer privaten Schule und später in der staatlichen Schauspielschule seiner Stadt geworden und hatte seine Chance verstreichen lassen. Die Chance, ein großer Schauspieler zu werden. Er hatte sich damit getröstet, auf das Talent seiner ältesten Halbschwester Aurélie zu setzen. Mit elf Jahren malte sie schon recht hübsch, vor allem Landschaften wie die Aquarelle, die er in seinem Wohnzimmer hängen hatte. Er hatte ihr Kurse bezahlt, hatte sie ermutigt, sich auf die Kunsthochschule von

Paris vorzubereiten. Und eines Tages hatte sie ihm verkündet, sie würde aufgeben. Sie habe den Mann ihres Lebens kennengelernt. Er war reich. Aurélie war zu Madame Delvac geworden und hatte ihrem Bruder als letzte Erinnerung jenes unvollendete Ölgemälde überlassen, das eine Hängebrücke zeigte.
»Aufopferung ist eine schöne Sache«, schloss Jeanson. »Aber manchmal mischt sie sich mit Feigheit. Ich hatte Angst vor dem Scheitern.«
Und da er darauf verzichtet hatte, in Paris Karriere zu machen, war er zu Monsieur Jeanson geworden, einem achtbaren Lehrer einer Schauspielschule in der Provinz.
»Also«, sagte er Neville. »Hast du immer noch Grippe?«
»Nein. Es ist jetzt besser.«

Der dritte Durchgang unterschied sich darin von den ersten beiden, dass eine einzige Szene gespielt wurde, die sich der Bewerber aussuchte. Neville würde also endlich Hippolyte sein. Jeanson bestand umso mehr darauf, weil er ahnte, dass von den sechzig überlebenden Bewerbern nur sehr wenige – und vielleicht kein einziger – sich an ein Stück in Alexandrinern wagen würden. Da das Vorsprechen fünf Minuten dauerte, mussten Neville und Chloé die ganze Szene vorbereiten und nicht mehr nur einen Auszug, was für Neville vierzig zusätzliche Alexandriner bedeutete und nur vier für Chloé. Aber für Jeanson war es wichtig, dass Chloé Neville während der Proben physisch gegenüberstand. Chloé schwänzte Unterricht und stürzte auf den Ranglisten ihres Vorbereitungskurses in die Tiefen der untersten Plätze. »Aufopferung ist eine schöne Sache«, das hatte Jeanson nicht zu ihr gesagt – und er forderte von ihr, übrigens ohne großes Gerede, dass sie sich in Nevilles Interesse opferte. Bastien, der inzwischen auf der Ersatzbank saß, stand seinem Freund fast Tag und Nacht zur Seite.

Unsere gemeinsame Geschichte hatte sich verdichtet, vollständig auf einen einzigen Punkt am Horizont reduziert: das Vorsprechen am Montag, den 14. Mai, für das Neville seine Einladung erhalten hatte.

Während der letzten Proben in seiner Wohnung leitete Jeanson seine beiden Schüler an, ohne von seinem Sessel aufzustehen, in sich zusammengesunken, wenn er sich nicht beobachtet glaubte. Aber jedes Mal, wenn er Neville Ratschläge erteilte, richtete er sich auf.

»Warum kommen Sie nicht mit?«, fragte ihn Neville. »Ich bin um 13 Uhr dran, bis zu Ihrem Unterricht um 18 Uhr sind Sie wieder zurück.«

»Das stimmt«, sagte Jeanson, und es schien ihn zu reizen. »Aber nein, ich würde dir nur noch mehr Stress machen.«

Er war nicht mehr in der Lage, die Reise zu unternehmen.

Am 14. Mai erwartete uns eine Überraschung, eine

Überraschung, auf die Jeanson uns nicht vorbereitet hatte. Die Schauspielschule von Paris birgt in ihrem Inneren ein zweites Juwel, und zwar den Ort, an dem der dritte Durchgang des Vorsprechens stattfand. Wir wurden zunächst auf eine mit alten Bühnenbildern vollgestellte Seitenbühne geführt. Es war 12:50 Uhr. Der Assistent, der uns empfing, ließ uns wissen, dass die Kandidatin, die vor Neville dran war, gerade die Bühne betreten habe. Während er das sagte, zeigte er uns einen kleinen Monitor, der erhöht hing und auf dem man die laufende Darbietung in schlechten Schwarzweißbildern verfolgen konnte. Man erahnte eine erheblich größere Bühne als das Podium oder den Kreidekreis der vorangegangenen Säle.

Neville wandte sofort den Blick vom Bildschirm ab, während Bastien und Chloé wie hypnotisiert zusahen. Auf der Bühne standen sechs junge Schauspieler, die Kandidatin und ihre Partner, die seltsame Kostüme trugen, halb Pailletten, halb Lumpen. Es war eine richtige Aufführung. Chloé war starr vor Entsetzen und erinnerte sich, was Jeanson gesagte hatte: »Beim dritten Durchgang sind die Bewerber nicht gut. Sie sind ausgezeichnet.«

»Das ist Diane«, flüsterte Bastien ihr ins Ohr.

Wieder brachen Zweifel über Chloé herein. Hatten Neville und sie das erforderliche Niveau? Unwillkürlich murmelten ihre Lippen:

»*Erstaunt, beschämt von allem, was ich höre ...*«

»Geht's?«, flüsterte Bastien besorgt.
Die Worte waren aus ihm gedrungen wie Blut aus einer Wunde.
»Ich glaube, ich werde ohnmächtig.«
»Monsieur Fersenne, Sie sind gleich dran«, informierte ihn der Assistent.
Diane und ihre kleine Truppe waren gerade vom Bildschirm verschwunden. Als wir getrennt wurden, waren wir zu aufgeregt, um irgendetwas zu sagen.
Bastien konnte Chloé nur ein bedauerndes Lächeln zuwerfen. Er hätte bei dieser Prüfung gern ihre Stelle eingenommen.
»Sie folgen dem schmalen Gang da«, sagte der Assistent zu Neville. »Dann kommen Sie direkt auf die Bühne.«
Neville packte Chloés Hand mit einer heftigen Bewegung, die ihr befahl: Sei nicht lahm. So traten sie auf die Bühne, auf der sie einen Schritt machten, zwei, drei Schritte – auf einer Bühne, die nicht aufhörte. Im Dunkel, jenseits der blendenden Rampe, erahnten sie einen klassischen Theatersaal mit einem Parkett voller roter Samtsessel und zwei Rängen mit Logen. Beiden stockte der Atem. Es war, als habe sich ein großer Kreis gerade geschlossen. *Don Juan*. Madame Plantié. Das war mit dreizehn gewesen.
»Kommen Sie vor, Monsieur Fersenne«, sagte eine klangvolle Stimme, die aus der vierten Reihe drang.
Dort saß die Kommission, etwa fünfzehn Personen,

alles Lehrer der Schauspielschule und ihr Direktor persönlich, der der Kommission vorsaß.
»Kommen Sie vor bis zur Rampe … ja, mit Ihrer Anspielpartnerin, wenn Sie wünschen«, fuhr der Vorsitzende in wohlwollendem Ton fort. »Sie haben bereits einen langen Weg hinter sich, Monsieur Fersenne, und dazu gratulieren wir Ihnen. Was werden Sie uns für die letzte Prüfung zeigen? *Lorenzaccio*, glaube ich?«
»Nein. *Phädra*. Hippolyte.«
Wenn Neville keine Rolle spielte, kannte er nur diese knappe Art zu sprechen, die als schlecht erzogen interpretiert werden konnte.
»Sehr gut«, sagte der Direktor der Schauspielschule. »Wir lassen Sie Ihren Auftritt machen.«
Neville und Chloé zogen sich auf der Bühne ganz nach hinten zurück, dort, wo es zu den Kulissen ging. Sie zogen ihre Schuhe aus, ohne auch nur ein Wort zu flüstern. Neville riss sich das T-Shirt herunter, als würde er sich häuten.
»Okay?«, fragte er.
»Ja.«
Sie gingen zum Rampenlicht vor. Neville machte den Mund auf, und ein schwaches Stimmchen drang daraus hervor. Er war wieder zurück in seiner Vergangenheit, als die Stärke seiner Gefühle ihn daran hinderte, sich verständlich zu machen. Er schwieg, atmete langsam ein. Der Gedanke an Jeanson durchfuhr ihn. Du kannst ihn nicht enttäuschen. Der Vorfall dauer-

te fünf oder sechs Sekunden, lang genug, damit die Kommission es bemerkte. Dann ...

HIPPOLYTE: *Eh' ich von dannen gehe, Königin*
  Künd ich das Los dir an, das dich erwartet.
  Mein Vater starb.

Sobald ihm diese Worte über die Lippen gekommen waren, war Neville befreit und begann, in Alexandrinern zu sprechen, als sei ihm das in die Wiege gelegt. Selbst Chloé war dadurch verwandelt. Mit ihr geschah, was noch nie mit ihr geschehen war. Sie war auf der Bühne jemand anderes. Sie war Aricie.
»Danke, Monsieur Fersenne, danke, Mademoiselle«, sagte der Kommissionsvorsitzende. »Nur eine Frage noch, was ist da ganz zu Beginn der Szene passiert?«
»Eine Blockade«, antwortete Neville immer noch genauso knapp.
Würde dieser Moment der Panik ihn den Sieg kosten? In der vierten Reihe waren allerhand verschiedene Bewegungen zu ahnen. Die Kommissionsmitglieder redeten leise miteinander.
»Das ist alles, Monsieur Fersenne.«

Kaum hatte Neville einen Fuß aus der Schauspielschule gesetzt, wollte er Jeanson anrufen, um ihn zu fragen, ob eine Blockade womöglich dazu führte, dass man durchfiel.

»Aber das hat man doch kaum gemerkt!«, protestierte Bastien, der die Szene vor dem Monitor verfolgt hatte.
»Kaum gemerkt!«, höhnte Neville. »Das ist das Einzige, was der Kommissionsvorsitzende mir gesagt hat ... Shit, Jeanson hat wieder nur den AB an.«
Während der gesamten Rückfahrt hatte Neville eine scheußliche Laune. Er nahm es Jeanson übel, dass er nie erreichbar war.
»Er wusste, wann ich drankomme!«
Er nahm es ihm auch übel, dass er ihm nicht gesagt hatte, dass der dritte Durchgang der Prüfungen an einem so einschüchternden Ort stattfand.
»Das hat mich ruiniert!«
Er fügte hinzu, der Direktor habe ihn ausgeschaltet, was nicht stimmte. Und dass Jeanson ihn nie in dieses Auswahlverfahren hätte schicken sollen, wo er sich nur lächerlich gemacht hätte, dass Jeanson sich die Mühe hätte machen können, zur letzten Runde nach Paris zu fahren, dass er ...
»Hörst du jetzt mal auf, uns zu nerven?«, explodierte Chloé, die daran dachte, wie erschöpft Jeanson war.
»Ich kann mich unter die Metro werfen, wenn ich dich störe«, gab Neville melodramatischer als je zuvor zurück.
»Ist dein Diven-Anfall jetzt vorbei?«, fragte Bastien ungeduldig. »Kapierst du nicht, dass du uns ermüdest, dass du alle ermüdest, dass du Jeanson ermüdest?«

Ab und zu schafften Bastien und Chloé es, ihren Freund ruhig zu bekommen. Das war jetzt der Fall.

Auf dem Bahnsteig erwartete uns eine letzte Aufregung. Dort stand Madame Delvac.
»Ich dachte mir doch, dass Sie den 14:27 Uhr nehmen würden«, sagte sie. »Guten Tag, Monsieur Fersenne.«
Er antwortete ihr mit einem feindseligen Blick.
»Jeanson hat mich gebeten, Sie am Bahnhof zu treffen«, erklärte sie uns. »Er wollte Sie heute nach Paris begleiten. Aber der Eingriff konnte nicht mehr warten.«
»Was für ein Eingriff?«, fragte Neville, der endlich aus seinem Schweigen aufzutauchen geruhte.
»Wissen Sie nicht Bescheid?«, fragte Madame Delvac verwundert. »Ach ... ich dachte. Er wurde heute Nachmittag operiert.«
»Operiert? O nein!«, rief Neville, als bräuchte er die Sache nur zu leugnen, damit sie nicht existierte.
»Ich bedaure, dass Sie es auf diese Weise erfahren«, fuhr Madame Delvac fort, die sich ausschließlich an Neville wandte. »Es ist eine heikle Operation, ein dreifacher Bypass. Es war falsch von Jeanson, dass er sie zweimal verschoben hat. Er wollte Sie bis zum Ende begleiten. Jetzt hat der Arzt ihm keine Wahl mehr gelassen.«
Nevilles Verzweiflung war so groß, dass er einem leid-

tun konnte. Chloé erinnerte sich der Art und Weise, wie er auf der Bühne gesagte hatte: *Mein Vater starb.*
»Er wird doch nicht … Er wird …«, stammelte er.
»Er kommt durch, er hat ein so großes … ein so großes Bedürfnis zu erfahren, dass Sie es geschafft haben«, antwortete Madame Delvac, die ihre Damenhaftigkeit und ihre Schminke vergaß und eine Träne vergoss.
Sie öffnete ihre Handtasche und zog ein Päckchen Taschentücher hervor sowie einen Brief, den sie Neville hinhielt.
»Er hat Ihnen geschrieben.«

20

Der Vorhang fällt

Mein lieber Neville,
ich werde heute an dich denken, bis ich nicht mehr denken kann. Du weißt, dass es mir nicht leichtfällt, von mir zu sprechen. Wenn du diese Zeilen liest, werde ich auf dem Operationstisch liegen. Madame Delvac wird Dir von mir berichten. Ich will Dich nicht an meinem Krankenbett sehen. Ich möchte für Dich lieber Monsieur Jeanson bleiben als ein kläglicher Kerl im Krankenhausbett. Wenn ich die Operation nicht überlebe, möchte ich, dass Du weißt, Neville, dass Du mir meine letzte Freude als Lehrer beschert hast. Ich habe Dir die Rollen von Lorenzaccio, Caligula und dem Prinzen von Homburg anvertraut, die ein genialer junger Mann vor Dir gespielt hat: Gérard Philipe. Hippolyte gehört nur dir. Er ist der Beweis, dass Du ein großer Schauspieler sein wirst.
Jeanson

Im Zugabteil las jeder von uns den Brief mehrmals. Dann blieben wir wie zusammengeschweißt sitzen, Hand in Hand.

Chloé hatte keine Eile, nach Hause zu gehen, sie trank mit Neville und Bastien noch etwas im *Barillet*.
Wie auch immer das Ergebnis der Prüfung lauten würde, in unserer gemeinsamen Geschichte ging etwas zu Ende.
Zum ersten Mal und sicherlich zum letzten hatte Chloé gespürt, wie sich in ihr die geheimnisvolle Verwandlung ihrer Person in eine Figur vollzog. Für ein paar Augenblicke hatte sie Neville geliebt wie Aricie Hippolyte liebt. Als sie das Café verließ, küsste sie, ohne sich im Geringsten um das Was-werden-die-Leute-denken? zu kümmern, ihre Partner – so, wie es im *Ball der Diebe* heißt: »lange«.
Zu Hause wurde sie von ihren Eltern erwartet.
»Willst du uns bitte erklären, was das hier ist?«, fragte Monsieur Lacouture und hielt ihr ein Blatt hin.

Auflistung von Fehlzeiten
Sehr geehrter Monsieur Lacouture,
hiermit möchte ich Sie darüber informieren, dass Ihre Tochter, Chloé Lacouture, Schülerin der Klasse LSUP2, an den folgenden Tagen nicht zum Unterricht …

Es folgte eine Reihe von Daten, die mit den letzten Proben bei Jeanson übereinstimmten.
»Wieso mischen die sich ein?«, rief Chloé und machte den überheblichen Ton von Neville nach. »Ich bin volljährig!«

Völlig durcheinander kam Bastien zu Hause an. Er liebte Chloé, aber sie in Nevilles Armen zu sehen, machte ihm ebenso viel Freude, wie sie in den eigenen zu halten. Neville war ein ganz spezieller Freund, mehr eine Figur als eine Person. Bastien vergaß seine persönlichen Interessen und identifizierte sich mit ihm. Weiter ging seine Selbstanalyse nicht. Er zuckte mit der Schulter. Er und Neville – das war eben so.

Nachdem Neville sich von seinen Freunden getrennt hatte, war er in das Café zurückgegangen, um ein Päckchen Kaugummis zu klauen, auf die er nicht die geringste Lust hatte. Er wollte nur klauen. Er blieb einen Moment unentschlossen vor der Theke stehen und griff schließlich nach einer Packung Tic-Tac, was ihn dazu zwang, den Arm sehr sichtbar zu strecken. Aber in dem Augenblick, als er die Bewegung machte, wandte der Wirt, der von einem Stammgast gerufen wurde, ihm den Rücken zu. Nur eine junge Kellnerin sah, wie er die Schachtel einsteckte. Er lächelte ihr zu, und sie, von so viel Dreistigkeit überrumpelt, antwortete nur mit einem verkniffenen Blick.
Neville verließ das *Barillet* und ging an den Fluss, setzte sich am Kai auf eine Stufe, trank ein Dosenbier und rauchte dazu einen Joint. Zwei sehr angenehme Tätigkeiten, die sicherlich von den beiden Gemeindepolizisten bestraft würden, die er auf sich zukommen sah. Die Nacht brach gerade herein, es war ihre erste

Runde, und einer der beiden Polizisten warf Neville einen strengen Blick zu.

»Guten Abend«, sagte dieser in aller Ruhe.

»Guten Abend«, brummte der Polizist und ging seines Weges.

Die Provokation führte zu nichts. Neville beschloss, einen Schritt weiterzugehen. Er aß in einer Pizzeria der Innenstadt zu Abend, Lasagne al forno, dann Zitronensorbet und zum Abschluss trank er einen Espresso. Ganz Herr von Welt, ließ er einen Euro Trinkgeld auf dem Tisch, grüßte freundlich den Kellner, der in beiden Händen eine Pizza trug, und verließ das Restaurant, ohne zu zahlen. Er entfernte sich langsam, wie jemand, der einen Verdauungsspaziergang macht, und niemand rannte ihm hinterher.

»Ja wo warst du denn du hattest mir doch gesagt du würdest nachmittags nach Hause kommen und weißt du eigentlich wie spät es ist?«

Magali stürzte sich auf ihn und betastete ihn, als wollte sie sich vergewissern, dass er lebte und ganz war.

»Ich dachte, du wärst in der Notaufnahme«, antwortete er und merkte, dass er alles getan hatte, um nicht nach Hause zu gehen.

»Aber nein aber warum hast du mich denn nicht angerufen du weißt doch dass ich mir immer Sorgen mache und das ist doch der Grund für meine Asthma-Anfälle schon gar mit dem Wetter das gerade ...«

»Der Zug hat ein Kamel angefahren.«
Das Kamel stoppte abrupt den Wortschwall.
»Was?«
»Ein Kamel. Aus einem Zirkus entlaufen. Wir haben vier Stunden im Zug festgesteckt.«
Magali starrte ihren Sohn wie vom Donner gerührt an. Stumm.
»Ich wollte dich anrufen«, fuhr Neville fort. »Aber in dem Moment, als der Zug auf das Kamel geknallt ist, hatte ich mein Telefon in der Hand. Es ist mir runtergefallen und auf dem Boden kaputtgegangen.«
Und mit diesen Worten ging er in sein Zimmer, während er innerlich seufzte: So ein Quatsch, und dann den Brief von Jeanson aus der Hosentasche zog. *Mein lieber Neville, ich werde heute an dich denken, bis ich nicht mehr denken kann.*
Er lag auf dem Bett und rezitierte den Brief, indem er stumm die Lippen bewegte. Als er ihn auswendig konnte, richtete er sich auf, nahm ein Feuerzeug aus der Manteltasche und verbrannte ihn. Er handelte impulsartig. Du denkst etwas, du tust es. In dieser Nacht hatte er die abscheulichsten Albträume.

»Monsieur Fersenne, ich hoffe, ich wecke Sie nicht?«
Es war Madame Delvac am Telefon. Es war zehn Uhr morgens.
»Ich wollte Ihnen sagen, dass die Operation gut verlaufen ist. Jeanson ist noch auf der Intensivstation. Man

kann ihn noch nicht besuchen ... In ein paar Tagen bekommen Sie einen Brief von der Schauspielschule. Könnten Sie mich anrufen, sobald Sie das Ergebnis haben?«
»Ich rufe Sie an, wenn ich bestanden habe. Wenn nicht, ertränke ich mich.«
»Ich weiß, dass Sie das Zeug zum Tragöden haben. Aber trotzdem: Übertreiben Sie es nicht.«
»Glauben Sie, ich übertreibe?«
Er beendete das Gespräch.

Da Bastien Neville nicht erreichen konnte, ging er am Nachmittag bei ihm vorbei. Er begegnete Madame Fersenne, die gerade zu einem ihrer Putzjobs gehen wollte.
»Ist Neville da?«
»Ja«, antwortete Magali sorgenvoll. »Er erholt sich von der ganzen Aufregung.«
»Stimmt, das war ziemlich stressig.«
»Aber auf France Info haben sie von dem Kamel überhaupt nichts gesagt.«
Bastien zuckte vor Verwunderung leicht zusammen.
»Von dem Kamel?«
»... das bei Ihrer Rückfahrt vor den Zug gelaufen ist.«
»Ach? ... Ach ja!«, rief Bastien, der sich ziemlich rasch wieder fasste. »Das Kamel. Aber wissen Sie, mit so was rühmt sich die Bahn nicht gerade.«

Er fühlte sich nicht in der Lage, Nevilles Phantasien weiterzuspinnen, und verdrückte sich.

»Du könntest mich vorwarnen, wenn du deiner Mutter Märchen erzählst«, sagte er, als er die Tür hinter sich schloss.

Neville, der immer noch auf dem Bett lag, antwortete mit einem düsteren Lachen.

»Hast du Neuigkeiten von Jeanson?«

»Er ist auf der Intensiv.«

»Du solltest dein Telefon anlassen«, riet ihm Bastien.

Neville richtete sich abrupt auf und schnappte sich sein Handy, das er an die gegenüberliegende Wand schleuderte.

»Das Kamel hat's kaputtgemacht«, sagte er und ließ sich wieder auf die Kissen sinken.

»Weißt du, dass du dich behandeln lassen solltest?«, riet ihm Bastien in aller Offenheit. »Oh ... Ich hab dir die Geschichte mit der Nackenrolle noch nicht erzählt.«

»Um was geht's da?«

»Meine Nacht mit Chloé.«

»Leg dich neben mich, Scheherazade, bezaubere mich mit deiner Geschichte.«

Im Allgemeinen misstraute Bastien derartigen Einladungen. Aber in diesem Falle schien Neville, mit kraftlosen Armen und mitgenommenem Gesichtsausdruck, außer Gefecht.

An den folgenden Tagen war es Bastien, der Madame Delvac anrief, um sich nach Jeanson zu erkundigen. Sie durfte ihn am Freitag, den 18., besuchen. Er wurde künstlich beatmet, war aber bei Bewusstsein. Er hatte eine kleine Schreibtafel, auf die er schrieb: *Und Neville?*

»Behalten Sie das für sich«, sagte sie Bastien. »Auf Monsieur Fersenne lastet schon genug.«

Die Empfehlung war unnötig. Bastien wachte über Neville, während der entscheidende Moment näher rückte. Am Spätnachmittag trafen die beiden sich mit Chloé im *Barillet*. Sie versuchte, die Jungen abzulenken, und berichtete ihnen von ihrem Unterricht, zum Beispiel, dass sie bei ihrer letzten Arbeit, die mit 5,5 Punkten benotet worden war, erfahren habe, sie sei »für die Geographie verloren« oder sie zeige, nach Meinung ihrer Philosophielehrerin, »intellektuelle Unredlichkeit« (rot unterstrichen).

»Und wenn ich sie zum Duell herausfordern würde?«, schlug Bastien ihr vor, der noch Cyranos Degen in der Sporttasche hatte.

»Und wenn wir uns alle drei umbringen würden?«, fragte Neville wie jemand, der gerade die Lösung seines Problems gefunden hat.

»Und wenn du mit deiner Cannabis-Dosenbier-Diät aufhören würdest?«, erwiderte Bastien.

Was geschehen musste, geschah am Montag, den 21. Mai, am frühen Nachmittag. Chloé schwänzte gerade einen Englischkurs, war allein zu Hause und dabei, einen Kommentar zu folgendem Satz von Montaigne zu schreiben: *Wenn ich tanze, tanze ich*, als die Klingel ertönte.
»Neville.«
Sie versuchte, an seinem Tonfall und dann am Geräusch seiner Schritte im Treppenhaus herauszufinden, welche Nachricht er ihr verkünden würde. Aber er hatte seinen Namen gesagt, wie man eine Visitenkarte hinwirft, und kam gerade ohne Eile die Treppe hinauf. Jeanson ist gestorben, dachte Chloé. Dann sah sie Neville auftauchen. Er hielt ein Blatt in der Hand. Wortlos nahm er Chloé in die Arme.
»Ich liebe dich«, sagte er.
Dann flüsterte er ihr ungestüm ins Ohr: »Ich habe bestanden. Ich wollte, dass du es erfährst. Du als Erstes. Aricie.«
Er drückte sie an sich.
»Du bist schmal wie ein dünner Zweig. Du weißt, ich habe Lust, dich zu drücken, zu drücken, bis du brichst … Willst du?«
»Was denn?«, fragte sie und wehrte sich ein wenig.
»Mir gehören.«

Als Neville sie verließ, wusste er, dass er noch eine letzte Sache tun musste, sich über ein letztes Verbot

hinwegsetzen. Er ging zum Madeleine-Krankenhaus, dessen Notaufnahme er bereits kannte. Aber er kam nicht, um seine Mutter zu besuchen.
»Monsieur Jeanson, bitte?«
Er wusste von Bastien, dass sein Lehrer inzwischen in einem Einzelzimmer lag. Zimmer 412, sagte man ihm am Empfang. Neville schlich sich hinein, ohne auch nur zu klopfen. Jeanson war tatsächlich »ein kläglicher Kerl im Krankenhausbett«, wie er geschrieben hatte. Er hatte die Augen geschlossen, die Haut hing grau an den Knochen, er trug eine Sauerstoffmaske, die mit zwei Gummibändern hinter den Ohren befestigt war, eine Hand lag auf einer weißen Schreibtafel. Neville zog die Tafel ganz behutsam zu sich, nahm den schwarzen Stift vom Nachttisch und schrieb: »Ich habe bestanden.« Ein schmerzvolles Stöhnen ließ ihn den Blick heben, Jeanson öffnete die Augen. Neville versteckte sein Gesicht rasch hinter der Tafel, dann ließ er sie langsam sinken.
»Haben Sie verstanden?«
Jeanson blinzelte leicht. In dem Moment betrat eine Krankenschwester das Zimmer, die einen Wagen vor sich her schob.
»Es ist Zeit für die Behandlung«, sagte sie. »Ich muss Sie bitten, hinauszugehen.«
Neville wandte sich zu ihr, und sie rief: »Oh! Sind Sie der junge Mann?«
DER junge Mann, als gebe es nur einen. Der, dessen

Besuch Jeanson, der klägliche Kerl im Krankenhausbett, trotz allem erhofft hatte.

Am Morgen nach diesem denkwürdigen Tag fand Bastien, er solle das Gespräch weiterführen, das Chloé verschoben hatte. Er holte sie an ihrer Schule ab und fragte, ob sie mit ihm im Park nebenan spazieren gehen wolle, bevor sie sich mit Neville im *Barillet* trafen.

Es war ein sonniger Spätnachmittag, die Blumenbeete leuchteten in allen Farben, die Vögel machten einen ohrenbetäubenden Lärm, und Chloé dachte, ohne so recht zu wissen, warum, an die Ziege von Monsieur Seguin. Plötzlich hörte sie neben sich die Stimme von Bastien, die in absichtlich falschem Ton rezitierte: »*Ich liebe Sie wie ein Verrückter, und in Ihrem Spiegel können Sie sehen, daß es begründet ist.*«

»*Er ist unersättlich! Also gut, Monsieur, ich liebe Sie*«, antwortete Chloé, die ihren lahmen Ton annahm.

Sie setzten sich auf eine Bank, das Bein der einen über dem Schoß des anderen, die Hand des einen auf der Schulter der anderen.

»Im Grunde weiß ich gar nicht, was ich dir sagen soll«, gestand Bastien. »Du weißt schon alles über mich. Und du weißt, dass ich dich liebe.«

Mit den Fingerspitzen begann er, an dem kleinen Armband zu spielen, das Chloé am Handgelenk trug.

»Was ich nicht weiß, ist, ob du mich liebst ... Also in Wirklichkeit.«
Er wartete auf eine Antwort und hörte sie murmeln: »Neville.«
»Ach«, seufzte er. »Die Nackenrolle.«
»Nein, das ist es nicht. Da ist etwas, was ich dir sagen muss.«
Sie konnte ihre Beziehung nicht auf einem Geheimnis aufbauen. Sie musste ihm also erzählen, was am Tag zuvor zwischen Neville und ihr geschehen war, auf das Risiko hin, ihre Liebe zu verlieren.
»Weißt du, gestern Nachmittag kam Neville, um mir zu sagen, dass er bestanden hat ...«
»Ja, das hat er mir gesagt.«
»Das hat er dir gesagt? Hat er dir auch gesagt, dass ich allein in der Wohnung war?«
»Nein.«
»Nun, ich war allein in der Wohnung ...«
»Aha ... Oh ...«
Chloé war überrascht, wie schnell er begriffen zu haben schien.
»Bist du ...« (Sie wusste nicht, wofür sie sich entscheiden sollte: gekränkt, verärgert, eifersüchtig?) »Bist du mir böse?«
»Hmm?«
Er sah sie an, als sei sie weit von ihm entfernt, dann schüttelte er den Kopf, um seine Gedanken wieder zurechtzurücken.

»Nein, nein, ich bin dir nicht böse. Nicht dir.«
»Bist du Neville böse?«
»Ja. Nein. Ich muss dir was sagen ... Also, im Grunde dasselbe.«
Sie lächelte ihn verständnislos an, wodurch sie ein wenig einfältig aussah.
»Denn Neville ... weißt du ... der Brief«, stammelte er.
»Den hat er am Vormittag bekommen.«
»Ja?«
»Und er ist zu mir gekommen, um ihn mir zu zeigen.«
Chloé erinnerte sich, dass Neville behauptet hatte, sie sei die Erste, der er die Nachricht verkündete. Er hatte sie also angelogen.
»Ich war allein in der Wohnung«, sagte Bastien, der Chloés Satz übernahm.
Sie kniff die Augen zusammen, während sie zu ahnen begann, was da geschehen sein mochte. Ohne richtig daran zu glauben. Bastien zuckte mit einer Schulter, in der Hoffnung, so davonzukommen. Trotzdem fügte er hinzu: »Bist du ...« (Er hatte die Wahl: schockiert, überrascht, eifersüchtig?) »Bist du mir böse?«
Sie schien zu zögern, verspürte fast den Drang zu lachen. Zu weinen.
»Es gibt keine tiefe Leidenschaft ohne eine gewisse Grausamkeit«, murmelte Bastien, der Caligula aus dem Gedächtnis zitierte.
»Weißt du was?«, sagte Chloé. »Caligula wartet sicher im *Barillet* auf uns.«

An diesem Tag zerbarst das »Dreierprinzip« in tausend Stücke.
Neville blieb ganz allein vor seinem Bier sitzen. Was ihn kränkte, verärgerte, schockierte, überraschte und eifersüchtig machte.

Fünf Monate später begann Neville die Ausbildung an der Schauspielschule von Paris. Von einem seiner Lehrer erfuhr er, dass schon nach seinem Auftritt im ersten Durchgang das Gerücht die Runde gemacht hatte, es gebe unter den Bewerbern einen jungen Mann, der von einer unbedeutenden Schauspielschule komme und einen Lorenzaccio mit unerreichtem Feuer und Anmut spielte.
Während der ganzen dreijährigen Ausbildung wurde Neville von Madame Delvac beherbergt und verpflegt. Er achtete darauf, sich niemals dankbar zu zeigen, nicht einmal höflich zu sein. Er nahm alle Ratschläge seiner Gastgeberin mit einem Brummen auf, befolgte sie aber meistens. Weil Neville keinen Grund mehr sah, ins Gefängnis zu kommen, da er einen Ersatzvater gefunden hatte, gewöhnte er es sich ab, zu stehlen. Das war der einzige Punkt, in dem er sich besserte.

Monsieur Jeanson lebte lange genug, um die ersten Erfolge seines Schülers mitzuerleben. Er hatte die Freude, bei der Verleihung der Molière-Preise, zu der er in Begleitung von Magali Fersenne eingeladen war, Zeuge zu sein, wie Neville für seine meisterhafte Darstellung der Zwillinge Horace und Frédéric in *Einladung aufs Schloss* von Jean Anouilh mit dem Preis für den besten Schauspieler des Jahres ausgezeichnet wurde. Als Neville unter Applaus auf die Bühne getreten war, galten seine ersten Dankesworte seinem Meister und seiner Mama. Mit Tränen in den Augen beugte Magali sich zu Monsieur Jeanson.

»Ich war so aufgeschmissen als ich da plötzlich schwanger war da war ich ja erst sechzehn wenn ich das geahnt hätte als ich ihn Neville genannt hab das ist gut nicht ein guter Name Neville Fersenne das klingt wie ein amerikanischer Star.«

Nach seiner Operation ließ Monsieur Jeanson sich pensionieren. Er gab zwar noch gelegentlich jungen Leuten Privatunterricht, aber das geschah vor allem um des Vergnügens willen, ihnen von Neville zu erzählen. Eines Nachts dann schlief er ein, um nicht mehr aufzuwachen. All seine ehemaligen Schüler, alle, die ihn gekannt und verehrt hatten, erreichten bei der Verwaltung der Schauspielschule, dass der Sarah-Bernhardt-Saal von nun an Jeanson-Saal hieß.

Diane bestand die Aufnahmeprüfung für die Pariser Schauspielschule nicht, weder in diesem Jahr noch in dem darauf. Wir haben nichts mehr von ihr oder von Samuel gehört. Ronan Figuerra dagegen taucht ab und zu in der Rolle des Bösen im Fernsehen auf.

Bastien unternahm keinen weiteren Versuch, die Aufnahmeprüfung zu schaffen. Dabei erfuhr er von Neville, dass ihm in der zweiten Runde nur ein paar Punkte gefehlt hatten, denn sein Humor und seine ungezwungene Art hatten manchen Mitgliedern der Kommission gefallen. Während Neville seine Schauspielausbildung fortsetzte, schlug Bastien eine andere Richtung ein. Er schrieb zahlreiche Sketche, die er selbst spielte und bei sich zu Hause mit der Webcam aufnahm. Dann stellte er seine Videos auf Dailymotion und YouTube. Ein Agent wurde auf ihn aufmerksam, und er bekam eine erste One-Man-Show in einem Pariser Cabaret. Selbst seine Eltern begannen, ihn lustig zu finden.

Chloé gab ihren Vorbereitungskurs auf und machte mit einem Literaturstudium an der Sorbonne weiter. Parallel dazu begann sie zu schreiben. Theater. Theaterstücke, um Kinder zum Lachen zu bringen und in Staunen zu versetzen, Theaterstücke, die immer gut ausgingen und über die die Kritiker sagten, sie seien »sehr phantasievoll und anrührend«. Natürlich machten Monsieur und Madame Lacouture sich Sorgen, weil ihre Tochter eine so ungewisse Laufbahn einschlug, aber sie schnitten stolz jeden kleinen Zeitungsartikel aus, der über ein Stück von Chloé berichtete. Und selbst als Clélia beschloss, auf die Zirkusschule zu gehen, nahmen sie die Sache mit Gleichmut.

Bastien und Chloé haben vor kurzem einen kleinen Jungen bekommen, den sie Lorenzo genannt haben. Neville hat eingewilligt, Pate zu werden. Gleichwohl hat er vorgeschlagen, es beim nächsten Mal umzudrehen: Er solle der Vater werden und Bastien der Pate. Chloé hat nicht die Absicht, diesen Vorschlag umzusetzen.

Früher war es bei Fernsehübertragungen von Theateraufführungen üblich, dass der Hauptdarsteller sich beim Schlussapplaus an das Publikum wandte und mit den Worten begann: »Das Stück, das Sie gerade gesehen haben, ist von ...«, und er nannte den Namen des Autors: Pagnol, Labiche oder Jules Romain.
Ich wollte, dass es für unsere Geschichte keinen Autor gibt, weil ich immer den Eindruck hatte, wir hätten sie zu dritt geschrieben. Aber da gleich der Vorhang fallen wird, möchte ich mich gerne abschließend mit den folgenden Worten an euch wenden:
»Ich hätte niemals herausgefunden, wer ich bin – ohne Julia und Lisette, ohne Agnès und Natalie, ohne Nora und Cherubim, ohne Chimène und Aricie, ohne Neville und Bastien.«

Dank

Für ihre Beteiligung am vorliegenden Werk danke ich in der Reihenfolge ihres Auftretens:

William Shakespeare: »*Ihr seid ein Liebender: borgt Amors Flügel euch*« (aus: *Romeo und Julia*)
Eugène Ionesco: »*Du stirbst in anderthalb Stunden*« (aus: *Der König stirbt*)
Alfred de Musset: »*Fünfzehn, o Romeo, das ist das Alter Julias!*« (aus: *Rolla*)
Roland Dubillard: »*Existieren Sie oft?*« – »*Oh, nein, ich habe anderes zu tun!*« (aus: *Diablogue*)
Guillaume Appollinaire: »*Nicht einmal mir selber tu ich mehr leid / Und kann der Qual meines Schweigens nicht Ausdruck geben*« (aus: *Alkohol*)
Gérard de Nerval: »*Ich bin der Finstre, der Beraubte, der Untröstliche*« (aus: *El Desdichado*)
Victor Hugo: »*Morgen, schon in der Morgendämmerung, zur Stunde, wenn das Land erwacht, / Breche ich auf. Siehst du, ich weiß es, dass du mich erwartest.* (aus: *Les Contemplations*)
Paul Verlaine: »*Das ist das schwerste Leiden, / Zu wissen nicht, warum. / Da Hass und Lieb' mich meiden / Mein*

Herz muß so viel leiden.« (aus: *Es weint mein armes Herz*)

Blaise Cendrars: *»Damals wuchs ich heran / War kaum sechzehn und hatte schon die Erinnerung an meine Kindheit verloren …«* (aus: *Die Prosa von der Transsibirischen Eisenbahn*)

Oscar Wenzeslas de Lubicz Milosz: *»O, ihr dort, Abgeschiedene auf den Lofoten! / Am Ende wen'ger tot als ich, ihr toten, Toten!«* (aus: *Alle Toten sind trunken*)

Arthur Rimbaud: *»Ich habe Saiten gespannt von Kirchturm zu Kirchturm; Girlanden von Fenster zu Fenster; goldene Ketten von Stern zu Stern, und ich tanze.«* (aus: *Illuminationen*)

Jean Racine: *»Seit einem Augenblick, doch für mein ganzes Leben. Ich liebe, was heißt lieben, ich vergöttre Junia.«* (aus: *Britannicus*)

Pierre Carlet de Chamblain de Marivaux: *»Sagen Sie mir ein ganz kleines bisschen, dass Sie mich lieben.«* (aus: *Das Spiel von Liebe und Zufall*)

Bertolt Brecht: *»Und die Erde rollt fröhlich um die Sonne, und die Fischweiber, Kaufleute, Fürsten und die Kardinäle und sogar der Papst rollen mit ihr!«* (aus: *Leben des Galilei*)

Heinrich von Kleist: *»Ich will nur, dass er da sei, für sich, selbständig, frei und unabhängig.«* (aus: *Prinz Friedrich von Homburg*)

Henrik Ibsen: *»Aber ich kann nicht anders. Ich liebe dich nicht mehr.«* (aus: *Nora oder ein Puppenheim*)

Pierre-Augustin Caron de Beaumarchais: »*Das Bedürfnis, jemandem zu sagen, ich liebe dich, ist so dringend in mir geworden, dass ich es ganz allein sage.*« (aus: *Figaros Hochzeit*)

Charles Baudelaire: »*Um unser Lager werden Düfte wehn, / Diwane tief wie Grüfte uns empfangen.*« (aus: *Der Tod der Liebenden*)

Konstantin Stanislawski: »*Auf der Bühne muss man handeln.*« (aus: *Die Arbeit des Schauspielers*)

Jean Giraudoux: »*Sagen Sie ihnen, dass sie schön sind.*« (aus: *Der Apoll von Bellac*)

Jean Anouilh: »*Der Klau hätte größer sein können.*« (aus: *Ball der Diebe*)

Pierre Corneille: »*– Rodrigo, wer hätt es geglaubt?*
 – Chimène, wer vorausgesagt?
 – Dass unser Glück so nahe war! Dass es so rasch zerrinnt.« (aus: *Der Cid*)

Edmond Rostand: »*Ein Kuss, ein trauliches Gelübde nur, ein Rosenpünktchen auf dem i der Liebe.*« (aus: *Cyrano de Bergerac*)

Albert Camus: »*Es fehlt ihm an Blut.*« (aus: *Caligula*)

Molière: »*Ich möchte wissen, ob die Regel aller Regeln nicht darin besteht, Vergnügen zu bereiten.*« (aus: *Die Kritik der Schule der Frauen*)

Brigitte Jaques: »*Du hast es fast geschafft, du musst es hinkriegen. Wenn du es nicht hinkriegst, enttäuschst du mich sehr.*« (aus: *Elvire Jouvet 40*)

Jean Ferrat: »*Du kannst mir hundert Mal die Arme öff-*

nen, es ist immer das erste Mal.« (aus: *Es ist immer das erste Mal*)

Mein Dank gilt denen, die mir erlaubt haben, an ihrem Schauspielunterricht teilzunehmen: Fabrice Pruvost, Schauspieler und Lehrer an der Schauspielschule von Orléans; Anne-Marie Pelherbe-Ligneau, Lehrerin des Wahlfachs Theater für das Abitur, ebenfalls in Orléans.

Valérie Mantoux, Bibliothekarin an der Schauspielschule von Paris, hat mir dankenswerterweise die Türen zu dieser Institution geöffnet, sie hat mir Ulysse Barbry vorgestellt, Schüler im zweiten Jahr, der mir die Räumlichkeiten gezeigt und von seinem Aufnahmeverfahren erzählt hat, und eine Bewerberin, Alice Berger, die mir von ihren Aufnahmeprüfungen berichtet hat. Allen dreien danke ich.

Der ganz normale Wahnsinn

Für die vierzehnjährige Charlie läuft im Moment alles schief: Kein Schwein liebt sie, ihr kleiner Bruder wird gemobbt, ihre Mutter ist total überfordert, und selbst ihrem obercoolen Vater fällt angesichts seiner drohenden Entlassung kein lässiger Spruch mehr ein. Da bleibt nur noch träumen: von der Freiheit, von einem anderen Leben ... Und zum Glück träumt sie nicht allein!

Ein Plädoyer für mehr Gerechtigkeit und mehr Zeit in dieser Welt – berührend, mitreißend, tröstlich und umwerfend komisch! Von der Autorin von ›Simpel‹

Marie-Aude Murail
Vielleicht sogar wir alle
Aus dem Französischen von
Tobias Scheffel
ca. 384 Seiten, gebunden

Fischer Schatzinsel